U0606792

大历诗冠

张瑞君 著

作家出版社

典藏古河东丛书

编委会

策　　　　划：丁小强　储祥好

顾　　　　问：杜学文　王西兰　王灵善

编委会主任：王志峰

编委会副主任：张　云　段利民　孔令剑

编　　　　委：李运喜　畅　民　杨丽娜

编　　　　务：姚灵芝　董鹏飞　朱永齐　孙亲霞

序 一

张 平

为了深入贯彻落实习近平总书记视察山西重要讲话和重要指示精神，山西省运城市委宣传部策划编撰了"典藏古河东丛书"，共十一本。本丛书旨在反映河东的悠久历史和文化底蕴，传承和弘扬河东优秀传统文化，为推动经济社会发展提供强大的价值引导力、文化凝聚力和精神推动力，提升运城的知名度、美誉度。

运城，位于黄河之东，又称"河东"。河东是一片古老而神奇的土地，数千年来，大河滔滔，汹涌奔腾，物华天宝，钟灵毓秀，人杰辈出，群星灿烂，孕育了悠久而灿烂的历史文化，具有厚重的人文历史积淀，构成了中国传统文化的重要基因，植根于中国人的血脉，不愧为中华文明的摇篮。

关于"河东"的说法，最早来源于《尚书·禹贡》的记载。《禹贡》划分天下为九州，首先是冀州，其次分别为兖州、青州、徐州、扬州、荆州、豫州、梁州、雍州，皆以冀州为中心。冀州，即古代所谓的"河东"。当时的河东是华夏文明的轴心地带。河东，在战国、秦汉时指今山西西南部，后泛指今山西省，因黄河经此由北向南流，这一带位于黄河以东而得名。战国中期，秦国夺取了魏国的西河和韩国的上党以后，魏国为加强防守，遂置河东郡，国都在今运城市安邑镇。公元前290年，秦昭王在兼并战争中迫使魏国献出河东地四百里给秦。秦沿袭魏河东郡旧名不变，治所在安邑（今山西夏县西北禹王城）。秦始皇统一六国，设三十六郡，运城属河东郡，治所安邑。汉代的河东，辖今山西阳城、沁水、浮山以西，永和、隰县、霍州市以南地区。东晋义熙十四年（418年），河东郡移治蒲坂（今山西永济市蒲州镇），辖境缩小至今山西西南汾河下游至王屋山以西一角。隋废，寻复置。唐改河东郡为蒲州，复改为河中府。唐天宝、至德时又曾改蒲州为河东郡。宋为河东路，辖山西大部、河北及河南部分地区，至金朝未变。元、明、清与临汾同为平阳府，治所平阳（今临汾尧都区）。民国三年至十九年，运城、临汾及石楼、灵石、交口同属河东道。古代，由于河东位于两大名都长安和洛阳之间，其他州郡对其形成众星捧月之势，因此，河东无论在政治、经济、文化上都具有重要的地位。河东所辖的地区范围不断发生变化，但其疆界基本上以现代的山西运城市为中心。今天的河东地区，特指山西运城市。

河东，位于山西西南部，是中国两河交汇的风水佳地。黄河滔滔，流金溢银，纵横晋陕峡谷；汾水漫漫，飞珠溅玉，沃育河东厚土。在今天之运城，黄河从河津寺塔西侧入境，沿秦晋峡谷自北向南，出禹门口后，一泻千里，由北向南经河津、万荣、临猗、永济，在芮城县的风陵渡曲折向东，过平陆、夏县，到垣曲县的碾盘沟出境，共流经运城市八个县（市）。汾河是山西的母亲河，发源于宁武管涔山脉，从南至北流经河东大地。汾河自新绛县南梁村入境，经新绛、稷山、河津、万荣四县（市），由万荣县庙前汇入黄河，灌溉着河东万顷良田。华夏民族的始祖在河东繁衍生息，中国古代第一部诗歌总集《诗经》里的许多诗篇歌吟过河东大地。黄河和汾河交汇之处——山西运城市，吸吮黄河和汾河两大母亲河的乳汁，滋生了悠久灿烂的华夏文明，源远流长。在朝代的兴替与岁月的更迭中，河东大地描绘了多少华夏儿女的动人画卷，道尽多少人间的沧桑变化！

河东，地处晋、豫、陕交会的金三角地区。山西省运城市、河南省三门峡市、陕西省渭南市，区域总面积约五万二千平方公里，总人口约一千七百余万，共同形成了晋陕豫三省边缘"黄河金三角区域"，构成了以运城市为核心的文化经济圈。这个区域，位于我国中、西部交界地带，接通华北，连接西北，笼罩中原，位置优越，不仅是华夏文明的发祥地，而且在全国经济发展中具有承东启西、贯通南北的作用。该区域的历史文化、资源禀赋、旅游优势、经济协作，可以发挥重要的经济文化互相促进的平台效应，具有"以东带西、东中西共同发展"的战略价值。研究河东历史文化，对于繁荣黄河金三角地区的文化，打造区域经济圈，都具有非常重要的现实意义。

河东，是"古中国"的发祥地。河东地区，属于人类最早活动的区域之一。这片美丽富饶的大地上，远古时期气候温和，土地肥沃，山脉起伏，河汉纵横，绿草丰茂，森林覆盖，飞鸟鸣啾，走兽徜徉，是人类栖息的理想地方。著名考古学家苏秉琦教授在其《华人·龙的传人·中国人》一文中指出："晋南地区是当时的'帝王所都'。帝王所都为'中'，故曰'中国'。而'中国'一词的出现正在此时。'帝王所都'，意味着古河东地区曾经是华夏民族的先祖创建和发展华夏文明的活动中心。"自从盘古开天地、三皇五帝到今天，从远古文明到石器时代，从类人猿到原始人、智人的进化，河东这块土地都充当了亲历者和见证者。

人类的远祖起源于河东。1995年5月，中美科学家在山西省垣曲县寨里村，发现了世界上最早的具有高等灵长类动物特征的猿类化石，命名为"世纪曙猿"。它生活在距今四千五百万年以前，比非洲古猿早了一千多万年。中美科学家在英国权威科学期刊《自然》杂志上联合发表论文，证实了人类的远祖起源于山西垣曲县寨里村，推翻了"人类起源于非洲"的论断。

人类文明的第一把圣火燃烧于河东。西侯度遗址位于山西省芮城县西侯度村，考古学家发掘出土的石器有石核、石片、砍斫器、刮削器和三棱大尖状器，动物化石有巨河狸、山西披毛犀、中国野牛、晋南麋鹿、步氏羚羊、李氏野猪、纳玛象等，尤其在文化层中发现了带切痕的鹿角和动物烧骨，这是中国最早的人类用火证据。证明远在二百四十三万年前，人类就在这里生活居住，并已经掌握了"火种"。

中国的蚕桑起源于河东。《史记》记载了"嫘祖始蚕"的故事。河东地区有"黄帝正妃嫘祖养蚕缫丝"的传说。西阴遗址位于山西省夏县西阴村。1926年，考古学家李济主持发掘该处遗址，出版了《西阴村史前遗存》一书。该遗址属于新石器时代，西北倚鸣条岗，南临青龙河，面积约三十万平方米。此处发掘出土了许多石器和骨器，最具震撼力的是发现了半枚经人工切割过的蚕茧壳。这为嫘祖养蚕的传说提供了有力实证。2020年，人们又在山西夏县师村遗址出土了仰韶文化早期遗物，主要有罐、盆、钵、瓶等。尤为重要的是，还出土了四枚仰韶早期的石雕蚕蛹。西阴遗址和师村遗址互相印证，意味着至迟在距今六千年以前，河东的先民们就掌握了养蚕缫丝的技术，成为中华文化的重要标识之一。

远古时代，黄帝为首的华夏族部落生活在河东一带。黄帝的元妃嫘祖是河东地区夏县人，宰相风后是河东地区芮城县风陵渡人。黄帝和蚩尤大战于河东地区的盐池一带。传说黄帝取得胜利后尸解蚩尤，蚩尤的鲜血流入河东盐池，化为卤水，因而这里被命名为"解州"。今天运城市还保存着"解州镇"的地名。盐池附近有个村庄名叫蚩尤村，相传是当年蚩尤葬身的地方。后来人们将蚩尤村改名"从善村"，寓弃恶从善之意。黄帝战胜蚩尤之后，被各诸侯推举为华夏族部落首领。《文献通考》道："建邦国，先告后土。"黄帝经过长期战争后，希望国泰民安，天下太平，得到大地之神——后土的护佑。于是，黄帝带领部落首领来到汾阴脽上，扫地为坛，祭祀后土，传为千古佳话。明代嘉靖版《山西通志》记载："轩辕扫地坛在后土祠上，相传轩辕祭后土于汾脽之上。"

河东地区是中华民族的先祖尧、舜、禹定都的地方。文献记载："尧都平阳（今临汾）、舜都蒲坂（今永济）、禹都安邑（今夏县）。"据史料记载，尧帝的都城起初设在蒲坂，后来迁至平阳。清光绪十二年（1886年）的《永济县志》记载："尧旧都在蒲。"《水经注》："雷首，俗亦谓之尧山，山上有故城，又曰尧城。"阚骃《十三州志》："蒲坂，尧都。"如今运城永济市（蒲坂）遗存有尧王台，是当年尧舜实行"禅让制"的见证地。舜亦建都于蒲坂。史籍载：舜生于诸冯，耕于历山，陶于河滨，渔于雷泽，都于蒲坂。远古时期，天地茫茫，人民饱受水灾之苦。禹的父亲鲧治水失败。禹吸取教训，从冀州开始，踏遍九州，改"堵"为"疏"，三过家门而不入，历经十三年最终治水成功。《庄子·天下》记载："昔禹之湮洪水，决江河而通四夷九州也。名山三百，支川三千，小者无数。"禹治水有功，舜把天子之位禅让给禹。禹建都安邑，其遗址在山西夏县的禹王城。《括地志》道："安邑故城在绛州夏县东北十五里，本夏之都。"禹王城遗址出土了东周至汉代的许多文物，其中有"海内皆臣，岁丰登熟，道无饥人"十二字篆书。从尧舜禹开始，河东便是帝王的建都之地。

运城盐池是中国古代重要的食盐产地，被田汉先生赞为"千古中条一池雪"。它南倚中条，北靠峨嵋，东邻夏县，西接解州，总面积一百三十二平方公里。盐湖烟波浩渺，硝田纵横交织，它与美国犹他州澳格丁盐湖、俄罗斯西伯利亚库楚克盐湖并称为世界三大硫酸钠型内陆盐湖。据《河东盐法备览》记载，五千多年前，我们的祖先在运城盐池发现并食用盐。《汉书·地理志》："河东，地平水浅，有盐铁之饶，唐尧之所都也。"黄河和汾河两河交汇的地理优势、丰富的植被和盐业资源，为古人类提供了良好的生活条件。当年，舜帝曾在盐湖之畔，抚五弦之琴，吟唱《南风歌》：

南风之薰兮，
可以解吾民之愠兮。
南风之时兮，
可以阜吾民之财兮。

运城在春秋时称"盐邑"，汉代称"司盐城"，宋元时名为"运司城""凤凰城"等。因盐运而设城，中国仅此一处。河东人民在千百年的生产实践中总结出的"五步法"产盐工艺，是全世界最早的产盐工艺，被英国科学家李约瑟称为"中国古代科技史上的活化石"。

万荣县后土祠是中华祠庙之祖。后土祠位于山西万荣县庙前镇，《水经注》道：河东汾阴"有长阜，背汾带河，长四五里，广二里有余，高十余丈，汾水历其阴，西入河"。孔尚任总纂《蒲州府志》记载："二帝八元有司，三王方泽岁举。"尧帝和舜帝时期，确定八个官员专管后土祭祀，夏商周三朝的国君每年在汾阴举行祭祀后土仪式。遥想当年，汉武帝在汾阴建立后土祠，写下了传诵千古的《秋风辞》。从汉、南北朝、隋、唐、宋至元代，先后有八位皇帝亲自到万荣祭祀后土，六位皇帝派大臣祭祀后土。万荣后土祠，堪称轩辕黄帝之坛、社稷江山之源、中华祠庙之祖、礼乐文明之本、黄河文化之魂、北京天坛之端。

河东是中国农耕文明的发祥地之一。河东地处黄河流域、黄土高原腹地，远古时代气候温润，物产丰富，具有发展农业生产的优越的自然地理环境。舜耕历山，禹凿龙门，嫘祖养蚕，后稷稼穑，这些历史传说都发生在河东大地。《晋书·天文志上》："稷，农正也，取乎百谷之长以为号也。"后稷是管理农业的长官、百谷之长。《孟子》："后稷教民稼穑，树艺五谷；五谷熟，而民人育。"意思是，后稷教民从事农业，种植五谷，五谷丰收，人民得到养育。传说后稷在稷王山麓（在今山西稷山县境）教民稼穑，播种五谷，是远古时代最善种稷和粟的人，被称之为"稷王"。人们把横跨万荣、稷山、闻喜、运城东西二十里、南北三十里的山脉，叫作"稷王山"。迄今为止，在河东已发现石器时代遗址四百余处，出土的农耕工具有石斧、石锛、石锄、石铲等；粮食加工工具有石磨盘、石磨棒、石杵等；收割工具有半月形石刀、石镰、骨铲、蚌镰等。万荣县保存有创建于北宋时期的稷王庙，是我国现存唯一一座宋代庑殿顶建筑。

大江东去，浪淘尽，千古风流人物。五千年的中华文明史，孕育了无数杰出人物，史册的每一页都有河东的亮丽身影。

荀子，名况，战国晚期赵国郇邑（故地在山西临猗、安泽和新绛一带）人，在历史上属于河东人。他一生辉煌，兼容儒法思想；贡献杰出，塑形三晋文化。中国古代社会，先秦两汉之际是一个巨大的转折点，开启了新型的大一统时代。荀子继承和发扬了孔孟以来的儒家思想，提出儒、法融合，把道德修身、道德教化、道德约束之政治结合在一起，强调以先王之道、圣人之道和仁义之道治理天下，主张思想统一、制度统一，对秦汉以后的中国古代政治制度建设起了重要作用。从对社会现实和历史进程的影响来看，荀子是中国古代最有贡献的思想家之一。

关羽，东汉末年名将，被后世崇为"武圣"，与"文圣"孔子齐名。《三国志·蜀书》道："关羽，字云长，本字长生，河东解人也。"东汉末年朝廷暗弱，军阀混战，百姓流离失所，在兵燹战火中煎熬挣扎。时天下大乱，各种政治势力分合不定，各个阵营的人物徘徊左右。选择刘备，就是选择了艰难的人生道路；忠于汉室，就意味着奋斗和牺牲。关羽一生堂堂正正，坦坦荡荡，报国以忠，为民以仁，待人以义，交友以诚，处事以信，对敌以勇，俯仰不愧天地，精诚可对苍生。关羽身上体现了中国传统道德的忠义孝悌仁爱诚信。古代以民众对关公的普遍敬仰为基础，以朝廷褒封建庙祭祀为推动，以各种艺术的传播为手段，以历史长度和地域广度为经纬，产生了体现中华传统文化核心价值和民族道德伦理的关公文化。

卢纶，字允言，河中蒲州（今山西永济市）人。唐玄宗天宝末年进士，历官秘书省校书郎、监察御史、检校户部郎中等。唐代杰出诗人。明王士禛《分甘余话》道："卢纶，大历十才子之冠冕。"卢纶存诗三百三十九首，是处于盛唐到中唐社会动乱时代的诗人。他的《送绛州郭参军》，至今读来，仍有慷慨之气：

> 炎天故绛路，
> 千里麦花香。
> 董泽雷声发，
> 汾桥水气凉。
> ……

卢纶无疑是大历时期最具有独特境界的诗人，他的骨子里流淌着盛唐的血液，积极向上，肯定人生；不屈不挠，比较豁达；关心社会民生，不斤斤计较个人得失，一生都在努力创作诗歌。卢纶的诗歌气魄宏伟，境界广阔，善于用概括的意象，描绘盛唐的风韵。他在唐诗长河中的贡献与孟郊、贾岛等相比丝毫不弱。他的诗歌不仅在大历时期，在整个唐代也具有独特的价值。

司马光，字君实，陕州夏县（今山西夏县）涑水乡人。他历仕仁宗、英宗、神宗、哲宗四朝，是北宋伟大的政治家、史学家、文学家。司马光主政期间，提出"兴教化，修政治，养百姓，利万物"的治国理念，加强道德教育，改变社会风气；严格选用人才，严明社会法治；倡导"轻租税，薄赋敛，已逋责"的民本思想，希望实现"致中和，天地位焉，万物育焉"的天下大治的理想社会。他主持编纂的中国最大的一部编年体通史《资治通鉴》，与《史记》并列为中国古代史家之绝笔。全书共二百九十四卷三百万字，上起周威烈王二十三年（前403年），下迄五代后周世宗显德六年（959年），共记载了十六个朝代一千三百六十二年的历史，历经十九年编辑完成。清代学者王鸣盛评价《资治通鉴》说："此天地间必不可无之书，亦学者必不可不读之书。"司马光的著作另有《司马文正公集》《稽古录》《涑水纪闻》《独乐园集》等。

河东历史上的许多大家族，代有人杰，长盛不衰。河东的名门望族主要有裴氏家族、薛氏家族、王氏家族、柳氏家族、司马家族等。闻喜县裴氏家族为世瞩目，被誉为"宰相世家"。裴氏自汉魏，历南北朝，至隋唐、五代是其最兴盛时期。据《裴谱·官爵》载，裴氏家族在正史立传者六百余人，大小官员三千余人；有宰相五十九人，大将军五十九人，尚书五十五人。比较著名的有：西晋地理学家裴秀撰《禹贡地域图序》，提出了编绘地图的"制图六体"，在世界地图史上占有重要地位。西晋思想家裴頠著有《崇有论》，是著名的哲学家。东晋裴启的《语林》，是我国文学史上最早的一部志人小说。南北朝时的裴松之、裴骃（松之子）、裴子野（裴骃孙），被称为"史学三家"。唐代名相裴度，平息藩镇叛乱，功勋卓越，被称为"中兴宰相"。欧阳修《新唐书·宰相世系表》，将裴氏列为天下第一家族，感叹"其才子贤孙不殒其世德，或父子相继居相位，或累数世而屡显，或终唐之世不绝"。

习近平总书记在党的十九大报告中指出："深入挖掘中华优秀传统文化蕴含的思想观念、人文精神、道德规范，结合时代要求继承创新，让中华文化展现出永久魅力和时代风采。"中华优秀传统文化是"中华民族的基因""民族文化血脉"和"中华民族的精神命脉"，堪称中华民族的源头和根基。在具体撰写过程中，各位作者力求基于严谨的学术性、臻于文学的生动性，以史料和考古为基础，以学术界的共识为依据，不作歧义性研究和学术考辨，采用文化散文体裁，用清朗健爽、流畅明丽的语言，梳理河东历史文化的渊源和脉络，挖掘河东文化的深厚内涵，探寻其在华夏文明中的重要地位，弘扬民族文化的自尊和自信。希望通过这套丛书，使人们更加了解和认识河东历史文化，深化对中华文明的认知与感悟，进一步增强文化自信，推动中华民族的伟大复兴。

序　二

李敬泽

运城是山西南部的一个地级市，也是我的老家所在。

说起运城，自然会想起黄河、黄土高原和中条山、吕梁山以及汾河、涑水。黄河经壶口的喷薄，沿着吕梁山与陕北高原间逼仄的晋陕峡谷，汹涌奔腾，越过石门，冲出龙门，然后，脚步骤然放缓，犁开黄土地，绕着运城拐了个温柔的弯，将这片地方钟爱地搂抱在怀中。从青藏高原奔流数千里，黄河头一次遇到如此秀美的地方。

这里古称河东，北有吕梁之苍翠，南有中条之挺秀，两座大山一条大河，似天然屏障，将这片土地护佑起来，如此，两座大山便如运城的城垣，一条大河绕两山奔流，又如运城的城堑。两山一河之间，又有涑水与汾水两条古河自北向南流淌，中间隆起的峨嵋岭将两河分开，形成两个不同的流域——汾河谷地与涑水盆地。一片不大的土地上，各种地貌并存：山地、丘陵、平原、河谷、台地。适合早期先民生存的地理环境应有尽有，农耕民族繁衍发展的条件一应俱全，仿佛专门为中华民族诞生准备的福地吉壤。

我的祖辈、父辈都出生在这片土地上，我也多次在这片土地上行走，我热爱这片土地，即使身在异乡，这片土地上的山山水水，也经常出现在我的想象中。少年时代，我根本不会想到，这片看似寻常的土地，是中华民族最早生活的地方，山水之间，绽放过无数辉煌，生活过无数杰出人物。年龄稍长，我才发现：史书中，一件又一件的大事发生在河东；传说中，一个又一个神一般的华夏先祖出现在河东；史实中，一位又一位的名将能臣从河东走来；诗篇中，一个又一个的优秀诗人从河东奏出华章。他们峨冠博带，清癯高雅，用谋略智慧和超人才华，在中国的历史文化图景中，为河东占得一席之地。如此云蒸霞蔚般的文化气象，让我对河东、对家乡生出深厚兴趣。

这套"典藏古河东丛书"邀我作序。遍览各位学者、作家的大作，我对运城的历史文化有了更深入的了解。

华夏民族的早期历史，实际是由黄河与黄土交融积淀而成的，是一部民间传说、史实记载和考古发掘相互印证的历史。河东是早期民间传说最多的地方，司马迁《史记·五帝本纪》中提到的五帝事迹，多数都能在运城这片土地上找到佐证。尧都平阳（初都蒲坂），舜都蒲坂，禹都安邑，均为史家所公认。黄帝蚩尤之战、嫘祖养蚕、尧天舜日、舜耕历山、大禹治水、后稷教民稼穑，在别的地方也许只是传说，带着浓重的神话色彩，而在河东人看来都是有据可依、有迹可循的。运城大量的史前文化遗址，从另一方面证明了运城人的判断。也许你不能想象，这片仅一万四千平方公里的土地上，全国文物保护单位竟多达一百零三处，比许多省还多，位列全国地级市第一，其中新、旧石器时代遗址埋藏之丰富、排列之密集，被考古学家们视为史前文化考古发掘的宝地。为探寻运城的地下文化宝藏，中国田野考古发掘第一人李济先生来过这里，新中国考古发掘的标志性人物裴文中、苏秉琦、贾兰坡来过这里，参加夏商周断代工程的二百多位专家学者大部分都来过这里。西侯度、匼河、西阴、荆村、西王村、东下冯等文化遗址，都证明这里是中华民族的重要发祥地，这里的历史根须扎得格外深，枝叶散得格外开，结出的果实格外硕壮。

中条山下碧波荡漾的盐湖，同样是运城人的骄傲。白花花的池盐，不仅衍生出带着咸味儿的盐文化，还诞生了盐运之城——运城。

山西地域文化中有两个值得关注的生僻字：一个是醯（音西），一个是盬（音古）。山西人常被称作老醯儿，也自称老醯儿，但没人这样称呼运城人，运城人也从不这样称呼自己。醯即醋，运城人身上少有醋味儿，若把醯字拿来让运城人认，大部分人都弄不清读音。鹽是个与醯同样生僻的字，但运城人妇孺皆识，不光能准确地读出音，还能解释字义，甚至能讲出此字的典故，"猗顿用鹽盐起"，这句出自司马迁《史记·货殖列传》的话，相当多的运城人都能脱口而出。因为古色古香的鹽街，是运城人休闲购物的好去处。盐池神庙里供奉的三位大神，是只有运城人才信奉的神灵。一酸一咸，两种截然不同的味道，不光滋润着不同的味蕾，也养育了两种不同的文化。作为山西的一部分，运城的文化更接近关中和中原，民俗风情、人文地理就不说了，连方言也是中原官话，语言学界称之为中原官话汾河片。

如此丰沛的源头，奔腾出波涛汹涌的历史文化长河，从春秋战国，到唐宋元明清，一路流淌不绝，汹涌澎湃。春秋战国，有白手起家的商业奇才猗顿，有集诸子大成的思想家荀况。汉代，有忠勇神武的武圣关羽。魏晋南北朝，有中国地图学之祖裴秀、才高气傲的大学者郭璞，有书圣王羲之的老师卫夫人。隋代，有杰出的外交家裴矩、诗人薛道衡。至唐代，河东的杰出人才，如繁星般数不胜数，璀璨夺目，小小的一个闻喜裴柏村，出过十七位宰相，连清代大学者顾炎武也千里跋涉，来到闻喜登陇而望；猗氏张氏祖孙三代同为宰辅，后人张彦远为中国画论之祖，世人称猗氏张家"三相盛门，四朝雅望"；唐代的河东还是一个诗的国度，自《诗经·魏风》中的"坎坎伐檀兮"在中条山下唱响，千百年间，河东弦歌不辍，至唐朝蔚为大观。龙门王氏的两位诗人，叔祖王绩诗风"如鸾凤群飞，忽逢野鹿"；侄孙王勃为"初唐四杰"之首，一句"落霞与孤鹜齐飞，秋水共长天一色"，奇思壮阔，语惊四座。王之涣篇篇皆名作，句句皆绝响，"欲穷千里目，更上一层楼"一联，足以让他跻身唐代一流诗人行列。蒲州诗人王维，诗中有画，画中有诗，田园诗的境界让人无限神往。更让人称道的是位列"唐宋八大家"的柳河东柳宗元，有他在，唐代河东文人骚客们可称得上诗文俱佳。此外，大历十才子之一的卢纶，以《二十四诗品》名世的司空图，同样为唐代河东灿烂的诗歌星空增添了光彩。至宋代，涑水先生司马光一部《资治通鉴》，与《史记》双峰并峙。元代，元曲四大家之一的关汉卿，一曲《窦娥冤》凄婉了整个元朝。明代，理学家、河东派代表人物薛瑄用理与气，辨析出天地万物之理。清代，

"戊戌六君子"之一、闻喜人杨深秀则在变法图强中，彰显出中国读书人的气节。

如此一一数来，仍不足以道尽运城历史文化底蕴的深厚，因篇幅原因，就此打住。

本丛书围绕习近平总书记 2017 年和 2020 年两次视察山西时提到的运城历史文化内容，遴选十一个主题，旨在传承弘扬河东的优秀文化传统，增强文化自信，为社会发展助力。

参与丛书写作的十一位作者，都是山西省的知名学者、作家，我读罢他们的作品，能感受到他们深厚的学术和文学功力，获益匪浅。

从这套丛书中，我读出了神之奇，人之本，天之伦，地之道，武将之勇猛，文人之风雅，仿佛看到河东先祖先贤神采奕奕，从大河岸畔、田野深处朝我走来。

好多年没回过老家了。不知读者读过这套丛书后感觉如何，反正我读后，又想念运城这片古老的土地了，说不定，因为这套丛书我会再回运城一次。

是为序。

目录

第一章　动荡时代的人生历程

唐玄宗天宝七载，公元 748 年，大历十才子之冠的诗人卢纶出生了。

每个孩子的父母都希望自己的子女在和平的环境中出生成长，直到生命历程的终点。然而个体的生命存在于特定的时空中，每一个人都没有办法选择自己的出生时间、出生地点、出生家庭。生命的价值在有限的时空中实现，离开时间的空间是无意义的，离开空间的时间是虚幻的。然而为了清晰地描绘卢纶的生命历程，分章叙述也是为了立体而全面地走进卢纶的世界。

任何事物的发展都不可能是直线上升的，一个王朝也是如此。表面十分繁荣的大唐帝国在开元、天宝年间已经酝酿着巨大的危机，然而在干柴上酣睡的君臣正在尽情地享乐，做着万代升平繁盛的美梦。当时朝野上下把唐玄宗看成现实版的尧舜贤君。《旧唐书·玄宗纪》记载了大同殿柱产玉芝、龙池上空出现祥云、神光照殿等各种祥瑞，唐玄宗喜出望外，为了庆贺这一天地降祥瑞的大吉之兆，大赐百官宴乐。山西籍的大诗人王维有《大同殿柱产玉芝龙池上有庆云神光照殿百官共睹圣恩便赐宴乐敢书即事》，后四句为"陌上尧樽倾北斗，楼前舜乐动南薰。共欢天意同人意，万岁千秋奉圣君"，很能代表当时君臣志得意满的时代心理。

从古至今的不少历史学家、文学家仍然把唐玄宗李隆基时代的由盛而衰，归结为绞尽脑汁霸占了自己的儿媳杨玉环，这的确是高估了一个女人的能量，实质上仍是女人祸水论的老调重弹。"春宵苦短日高起，从此君王不早朝。承欢侍宴无闲暇，春从春游夜专夜。后宫佳丽三千人，三千宠爱在一身。"这是比卢纶晚生二十四年的山西老乡白居易《长恨歌》中的诗句。作为宰相的哥哥杨国忠已经势倾天下。这一年杨贵妃一家的尊崇到了无以复加的地步。据《资治通鉴》记载，杨贵妃的三个姐姐，都有才色，天宝七载（748 年）十一月三个姐姐分别被封为韩国夫人、虢国夫人、秦国夫人，地方官奉迎巴结，权贵排队贿赂，成群结队，都怕落后，像热闹的集市，人来人往。杨家兄妹花费巨资修建了壮丽的豪宅，用钱之多超出人的想象。

其实唐玄宗后期衰落的主要原因还是政治上出了问题，其中最为关键的是用人策略。开元时期用姚崇、宋璟做宰相，君臣一心，缔造了唐代的鼎盛时期。天宝执掌朝政的是口蜜腹剑的李林甫、心术不正的杨国忠，巨大的危机在潜伏发酵，君臣穷奢极欲，万世太平的美梦从朝廷做到市井。

每个人出生在什么时代，出生在什么家庭，这是没有办法选择的。但是人的一生却显示出对命运对人生经历的不同态度。

卢纶出生在蒲州东南十五里中条山栖岩寺东，位于今运城市永济市。他的曾祖卢钊，做过永宁（今北京延庆）县令；祖父卢祥玉，做过济州（治所

唐中都蒲州繁盛图

在今山东茌平）司马；父亲卢翰，做过临黄（今河南范县）县尉。《旧唐书·德宗纪》有卢翰做过兵部侍郎、同平章事的记载，但卢纶在自己的诗歌中一再称自己一生是"孤贱"，"禀命孤且贱"（《纶与吉侍郎中孚司空郎中曙苗员外发崔补阙峒耿拾遗湋李校书端风尘追游向三十载数公皆负当时盛称荣耀未几

永济栖岩寺

永济蒲州古城

俱沉下泉畅博士当感怀前踪有五十韵见寄辄有所酬以申悲旧兼寄夏侯侍御审侯仓曹钊》）、"少孤为客早"（《送李端》）、"孤贱易蹉跎"（《赴池州拜觐舅氏留上考功郎中舅》）。在中国古代"孤"与家庭有关的意思有二。第一种是双亲亡故，《管子·轻重》："民生而无父母，谓之孤子。"第二种是父亲亡故。《说文》："孤，无父也。"《礼记》注释有三十以下无父曰孤。《孟子·梁惠王下》曰："老而无子曰独，幼而无父曰孤。"早年父亲亡故，不可能有如此显贵的父亲，显然与事实不符。也许就是个同名同姓之人。安史之乱爆发时，年仅八岁的卢纶随母亲韦氏及家人一起避乱到了鄱阳。他的外公家在当地是比较有名望的。父亲去世后，他只能在外公家生存。正如叔本华所言，世界上产生痛苦的事情比产生快乐的事情多。然而痛苦的岁月使人的身心能够快速成长起来。从卢纶诗歌中的自述得知，他少年时多病，外公家给了他莫大的关心。他能够长大成人，实在有赖于此，以至后来一直在诗中表达自己绵绵不尽的感恩之情。与他一起在外公家成长的还有他的姨姨家的孩子、卢纶的表弟裴均。"相悲得成长，同是外家恩。"（《送姨弟裴均尉诸暨》）外公家为长安韦氏，应该是家境不错，后来卢纶的二十四舅还做过从三品的掌管财货的太府卿。

唐代的鄱阳远离长安，这里相对偏僻，但是风景优美，山清水秀，卢纶在这里有一段不用到处漂泊的岁月，对他的一生来说也是很有意义的。他与后来都成为大历十才子的吉中孚结为林泉之友。徜徉在山水之间，诗歌创作的才能得到了锻炼。

唐代宗广德元年（763年）正月，史朝义逃往范阳，不能进城，又被官军紧追不舍，自己上吊结束了生命。安史之乱基本平息。然而安史之乱引发的社会矛盾仍然在继续发酵。为了平定安史之乱，唐王朝采取了一系列非常之举。把守边境的精兵悍将调到内地增援，戍边的力量极其单薄，几年下来，西北数十州相继沦陷。凤翔（今陕西凤翔一带）以西、邠州（今陕西彬州一带）以北的地域都失去了。从某种意义上可以说，唐王朝收复中原，是以牺牲边境为代价的。当然，代价还很多，借回纥兵收复长安，又不得不默许回纥兵抢掠长安城。长安被安史叛军烧杀抢掠，又被回纥洗劫，灾难之深重可以想见。这一年吐蕃野心不断膨胀，十月吐蕃兵到了长安附近的武功、周至等县，唐代宗仓皇离开长安，到了陕州（今三门峡）。吐蕃攻入长安。郭子仪与部将勠力同心，在陕西、山西一带招兵，又联络周围各路人马，一举收复长安。长安又让吐蕃兵蹂躏。对这些重大的事件，卢纶此年离开鄱阳，去了吴越，是没有能够亲身感知的。吴越在唐代地域很广，今江苏、浙江、上海、江西东部、安徽东部和东南部及福建大部分地区都在吴越的范围之内。卢纶在这一带的游历，从其自述"久是吴门客"（《送从叔士准赴任润州司士》）看，在这一带住了几年。但是何年何月在何地，从目前的材料看，已经很难描绘得具体翔实了。

对于国家民族的灾难，远在吴越一带的卢纶，甚为关切。

夜泊金陵

圆月出高城，苍苍照水营。

江中正吹笛，楼上又无更。

洛下仍传箭，关西欲进兵。

谁知五湖外，诸将但争名。

卢纶并没有细致描写金陵的夜色，也没有按照历史上怀古感慨的惯性思维着笔。苍苍：灰白色。首联意为：圆圆的月亮从高高的城楼上生出，苍苍茫茫照在官军的江中水营。颔联意为：江中的士兵吹起竹笛述不尽的思乡之情，楼上的戍妇又要度过不眠之夜。传箭是征兵的意思，吐蕃侵犯，全国紧张，双方都在征兵，吐蕃征兵用金箭。长安收复后，吐蕃并没有按捺住骚扰进攻的野心。颈联意为：中原一带仍然在紧急征兵，关外吐蕃要侵犯边塞。五湖：洞庭湖、鄱阳湖、太湖、巢湖、洪泽湖为"五湖"。唐代宗征召天下兵抵御吐蕃，李光弼为副元帅，手握重兵，与宦官监军程元振不和，拖延不赴难。卢纶在江南了解实际情况，用强烈的对比写出了当时的边地军情紧急与江南水营悠然享乐、无动于衷的实际情况。一个十五岁的诗人，对国家的安危表达了强烈的忧虑。结尾强烈指斥了诸将争名夺利不顾国家安危的私心。

　　唐代科举考试最大的功绩是使出身寒门的读书人有了出路，也是封建国家政治体制内部的飞跃式的变化。国家政治体制向整个读书阶层开放，打破了豪门世族垄断政坛的历史。人才选拔制度的革命也是唐代社会开放繁荣的一个重要原因。唐代考生来源主要有两个途径：一是中央与地方的各类学馆，完成学业考试后选拔到尚书省，这类考生叫生徒。二是乡贡选拔的考生。先经过县一级考试，经过淘汰选拔到州、府，州、府再经过淘汰选拔后与生徒一起参加尚书省的有关机关的考试。代宗永泰元年（765年），十七岁的卢纶踏上了从鄱阳到京城长安的漫漫征途，去参加进士考试，卢纶的身份是后一种。对于现代人而言，必须回到唐代的历史中去，了解当时的交通工具与道路状况，才能理解路途之艰难。其自述说："鄱阳富学徒，诮我戆无营。谕以诗礼义，勖随宾荐名。舟车更滞留，水陆互阴晴。晓望怯云阵，夜愁惊鹤声。凄凄指宋郊，浩浩入秦京。沴气既风散，皇威如日明。方逢粟比金，未识公与卿。"（《纶与吉侍郎中孚司空郎中曙苗员外发崔补阙峒耿拾遗湋李校书端风尘追游向三十载数公皆负当时盛称荣耀未几俱沉下泉畅博士当感怀前踪有五十韵见寄辄有所酬以申悲旧兼寄夏侯侍御审侯仓曹钊》）不难看出卢纶在鄱阳的岁月中得到了当地诸多博学之士的教导，是十分优秀的，此行是踌躇满志的。尽管经过无数阴晴变幻的路途身心俱疲，经过坐船坐车的不停颠簸，经过阴雨天气的等待熬煎，过了河南，到了京城长安，此时的长安在战乱平息后，正属于治疗战争创伤的时期。粟贵于金，因此对于一个从相对偏远地区来的青年，是很难结交权贵的。这一年开始，东都、上都分别考试。尚书左丞杨绾知上都举，礼部侍郎贾至知东都举。二十七人登第。这次考试失利后，卢纶又连续考了多次，仍然未中。从《登科记考》不难发现，大历元年上都的主考官是礼部侍郎贾至，进士录取人数只有二十六人。卢纶落第后曾回过一次南方。

赴池州拜觐舅氏留上考功郎中舅

孤贱易蹉跎，其如酷似何。

衰荣同族少，生长外家多。

别国桑榆在，沾衣血泪和。

应怜失行雁，霜霰寄烟波。

这首诗题下注："时舅氏初贬官池州。"考功郎中韦夏有，是韦景骏之孙，韦迪之子。其如句，《晋书·何无忌传》："何无忌，刘牢之之甥，酷似其舅。共举大事，何谓无成！"此句反用其典。首联意为：少小孤贱自然人生坎坷，真似舅舅的命运！颔联意为：衰荣得如此一致，在同族中实在太少。国：指国都长安。颈联意为：离开长安故乡虽在但是来不及回去，打湿衣襟的是血泪。京官入朝如雁行排列有序，贬谪在外如同雁行失序。尾联意为：应怜悯失行的大雁，在烟波浩渺中飞翔。全诗同情韦夏有的不幸，但情调低落，明显打上自己落第后悲郁低沉的烙印。

大历二年（767年）的主考官是礼部侍郎薛邕，进士录取二十人。卢纶感慨"三年竟无成"。此处三年是多年之意。

落第的打击在卢纶各类题材的诗歌中，都有所体现。吉中孚是楚州人，久居鄱阳。出家为道士，但是难以习惯长期隐居山中的寂寞生活，后来还俗，来到长安谒见宰相，宰相推荐给皇帝，日日与王侯聚会，名动京师。不久进士及第，授官万年尉，后又做了校书郎。卢纶有《送吉中孚校书归楚州旧山》，题下自注："中孚自仙官入仕"。对于吉中孚的人生道路，卢纶不会不做思考的。"青袍芸阁郎，谈笑挹侯王。旧箓藏云穴，新诗满帝乡。名高闲不得，到处人争识。"这首五言长诗一开始便以强烈的理性思考入手，与一般的送别诗大异其趣。吉中孚一方面出家做道士出名，又还俗结交名流王侯，诗歌也很有名气，这些都是卢纶正在走与即将走的道路，吉中孚对自己既有启发又给自己增强了志在必得的信念。因此这首诗写得并不消沉，而是乐观向上的。

送元赞府重任龙门县

二职亚陶公，归程与梦同。

柳垂平泽雨，鱼跃大河风。

混迹威长在，孤清志自雄。

应嗤向隅者，空寄路尘中。

唐代称呼县令为明府，县丞为赞府。龙门：河东道河中府属县，因县西北有龙门山而得名。在今山西省河津市。元赞府去自己的家乡一带任职，又是重任，职位低于陶渊明，但是还是希望龙门的百姓得到恩泽。首联意为：重新任龙门县丞职位低于陶渊明，重归龙门仿佛在梦中一般。颔联意为：道路两旁的垂柳依依在迎接你，天公下过雨，黄河的鲤鱼正在大风中跃过龙门。颈联意为：你虽处卑位而威风不减，孤独清高是有雄伟的宏图大志。第四句预祝友人在小官位上有大作为。刘向《说苑》中记载，满堂饮酒，有一个人郁郁寡欢，躲在角落哭泣，满堂之人都不快乐。末尾用典故指自己理想难以实现，仍然为科举而奔波。尾联意为：你应笑我这个角落里掉泪的人，只能写此诗相伴你的征途。

青春年少的卢纶在长安期间，一边为应举而苦读，一边结交青年才俊。《新唐书·卢纶传》记载，大历二年（767年）他与外兄司空曙，诗友李端、苗发、吉中孚、钱起、耿湋、崔峒、韩翃、夏侯审交游唱和，驰名长安，号"大历十才子"。一个不足二十岁的诗人在当时都城长安获得这样的美誉，可见其非凡的才华。然而乱世重武将，靠文才走向显达十分困难。卢纶常常在诗歌中感慨接近权贵的机会难以找到。

尽管当时在长安声名远扬，但是立身的根本问题没有解决，与一起下第的亲戚、好友相聚或分别时，常常表现出一种知音惜知音、心心相通的惆怅。

与从弟瑾同下第后出关言别

同作金门献赋人，二年悲见故园春。

到阙不沾新雨露，还家空带旧风尘。

杂花飞尽柳阴阴，官路逶迤绿草深。

对酒已成千里客，望山空寄两乡心。

出关愁暮一沾裳，满野蓬生古战场。
孤村树色昏残雨，远寺钟声带夕阳。
谁怜苦志已三冬，却欲躬耕学老农。
流水白云寻不尽，期君何处得相逢。

金门：汉代金马门。汉代金门献赋，好像唐代赴京赶考。唐代诗人常常以汉喻唐。自己与从弟卢瑾落第后离开长安出潼关，两次路经自己的故乡蒲州，进士考试在每年二月。一路的奔波不觉已是春末夏初绿柳成荫，草木繁盛。首联意为：我与你都是到长安的考生，历经两年又悲伤地看到了故乡的春色。颔联意为：然而皇帝的阳光雨露并没有沾溉到我俩，回家的路上徒然染着来时的风尘。颈联意为：柳絮飞尽绿柳成荫，曲曲折折的官路绿草已经丛生。尾联意为：对酒与从弟话别，将是相距千里，望家乡路远山高，徒然思念自己的家乡蒲州及避难的第二故乡鄱阳。

第二首在悲凉的意象营构中，表达了三次考试失利后，暂时隐居的念头已经在自己心头涌动。古战场，《元和郡县志》卷二："潼关在华阴县东北三十九里，古桃林塞也。"首联意为：出了潼关正是日暮时分，怎能不令人悲伤，遍野的蓬草生满了古战场。颔联意为：孤零零的村庄掩映在黄昏的细雨里，远处寺庙的钟声在夕阳中飘荡。三冬：反用东方朔之典，言自己三次进士考试失利。《汉书·东方朔传》载东方朔自言："年十三学书三冬，文史足用。"颈联意为：谁怜悯我苦心读书科举考试已经三次失意，心灰意冷想耕田种地学习老农。尾联意为：分别以后如流水白云不得寻找，与你将来在何时何地才能相逢。

终南山是一个风景不错的山，是一个距离唐代政治文化中心国都长安最近的山，因此也是许多名人营建别业的山。然而真正的隐士几乎是难以寻觅的。真正抛弃功名利禄之人不会去终南山，他肯定是去不知名的山。终南山在唐代是一座追名逐利的山、含蕴着特殊意味的山，一座抬高政治声望、提高知名度的山，一座可能结交名流、找到人生出路的山，以至后来有"终南捷径"的说法。然而这条捷径究竟把多少人送入仕途，使多少人走向辉煌，少得可怜的案例被无限放大，魔幻般地吸引着人们趋之若鹜。不可否认，安史之乱以后终南山的吸引力已经黯然失色了许多。然而连续的科举考试失利与誉满长安的两种境遇形成强烈反差，青春的锐气在挫折中有了更多理性的思考。继续在长安努力是前提，但是不能仅仅只靠考试，在终南山营造别业，是卢纶经过冷静思索后，又多了一条腿走路的人生策略。从另外一个角度考虑，长安与周至距离不远，虽然没有住在长安方便，但是自己从八岁到外公家开始至长安应举，已经得到外公家的不少经济援助，长安生存的成本高，而住在终南山别业既可以扬名又可以节约成本，同时也不影响结交名士，准备再次应举。

大历三年（768年）的主考官仍然是薛邕，进士录取才十九人。大历四年（769年）、大历五年（770年）仍是薛邕，分别录取二十六人。唐代有三十老明经、五十少进士的流行说法，全国争取二十人左右的名额，可以想见其难度之大，真是难于上青天。

从卢纶的诗歌不难看出，尽管少年时代得到过外家的许多关照，外家的恩情深深地植根于卢纶的心田，但是在仕途靠自己打拼出一片天地，始终是他一贯的立身行事原则，在各类题材中常常不由自主地表现出来，字里行间贯穿着一种自强不息的精神气度。

送卫司法河中觐省

出身因强学，不以外家荣。

年少无遗事，官闲有政声。

晓山临野渡，落日照军营。

共赏高堂下，连行弟与兄。

这首诗题下自注说"即故王吏部延昌外甥"，卫次公为河东人，是自己的老乡，他的舅舅王延昌是礼部侍郎。《新唐书·卫次公传》："（次公）字从周，河中河东人。举进士……调渭南尉。"卫次公大历三年（768 年）中进士，靠的是自己夙兴夜寐，发奋苦读，不是靠外家的荣耀。这首诗虽为送别，实为自勉。首联意为：自己的出身是因为自己博闻强记，不因为外家的尊荣而成功。颔联意为：年少时代没有行为的差错，为官闲逸是因为很有政声。颈联意为：路途攀山涉水路过人烟稀少的渡口，落日的余晖照着军营。尾联意为：共赴家乡探望父母，连行的是同袍兄弟。

一次一次的落第使他的身心十分疲惫，二十二三岁的诗人已经感慨衰老：

落第后归终南别业

久为名所误，春尽始归山。

落羽羞言命，逢人强破颜。

交疏贫病里，身老是非间。

不及东溪月，渔翁夜往还。

首联意为：长久以来为虚名所耽误，春天将尽才归终南山的别业。落羽：文人落第犹如鸟儿落羽毛。《论语·颜渊》："死生由命，富贵在天。"颔联意为：掉落了羽毛羞于说是命运的安排，见到了熟人勉强微笑。颈联意为：贫病交加中以往的交情越来越淡，在是非的人世间身心俱老。尾联意为：比不上披着东溪上空的月光，渔翁在夜里归来。长久为应举困扰的心态，写得入木三分，而结尾的感慨也只能是缥缈的向往，应举屡屡失利，身心交瘁，欲罢不能，十分逼真地表达了他这几年的心态。

落第后平静低落的情绪，准备再次考试，然而人生的自信与现实的残酷往往是相随相伴的。

落第后归山下旧居留别刘起居昆季

寂寞过朝昏，沉忧岂易论。

有时空卜命，无事可酬恩。

寄食依邻里，成家望子孙。

风尘知世路，衰贱到君门。

醉里因多感，愁中欲强言。

花林逢废井，战地识荒园。

怅别临晴野，悲春上古原。

鸟归山外树，人过水边村。

潘岳方称老，嵇康本厌喧。

谁堪将落羽，回首仰飞翻。

　　山下旧居：指终南山的别业。刘起居：指刘湾。起居：指起居郎，从六品上。一二句意为：寂寞孤独之中过了白天又夜晚，沉沦的忧患岂能用言语表达。三四句意为：有时徒然去占卜自己的命运，无所事事难以酬谢他人的恩情。寄食，《淮阴侯列传》："常从人寄食，人多厌之。"科场的失利与生活的贫困折磨着年轻的诗人，甚至怀疑自己的命运。在这段时间里，卢纶应该是组建了自己的家庭，同时得到邻里无私的帮助。五六句意为：靠邻居接济度日，成家后寄希望于子孙。七八句意为：艰难飘荡的生活更知世路之难，衰老贫贱到了您的家门。九十句意为：酒醉后更多人生的感慨，愁苦之中勉强开口。十一十二句意为：花丛树林中常常看到的是废弃的水井，周至这一带经过多年的战乱，人口减少田园荒芜。十三十四句意为：惆怅地在晴日的旷野分别，古原上更引发我伤春的情绪。十五十六句意为：远处的山外鸟儿归巢，行人走回水边的村落。潘岳句，潘岳《秋兴赋》："晋十有四年，余春秋三十有二，始见二毛。"十七十八句意为：我如潘岳一般已开始叹老，又如嵇康厌烦喧闹。时代的不幸与自我的艰难，使他二十出头便在诗中叹老，这实在是心境的写真，与实际年龄没有关系。"落羽"指落第，也称铩羽。末尾二句意为：谁能让落了羽毛的鸟儿飞翔在高空里。结尾希望得到赏识的意思十分迫切。

　　一次次的失利并没有使坚强的诗人卢纶绝望，他也曾借酒浇愁，也曾自嘲闲人，但是不愿意再麻烦外家的自强自立的心意，时时流露在诗中。"耻将名利托交亲，只向尊前乐此身。才大不应成滞客，时危且喜是闲人。"(《无题》)卢纶用无题自叙复杂矛盾自我超越的心迹，十分真切。

平定安史叛乱的大功臣郭子仪的儿子郭暧，是唐代宗的驸马，妻子是升平公主，贤明聪慧，才思敏捷，特别喜欢诗歌。李端与郭暧交往密切，李端、卢纶等常常被郭暧邀请赴宴作诗，公主在帘内观看，写得好的，常常得到百缣，缣是一种双层的丝织品。可见当时卢纶诗名之盛。

在长安应举这段时间里结交达官与青年才俊无疑是他最重要的人生策略之一。随着朋友圈的不断扩展，交往中的"大历十才子"之中有能够与权贵挂上钩的人物。当权宰相元载的长子元伯，与"大历十才子"交往密切。卢纶很有可能是通过元伯向元载递呈了自己的诗文。这种行卷之风在唐代十分盛行并且很重要。所谓"行卷"就是应考的举子选取自己所作的诗文向当时达官贵人、文坛名士进奉，希望得到推荐褒奖的行为。同时卢纶还向当时的刑部郎中包佶行卷。包佶也是元载、王缙集团的人。这样卢纶也就成了元载的门下士。王缙推荐卢纶做集贤学士、秘书省校书郎。在《旧唐书·卢纶传》中都有记载。而《新唐书·卢纶传》记载元载选取卢纶的诗文进献皇帝。大历六年（771年）卢纶被任命为阌乡县尉，在唐代县尉是个九品官，然而对于科场多次失利的卢纶来说，步入仕途是其人生最重要的一步，后来自己回忆说："偶为达者知，扬我于王庭。"(《纶与吉侍郎中孚司空郎中曙苗员外发崔补阙峒耿拾遗湋李校书端风尘追游向三十载数公皆负当时盛称荣耀未几俱沉下泉畅博士当感怀前踪有五十韵见寄辄有所酬以申悲旧兼寄夏侯侍御审侯仓曹钊》)阌乡县在今河南省西部，今已并入灵宝市。在这一年的二月，卢纶去赴任。

将赴阌乡灞上留别钱起员外

暖景登桥望，分明春色来。

离心自惆怅，车马亦徘徊。

远雪和霜积，高花占日开。

从官竟何事，忧患已相催。

灞上，也作霸上，古地区名，在今陕西省西安市东南，蓝田西，为古代咸阳、长安附近军事要地。钱起：大历十才子之一。桥：此指灞桥。首联意为：登上灞桥远望，初春的暖意已经悄然而至，清新的春色扑面而来。屈原《离骚》："仆夫悲余马怀兮，蜷局顾而不行。"颔联意为：离别的心情自是惆怅，车马似知人意徘徊不前。颈联意为：远处冬天的积雪与霜一起堆积尚未完全融化，高树的花儿最先在春天的暖阳里开放。尾联意为：为官究竟是为了什么，莫名的忧患已经在心头悄然而至。

从这首诗看，此时的卢纶与长安的朋友钱起分别，与以前的心情还是明显不同的。虽然冬天的寒意未去，但是春天已经到来，春天的花儿已经开放，喜悦是此诗的基调。当然也有与友人离别的淡淡惆怅及对县尉生涯的担忧。这种担忧是有实际内容存在的。高适《封丘县作》："拜迎长官心欲碎，鞭挞黎庶令人悲。"在唐代的县尉拜迎长官，催收租税，十分辛苦，时时谨慎，不免责罚。

在阌乡县尉任上待了一年左右的时间，卢纶还做过陕府户曹参军，就是幕僚，职位低。卢纶后来又改任密县令，这样的发展是比较正常的。密县在今河南郑州西南。不久又调任昭应县令，昭应属于京兆府，虽然同是县令，但已经不是七品官了。昭应是畿县，是正六品。华清宫就在昭应县（今陕西临潼），当卢纶经过这个地方时，尽管唐玄宗与杨贵妃的往事已经成为过去，但是其中的神秘对卢纶还是有很大的吸引力，徘徊在华清宫外的诗人，写下了一首五言排律——《早秋望华清宫中树因以成咏》，将华清宫的气象写得十分生动。

大历七年（772年），戴叔伦到长安做广文博士，卢纶、钱起、李端与戴叔伦都与诗僧少微交友，少微离京到蜀地漫游，钱起作《送少微师西行》，戴叔伦作《送少微上人入蜀》，卢纶作《送少微上人游蜀》，李端作《送少微上人入蜀》。唐代有不少著名的诗僧，文人与诗僧交往唱酬是一种时代风尚，由此可见一斑。

大历九年（774年）开始，卢纶任职监察御史、集贤学士、秘书省校书郎，开始了短暂的台阁生活。这一时期许多诗人在长安为官，常衮为中书舍人，作诗怀念徐浩、薛邕，钱起、包佶、司空曙、卢纶等都有和作。一些离开长安到外地做官的人，卢纶与当时的诗人李端都有送别之作。

送丹阳赵少府

恭闻林下别，未至亦沾裳。

荻岸雨声尽，江天虹影长。

佩韦宗懒慢，偷橘爱芳香。

遥想从公后，称荣在上堂。

　　题下注：即给事中涓亲弟。赵少府应是赵涓的侄辈。考李端有诗《送赵给事侄尉丹阳》可知。唐代称县令为明府，县尉为少府。由于卢纶为台阁之臣，所以这首诗用了不少典故来显示自己的才学。林下，王献之的《进书诀表》："臣年二十四，隐林下。"首联意为：听说好友与你在林下分别，我未到现场也泪湿衣裳。颔联意为：芦荻岸边的绵绵雨水停止后，江水上空浮起了长长的彩虹。《韩非子·观行》："西门豹之性急，故佩韦以自缓。"宗：崇尚之意。《三国志·吴书·陆续传》："续年六岁，于九江见袁术。术出橘，续怀三枚，去，拜辞堕地，术谓曰：'陆郎作宾客而怀橘乎？'续跪答曰：'欲归遗母。'术大奇之。"颈联意为：如西门豹佩韦是因为崇尚超然自由，如陆续怀橘是因孝心所致。从公：指做官。上堂：上堂请安之意。尾联意为：遥想你做了县尉以后，向父母请安时能够光耀门楣。

　　由于任职的原因，卢纶交往的范围大了，结交的圈子官职也高了。李纵在大历十年（775年）到了长安，在大历十一年（776年）春天，与弟弟李纾同咏玫瑰花寄吏部侍郎徐浩，卢纶、司空曙和之。卢纶诗是《奉和李舍人昆季咏玫瑰花寄赠徐侍郎》：

独鹤寄烟霜，双鸾思晚芳。

旧阴依谢宅，新艳出萧墙。

蝶散摇轻露，莺衔入夕阳。

雨朝胜濯锦，风夜剧焚香。

断日千层艳，孤霞一片光。

密来惊叶少，动处觉枝长。

布影期高赏，留春为远方。

尝闻赠琼玖，叨和愧升堂。

　　大历八年（773 年），吏部侍郎徐浩被贬明州别驾，在此已经三年了，李纵、李纾以咏玫瑰寄赠徐浩，卢纶和之。简单的唱和已经受到很大限制，对诗歌的创作技巧是一个考验，而和二人之意与赠徐浩之意都必须包含，非得一箭双雕不可。

　　开篇巧用比兴，将被贬明州的徐浩比作独鹤，古人每每以鹤喻君子，独鹤很好地表现了徐浩的境遇；而双鸾比喻二李兄弟也十分贴切，晚芳指玫瑰。寥寥十字，将作诗的缘起写得新颖奇妙，因难见巧。一二句意为：如孤独的白鹤寄身于烟霞于寒霜之中，李姓兄弟如一双鸾鸟将思念寄托于玫瑰花。接下来以谢安一族人才辈出来称道二李兄弟，而萧墙暗指二李兄弟出于萧颖士之门。三四句意为：李姓兄弟出身名门，又得到名师的指教，才干已经脱颖而出。"蝶散"二句不从正面着笔，而是侧面敷粉，写出了玫瑰的美。五六句意为：成群的蝴蝶飞来飞去摇去了玫瑰花上的露水，黄莺鸟衔着玫瑰花瓣飞在夕阳之中。接着正面写玫瑰花的色与香。七八句意为：经过雨露浸润的玫瑰胜似江流中的濯锦，其浓烈的芳香远远胜过各种各样的熏香。九十句意为：一片片连绵的玫瑰花遮住了骄阳，堆叠成层层叠叠的千娇百媚，鲜艳的玫瑰花美如彩霞。"密来"二句动静结合。十一十二句意为：玫瑰花开繁盛枝叶稀少，摇曳时才知枝条蔓长。接下来又将咏物与怀人融为一体，照应题意。十三十四句意为：玫瑰摇动着美丽的倩影，留住春天，等待远方的知音徐侍郎。十五十六句意为：李纵兄弟赠给徐侍郎的诗歌如美玉，而我的这首诗自愧弗如，难以登堂入室。全诗结构精致，本是一首和作，却能施展才华，显示出独特的创作个性。全诗格调高，不低沉，咏物中显示了卢纶开朗乐观、积极向上的人格。在赠答诗中给朋友的也是正能量。

大历十才子及周围的诗人在长安的很多,唱酬赠答成为他们来往的一个有效途径。包佶为谏议大夫,钱起、郎士元在员外郎任上,崔峒做补阙,司空曙官拾遗,卢纶虽为京官,其实级别比县令低,俸禄也很微薄。常常想念自己的家乡蒲州,自称是在长安的羁人,也就是羁旅之人。"积雨暮凄凄,羁人状鸟栖。"(《客舍苦雨即事寄钱起郎士元二员外》)

大历十一年(776年)七月,李纵加员外郎为常州别驾,卢纶、李端、戴叔伦都在长安,有诗相送。李端诗为《送别驾赴晋陵即舍人叔之兄》,戴叔伦诗为《送李长史纵之任常州》,卢纶诗为《送李纵别驾加员外郎却赴常州幕》:

> 霄汉正联飞,江湖又独归。
> 暂欢同赐被,不待易朝衣。
> 山雨迎军晚,芦风候火微。
> 还当宴铃阁,谢守亦光辉。

首联意为:李纵正与其他中书舍人同朝为官,又接到外任的朝命。常州远离长安,是水乡,故云江湖。他历经舟船劳顿,故云"江湖又独归"。颔联意为:朝命紧急,短暂沉浸在中书省京官的欢快气氛中,来不及脱去朝衣。其实李纵是以京官的身份外任的,此一语双关。颈联意为:山雨弥漫迎接的军士来晚,芦苇烧的火堆难以御寒。写路途艰难。七八句写到官署后之情形,铃阁,唐代指州郡长官办公的地方。尾联意为:常州刺史设宴款待新来的别驾,刺史觉得十分体面。这类应酬诗歌写得四平八稳,可以看出卢纶京城平稳安定的生活状态。

他与王缙的弟弟太常少卿王纮、王缙的儿子考功王员外唱酬。

和太常王卿立秋日即事

嵩高云日明,潘岳赋初成。

篱槿花无色，阶桐叶有声。

绛纱垂簟净，白羽拂衣轻。

鸿雁悲天远，龟鱼觉水清。

别弦添楚思，牧马动边情。

田雨农官问，林风苑吏惊。

松篁终茂盛，蓬艾自衰荣。

遥仰凭轩夕，惟应喜宋生。

嵩高就是嵩山，这里用了《诗经·大雅·崧高》的句子："崧高维岳，骏极于天。"崧高，即嵩高，也就是嵩山。潘岳是晋代著名诗赋作家，有名篇《秋兴赋》，以潘岳比王纮，以《秋兴赋》比王纮《立秋日即事》。一二句意为：如嵩山上的朝阳破云而出，又如潘岳《秋兴赋》刚刚写成。槿，木槿，落叶灌木，一般开白花，属于朝开暮落花。三四句意为：朝开暮落的木槿花没有颜色，枯萎的桐叶一片片落在石阶上有声。五六句意为：绛纱帷帐垂挂在竹席上，白羽扇轻轻摇动身上便有了凉爽的感觉。鸿雁，潘岳《秋兴赋》："雁飘飘而南飞。"自从战国宋玉《九辩》"悲哉，秋之为气也"发端，悲秋便是诗人们常有的基调，"天远""水清"，化用宋玉《九辩》"泬寥兮天高而气清，寂寥兮收潦而水清"。七八句意为：鸿雁深知南飞的路远，龟和鱼能感到水清。"楚思"，《左传》成公九年载，晋景公视察军用仓库，问宫吏，戴着南方的帽子而被囚禁的那个人是谁？回答说，是郑人所献的楚国俘虏钟仪，晋景公让人把他放出来，召见了他。问他能奏乐吗，钟仪回答，这是先人的职责，岂敢从事其他工作。晋景公命人把琴给了钟仪，他弹奏的是南方乐调。晋景公把与钟仪接触的具体情况告诉范文子，范文子说，这个楚囚是君子啊。对答中举出先人的职官，这是不忘根本；奏乐奏的是家乡的乐调，这是不忘故土。诗人常用楚思指思念故乡。而"边情"也是用《古诗十九首》"胡马依北风"。九十句意为：别离的曲调弹不尽的思乡之曲，胡马也仰望自己的故乡。秋天是一年收获的季节，收获时节天气关乎收成的好坏、粮食的品质，故云"田雨农官问"。而各种水果的品质好坏，秋天天气也是一个决定因素。秋高气爽才能保证水果质量与好收成。而秋雨连绵，甚至暴雨则难以收到好的水果。十一十二句意为：秋雨绵绵让户部所属的官员不停询问，猛烈的秋风令掌管苑囿的长官心惊。而松篁二句通过对比则可以看出卢纶不屈不挠的人格精神，巧妙用《论语》"岁寒，然后知松柏之后凋也"。十三十四句意为：松林竹林寒冬中郁郁葱葱，蓬草艾草自然枯萎衰落。最后点题，标明唱和之意。十五十六句意为：遥想你夜晚凭栏远望，定然喜爱像宋玉一样咏秋的这些和作。

五言排律对于创作技巧是一个考验，除了第一二句与结尾二句外，都需讲求平仄，一联之间必须对仗，难度相当大。卢纶形式上写得很好，显示出高超的技巧。例如三四句对仗特别巧妙讲究，以篱对阶，以槿对桐，以花对叶，以无对有，以色对声。其次，大量用与秋有关的典故，化用前人诗文，十分娴熟。但是从诗歌的内在感情看，明显不足。主要是铺陈秋日景物，堆砌秋天的意象，顺序从室外到室内，再从室内到室外。而意象之间缺乏感情的连缀。这也证明了文学创作的一个规律，作为应酬之作是难以产生激动人心的传世之作的。

判断一个人不能用静态的眼光来简单贴标签、分好坏，也不能用简单肯定与否定来评价一个历史人物。大历时期宦官擅权已经成为政治黑暗的主要原因之一。宝应元年（762年）唐肃宗病重，宦官李辅国专权，四月肃宗张皇后对李辅国很不满，想除掉李辅国，与太子谋划，太子不赞成。又与自己的儿子越王李系密谋。后来由于程元振知道他们的计谋，告诉了李辅国。李辅国杀了李系，囚禁了皇后。同日夜晚，肃宗去世。李辅国拥戴太子李豫即位，是为唐代宗。代宗即位后，李辅国志得意满，不可一世。甚至对代宗说，陛下你只要深居宫中就行了，外面的事让老奴来处理。代宗虽然不满，但由于李辅国手握兵权，只能表面应承，从长计议。李辅国常常在御前称赞元载，元载善于揣度皇帝的心思，官职飞速升迁，升到中书侍郎。此年十月，代宗派人刺杀李辅国，元载也曾参与密谋。此后元载更是备受重用。通过交往宦官董秀，探听内宫消息，提前猜测皇帝心意。宦官鱼朝恩权倾朝野，掌握着禁军，妄议朝政，专横跋扈，元载表面应付，逐步谋划，后来唐代宗授意元载策划行动。元载以重金收买鱼朝恩的亲信皇甫温、周皓，全部掌握了鱼朝恩的情况，设计好了对策。大历五年（770年）元载与皇甫温、周皓商定诛杀鱼朝恩，并报告代宗。三月，唐代宗在禁中以贺寒食节的名义设宴，将鱼朝恩用绳子勒死。从这以后，元载自认为除恶有功，满朝文武百官无人比得上自己，大权独揽。后来元载与王缙上奏皇帝，建议以河中府为中都，驻军五万，皇帝未准奏前，二人便大造私宅，代宗非常厌恶。即使有人上奏其恶劣行径，也被元载处死。即使愤恨，也不敢用言语表达，只是用眼睛来示意。凡是想求官仕进的都必须向他的儿子行贿。元载之所以升迁如此之快，是因为他算得上皇帝肚子里的一条蛔虫，把皇帝的心思抓得精准。他在长安城中一南一北的府第豪华无比，冠绝百官，歌姬成群，仆婢众多。后来没收的洛阳私家花园，竟然能与皇家花园媲美，可见其规模与气魄。所谓物极必反，水满则溢。元载被自己的功劳冲昏了头脑，不可一世的结果是他成为皇帝的处死对象。大历十二年（777年）三月，忍无可忍的代宗终于下令逮捕元载及其党羽。元载与妻子及三个儿子都被处以死刑。女儿虽然出嫁，但也被抓回到皇宫做奴婢。

之所以历数元载的人生轨迹，在于卢纶开始的为官经历与元载有关，以后的经历也受其影响。他的步入仕途与元载有关。这一年王缙被贬括州。元载的党羽杨炎、韩洄、王定、包佶、徐璜、赵纵、裴翼、王纮（王缙弟弟）、韩会等都被贬。卢纶也被抓到虢州（今河南灵宝市）。这是在监狱中写下的诗篇。

罪所送苗员外上都

谋身当议罪，宁遣友朋闻。

祸近防难及，愁长事未分。

寂寥惊远语，幽闭望归云。

亲戚如相见，唯应泣向君。

同为大历十才子之一的苗发，此时任职都官员外郎，在虢州与卢纶相见，苗发回上都长安。长安也是卢纶获罪的地方。这首送别诗实在是比较特殊的。首联意为：自己是戴罪之身，怎能让朋友过问呢？颔联意为：自己被元载、王缙案件牵连难以想到，又如何防范，自己的事情尚未澄清，此时怎能不愁苦万分！颈联意为：寂寞时听到远在虢州外的亲戚好友的问候，在关押期间只能眼望云归长安。末尾二句虽为遥想之词，但当时诗人的悲惨状况可以想见。不直接写亲戚，而透过一层写卢纶设想亲戚的挂念。尾联意为：我的亲戚如果见了你，也只有眼泪汪汪向你打听自己的处境及结果了。

后来经过严格审查，卢纶实在与元载没有多大关系，也不是核心圈中的人，更没有狐假虎威、作威作福。但是也仅仅保留俸禄，没有处理公务的职权。这一事件对他身心的打击是很大的。

虢州逢侯钊同寻南观因赠别

（时居停务）

相见翻惆怅，因怜责废官。

过深惭禄在，识浅赖刑宽。

独失耕农业，同思弟侄欢。

衰贫羞客过，卑束会君难。

放鹤登云壁，浇花绕石坛。

兴还江海上，迹在是非端。

林密风声细，山高雨色寒。

悠然此中别，宾仆亦阑干。

虢州：河南道属州。此诗作于大历十二年以后。下笔就点明了自己的处境，在这种特殊的时候，别人避之唯恐不及，自己也不愿意多见别人。一二句意为：与你相见特别伤心，同去南观实在是同情我的境遇。三四句意为：自己的过错深重但是俸禄仍然保留，案件尚未终结，实在是朝廷对自己的宽厚。五六句意为：可惜为了仕进失却了作为农夫的资本，思念与亲人度过的快乐时光。心灰意冷的精神状态可见一斑。七八句意为：由于衰老贫穷怕见友人，衣着寒酸与君会面犯难。放鹤二句写出友人希望其散散心。九十十一十二句意为：邀我放鹤观云实在是一片苦心，可是我作诗的兴致交给江海了，毕竟自己是是非中人。而林密二句用象征手法写出了自己获罪后的惶恐心态。十三十四句意为：深密的树林里不时有阵阵风来，高山上的雨声带着寒意。结尾既依依惜别，又用屈原《离骚》"仆夫悲余马怀兮，蜷局顾而不行"写出了对自己处境的感慨。十五十六意为：实在不忍就此分别，宾客与我潸然落泪。

时间不长朝廷就为他平反昭雪了。审核案件的官员是御史大夫皇甫大夫，名不详。卢纶虽然被免了官，但是一场灾难总算有了结果。

雪谤后书事上皇甫大夫

盛德总群英，高标仰国桢。

独安巡狩日，曾掩赵张名。

业就难辞宠，朝回更授兵。

晓川分牧马，夜雪覆连营。

长策威殊俗，嘉谋翊圣明。

画图规阵势，梦笔纪山行。

绶拂池中影，珂摇竹外声。

赐欢征妓乐，陪醉问公卿。

却忆经前事，翻疑得此生。

分深存没感，恩在子孙荣。

览镜愁将老，扪心喜复惊。

岂言沉族重，但觉杀身轻。

有泪沾坟典，无家集弟兄。

东西遭世难，流浪识交情。

阅古宗文举，推才慕正平。

应怜守贫贱，又欲事躬耕。

下笔用《周易·系辞传上》中"日新之为盛德"。御史大夫位高权重，故是总群英。一二句意为：作为御史大夫领袖众多的英才，高超的人生品格真是国家的栋梁。独安句指皇帝出巡时负责京城政务。赵张，用汉代的赵广汉、张敞比皇甫大夫。皇甫大夫曾任京兆尹（国都长安的长官）。三四句意为：当年作为京兆尹使京城安宁，名声远超汉代的赵广汉、张敞。五六句意为：成就丰功伟业以至难以辞去皇帝对你的恩宠，回到朝廷更授以兵权。"晓川"二句是想象之词。七八句意为：皇甫大夫边关牧马备战，深夜踏雪归来，训练部队不分白昼夜晚，一丝不苟。九十句意为：计谋出众威震边疆，良谋高策辅佐皇帝。"梦笔"用江淹之典。《南史·江淹传》载，江淹梦到一个男子自称是郭璞，对江淹说，我有笔在你这里放了多年，可以还给我了。江淹从怀中一摸，得到五色笔一支还给他，从此作诗，再没有好句子。十一十二句意为：一边筹划军中阵法，一边用生花妙笔记录边疆壮伟奇异的山川。再写皇甫大夫出行，御史大夫在唐朝为三品官，服绿绶带。珂，色泽似玉，用贝壳制成，装饰马勒，振动有声。唐代百官服饰规定，三品以上官用珂九颗。十三十四句意为：绿绶带与池中的绿波相映成趣，竹林外传来珂声悦耳动听。唐代对家中蓄养歌妓有严格规定。三品以上官才可以备女乐。十五十六句意为：闲暇之时听乐消遣，陪伴公卿酣醉。十七十八句意为：因参加欢宴而言及不久前下狱并雪谤的伤心事，患得患失，怀疑自己是否真的还活着。"恩在"句明白如话，其实用于定国的典故，不露痕迹，赞扬皇甫大夫行善积德，公正严明，必然泽及子孙。《汉书·于定国传》载，于定国父亲是一个判案的下级官员，自己的大门坏了，父老乡亲都来为他修建。他对大家说：我家缺少又高又宽的大门，现在建一个能让"驷马盖车"通过的门。我判案公道，积了阴德，不曾有过冤枉，子孙将来必有兴旺的。后来于定国为丞相。十九二十句意为：皇甫大夫您对我有再生之恩，公正善良的德行必然能泽惠子孙。二十一二十二句意为：看看镜子里的自己因愁苦而日益衰老，窃喜大难过去令人心惊胆战。二十三二十四句意为：如果没有皇甫大夫的拯救，不但自己不保，恐有灭族之灾，这真是天大的事情，自己一个人的性命过后才觉得反而很是轻微。二十五二十六句意为：读书之时往往眼泪沾湿了典籍，身处困境难以惠及弟兄。"识交情"用典不露痕迹。《史记·汲郑列传》："一死一生，乃知交情；一贫一富，乃知交态；一贵一贱，交情乃见。"此处也在含蓄委婉地感激称扬皇甫大夫的真情厚意。二十七二十八句意为：回想安史之乱以来自己东奔西躲，流浪中见识了人间自有真情。孔融，字文举。《后汉书·孔融传》当时人评价曰："孔文举于时英雄特杰，譬诸物类，犹众星之有北辰，百谷之有黍稷，天下莫不属目也。"正平，祢衡字。孔融比祢衡大二十岁，孔融爱才，多次在曹操面前推荐祢衡。祢衡恃才傲物，曹操贬之为鼓吏。后来因为自己的轻狂举动得罪曹操，曹操想杀他，幸得孔融说情才得到曹操宽恕。二十九三十句意为：皇甫大夫犹如历史上的孔融，威望非凡。举荐自己就如同当年孔融举荐祢衡一样。最后二句道出了自己的最后结果。三十一三十二句意为：虽然免罪，但应怜惜我只能安于贫贱，需要自己从事耕种来养活自己了。

　　胸怀壮志，历经多少努力，付出多少心血，得到一个低微的官职，非但没有得到很好的前程，三十岁就经历了这样的磨难，这样的痛苦卢纶向自己的好友述说，不幸的人生中能有这样一些挚友的关心，卢纶感到莫大的慰藉。

春日书情赠别司空曙

　　壮志随年尽，谋身意未安。
　　风尘交契阔，老大别离难。
　　腊近晴多暖，春迟夜却寒。
　　谁堪少兄弟，三十又无官。

　　首联意为：年轻的壮志随着岁月的流逝已经消失殆尽，安身立命的前程渺茫。契阔：此指分别。《诗经·邶风·击鼓》："死生契阔，与子成说。"颔联意为：此时与自己的外兄分别，年岁三十，心境已老。兄弟远去，怎能不感慨万千。腊近：古人认为腊日以后春草萌生。颈联意为：腊日将至天晴时白日已暖，春天迟迟未至夜晚却寒意浓烈。尾联的感慨脱口而来：谁能够缺少兄弟啊，我三十岁又成了到处飘荡的无官之人。

见到昔日的好友，会给卢纶带来莫大的喜悦，而元载案件的牵连使他的身心特别疲惫。在这一段时间内"雪谤"成为诗歌题目的高频词。

雪谤后逢李叔度

相逢空握手，往事不堪思。

见少情难尽，愁深语自迟。

草生分路处，雨散出山时。

强得宽离恨，唯当说后期。

一个空写出了难以言说的悲哀。首联意为：往事不堪回首，历尽苦难，欲说还休。颔联意为：见面少友情之深难以言说，即使对朋友也无法言说。愁苦深重语言自然迟缓。"草生"二句象征性地写出了自己此时此地的心情。颈联意为：与你分别四望野草生长，雨水停歇正是出山之时。尾联意为：只能强忍离别的愁恨，盼望再见到友人，试着约定以后见面的日子。

真正回去躬耕，只是一句无奈的感叹而已。卢纶毕竟是出了名的才子，诗名是自己的长处。因此为了生存，他去节度使幕府做了推官。从现存的资料看，不知道卢纶在哪个节度使幕府做推官。但是时间不长，就由于生病辞去了这一职务。

卧病寓居龙兴观枉冯十七著作书知罢摄洛阳赴缑氏因题十四韵寄冯生并赠乔尊师

乞假依山宅，蹉跎属岁周。

弱荛轻采拾，钝质称归休。

潘岳衰将至，刘桢病未瘳。

步迟乘羽客，起晏滞书邮。

幸以编方验，终贻骨肉忧。

灼龟炉气冷，曝药树阴稠。

语命心堪醉，伤离梦亦愁。

荤膻居已绝，鸾鹤见无由。

世累如尘积，年光剧水流。

蹑云知有路，济海岂无舟。

倚玉翻成难，投砖敢望酬。

卑栖君就禄，羸惫我逢秋。

腐叶填荒辙，阴萤出古沟。

依然在遐想，愿子励风猷。

从开篇不难看出，做推官的时间是很短的。"岁周"，一年。因为自己雪谤后正好一年。可能做推官就几个月的时间。因病请假辞去推官，生活困顿，只能寄居在龙兴观。唐代西都长安东都洛阳都有龙兴观。一二句意为：告了病假只能依托在山中的道观暂住，坎坎坷坷已经一年时间。"弱菉"句表达自己经过一场灾难以后，对于初生的菉草也格外怜惜。"钝质"用贾谊《吊屈原赋》："莫邪为钝兮，铅刀为铦。"贾谊指斥黑白颠倒是非不分的楚国，锋利的莫邪宝剑认为钝，铅刀却认为锋利。三四句意为：柔弱的菉草不要轻易去采摘，钝剑无用，就归隐去吧。自嘲中表达对世道黑暗的愤慨。自己三十一岁了，故用潘岳自比，潘岳三十二岁已经生白发。刘桢《赠五官中郎将》："余婴沉痼疾，窜身清漳滨。"五六句意为：好似潘岳生白发的年龄，经过这场灾难自己衰老将至，疾病未愈。"乘羽客"，指道士，这里指乔尊师。冯著与他来洛阳已经滞留了一段时间。七八句意为：你托人转送的药虽然稍晚才收到，启用迟了是因路途推延了一段时光。古代道士多集药方编书以救人，接下来写乔尊师赠送自己药方特别灵验，自己的亲人熬药晒药。九十句意为：幸运的是我得病之时能有你灵验的偏方，生病终究还是给亲人们带来不尽的忧虑。灼龟：指烤炙龟甲占卜。十一十二句意为：自己本想用龟甲占卜，可是炉火变冷。常常为晒草药感叹树荫稠密。"语命"句，此用《庄子·应帝王》："郑有神巫曰季咸，知人之生死、存亡、祸福、寿夭……列子见之而心醉。"十三十四句意为：尊师不仅治病还能算命，其所言之语令人心醉。而今离别梦境都是愁苦。鸾鹤指神仙境界。十五十六句意为：自己信道，居家饮食已经断绝了荤腥，自己虽然一心向道，但是仍然难以到达神仙境界。"年光"句用《论语》："子在川上曰：'逝者如斯夫，不舍昼夜。'"十七十八句意为：人世间的烦恼劳心损神，犹如尘埃聚集在人的身上，难以摆脱。时光如流水一样飞逝。蹑云、济海，都是指成仙。十九二十句意为：自认学道升天一定有路，渡海岂能没有舟楫。"倚玉"用典，比喻冯著与自己。《世说新语·容止》载魏明帝让毛曾与夏侯玄共坐，时人谓之兼葭倚玉树。投砖，宋·释道原《景德传灯录》卷十："比来抛砖引玉，却引得个坠子。"二十一二十二句意为：我与你们诗歌往还是兼葭倚玉树，写这首诗并不是为了获得什么。"卑栖"用典，谢灵运诗《初去郡》："卑位代躬耕。"二十三二十四句意为：你去任官虽然官位低屈才了，我却在秋冷天寒时生病居家。二十五二十六句意为：恰如腐烂的树叶填充荒废的车辙，又似萤火虫飞出古老的水沟。写出了自己落寞的心绪。二十七二十八句意为：我仍然在遐想未来。也希望冯著刚直的风骨不因环境而改变。最后禀明自己不屈服命运的坚贞的人格。

冯著，与卢纶在大历初相识，至此已经十年，两人交情不错：

秋夜寄冯著作

河汉净无云，鸿声此夜闻。
素心难比石，苍鬓欲如君。
露槿月中落，风萤池上分。
何言十载友，同迹不同群。

唐代以曾任官职称对方是一种惯例。冯著曾任著作郎，所以这样称呼。首联意为：明亮的夜空清新无云，鸿雁的叫声打破了夜的静寂。开篇以动写静，用静谧无云的夜空中传来鸿雁叫声，表达此时对冯著的思念。三四句反用《诗经》诗句"我心匪石，不可转也"表达深厚的友情。颔联意为：我的心非石，对你的思念之情难以忘怀平静，你虽然年长早生华发，可我早生华发与你看似年岁相仿。颈联意为：我好似秋露中的槿花先落，萤火虫在池上分离是我与你的分别。最后发自肺腑地感慨。尾联意为：多年的好友，行迹相似而不能一起为官。这首寄赠之作不同于此类诗的写法，更多在自述心境，是了解作者此时心理状况的最好注脚。

以后的数年中，卢纶的生活是艰难的，他暂住长安，没有俸禄，可以想见其生活的状况。诗歌中感伤的情调越来越浓重。大历十才子没有因为这一事件势利地与之疏远，人间的真情成为其战胜人生挫折、克服生活困难的重要的力量源泉。

同钱郎中晚春过慈恩寺

不见僧中旧，仍逢雨后春。

惜花将爱寺，俱是白头人。

钱起大历末年曾为考功郎中，一起游历长安的慈恩寺。"仍逢雨后春"，既是眼前景，更是象征地表达了与诗友一起游历，在一场人生的灾难后是多大的慰藉。一二句意为：不见僧众的旧日面孔，幸逢雨后的阳春。三四句意为：珍惜花开花落更加爱护寺院，你我都是白头之人了。惜花爱寺含蓄地表达了这次人生灾难后自己推己及物的内心世界。白头人述说了自己虽然小于钱起，但是已经身心早衰。

物质生活的困顿，反而激发了卢纶诗歌创作的热情，与友人的诗歌往还，也成为其战胜困顿的精神武器。

送郎士元使君赴郢州

赐衣兼授节，行日郢中闻。

花发登山庙，天晴阅水军。

渔商三楚接，郡邑九江分。

高兴应难遂，元戎有大勋。

郎士元为郢州刺史在大历末年，使君，汉代对太守的称呼，后对刺史的尊称。赐衣，唐代刺史任职原先天子都要亲自册授。后来不再这样做，但是天子也要赐衣。授节，安史之乱爆发后，刺史有时候兼军队统帅，所以这样说。首联意为：你接受了赐衣授节的职位，郢中已经知道你赴任的行程。颔联设想郎士元到郢州后的视察行程，在山花盛开时登山庙，在天气晴朗日视察水军。三楚。郢州属于三楚中的南楚。颈联意为：郢州水路交通繁忙，渔商云集，长江流经湖北一带，支流甚多。尾联意为：清雅高逸的文人雅兴难以满足，郎士元便要匆匆赴任，在郢州建功立业了。全诗写得格调明快，构思巧妙，遥想未来的时空，不仅仅局限送别地长安，别有韵味。

　　每一个人的命运随着时代而浮沉，想要离开时代那只是一个美丽的幻想。自安史之乱平定后，唐王朝内在矛盾越来越深重。黄河下游各个节度使拥兵自重，割据一方，后来更世袭相传，如魏博节度使田承嗣死后，其侄田悦继承魏博节度使一职，唐中央也无法过问。唐德宗李适在779年登上皇位的时候已经是三十八岁了。他既目睹过盛世繁华，更经历过安史之乱的颠沛流离。也深知他的父亲唐代宗时期宦官专权的危害。他算得上经历丰富、思想成熟、想有作为的皇帝。即位后，决心对付地方的藩镇。然而一个正确的决策要能够实施，并不容易，要取得预想的效果那就是多种因素合力作用才能实现。历史上多个皇帝有好的想法，但只是一个好的想法而已，根本没有付诸实施；有的刚开始操作便匆匆收场，有的半途而废，有的适得其反。凡此种种，不一而足。建中二年（781年），成德节度使李宝臣死，其子李惟岳要求德宗任他为成德节度使，子承父位，但被德宗拒绝。李惟岳于是联同魏博节度使田悦、淄青节度使李正己，及山南东道节度使梁崇义一起举兵反唐。德宗命幽州留守朱滔、淮西节度使李希烈等平乱。最初效忠唐中央的军队处于上风，李正己谋反后不久病故，其子李纳续领淄青军，但被围困；梁崇义被李希烈打败自杀；李惟岳部下王武俊叛变，杀掉李惟岳向中央请降。四镇中只有魏博的田悦仍在对抗中央，但已孤掌难鸣。不久，唐德宗授王武俊为检校秘书少监，兼御史大夫、恒州刺史、恒冀都团练观察使，实封食邑五百户，又任命张孝忠为易定沧三州节度使，康日知为深赵都团练观察使，命朱滔回镇幽州。朱滔要求拥有深州被拒，因此怨恨朝廷。王武俊认为自己诛杀李惟岳，功劳在康日知之上，却没能得到节度使的职位与赵、定二州，心中十分不满。此时，处于下风的田悦把握机会，成功劝服两人倒戈反唐。于是王武俊、朱滔二人率兵救援魏博田悦、淄青李纳。当时，田悦在河东节度使马燧、昭义军节度使李抱真等人的征讨下，势力已经衰弱，这时得到王武俊、朱滔的帮助，得以恢复元气。之后，四人互相结盟，并分别称王。

建中三年（782 年）秋，朝廷任命李希烈为检校司空，兼淄青节度使，新罗、渤海两蕃使，让他讨伐李纳。李希烈假言讨伐，其实暗中与之私通。朱滔、田悦、王武俊、李纳称王后，派使者到李希烈那里去，李希烈也自称建兴王、天下都元帅。黄河下游的藩镇叛乱越演越烈。

唐德宗建中四年（783 年），朝廷任命李勉为淮西招讨使，哥舒曜为淮西副招讨使负责讨伐李希烈。四月，哥舒曜率兵驻守襄城，多次与李希烈作战，都没有胜利。八月，李希烈率二万兵马围攻河南襄城。淮西招讨使李勉令唐汉臣与刘德信率兵作为哥舒曜的援兵，但与李希烈一战即溃。九月，唐德宗为解襄城之围，命舒王为荆襄、江西、沔鄂等道节度诸军行营兵马都元帅。又令泾原诸道兵马援救襄城。十月，泾原节度使姚令言率五千士卒抵长安。当时泾原士卒离开驻地，大多带着家中子弟，希望到长安后能得到朝廷的优厚赏赐，结果一直到离开长安城都一无所得。当时德宗下诏，命令京兆尹王翃犒赏军队，京兆尹王翃只赏赐了粗茶淡饭，士兵们十分愤怒。等到了浐水，就击鼓呐喊地回军了。姚令言说，到了东都洛阳就会有厚赏，你们不要鲁莽行事，这不是一条活路。士卒不听。用长戈把姚令言架出去了。姚令言急忙上奏，德宗听到后大惊，急忙命令赏赐布帛二十车。并让普王与学士姜公辅前往安抚，二人刚到，叛军已经斩断城门，陈兵丹凤楼下了。当天，德宗就仓皇出逃了。士卒大肆掳掠京师府库财物。此时太尉朱泚被罢官闲居在长安晋昌里。当天夜晚，叛军谋划朱太尉被罢免已经很久，如果迎立他为主，则大事可成。于是让姚令言率人前去迎接。泾原兵于是拥立朱泚为主。唐德宗带着皇妃、太子、诸王等仓皇出逃，他也成为唐代历史上第三个逃离国都皇宫的皇帝。德宗由咸阳到奉天，护驾的只有宦官霍仙鸣及窦文场。泾原兵进入皇宫府库，大肆掠夺金银。朱泚进入宣政殿自立为帝，国号大秦，年号"应天"。

朱泚写信给弟弟朱滔说："三秦之地，指日克平，大河之北，委卿除珍，当与卿会于洛阳。"朱泚派泾原将领韩旻率三千骑兵，前去奉天，谎称迎接皇上车驾。段秀实用手中的象牙笏击打朱泚，被杀。此时浑瑊坚守奉天。卢纶的命运后来与浑瑊紧紧联系在一起，所以不得不对浑瑊作一介绍，当然陈述的笔墨主要还是以这次平叛为主。浑瑊早年随父在朔方军征战。安史之乱爆发后，先后做过李光弼、郭子仪、仆固怀恩的部将，大小数十战，军功最盛。仆固怀恩叛乱时，吐蕃军十万入侵，浑瑊率二百骑兵冲阵，大破吐蕃。大历十四年（779年），唐德宗李适继位，解除了郭子仪的兵权，将其职务一分为三，浑瑊获兼单于大都护，充振武军、东受降城、镇北大都护府、绥银麟胜等军州节度副大使知节度使事、管内支度营田等使。同年，德宗又任命崔宁为朔方节度使，统领郭子仪的旧部，征浑瑊入朝为左金吾卫大将军，兼左街使。建中四年（783年），叛乱的淮西节度使李希烈伪造浑瑊的书信，意图诬陷他参与叛乱，德宗识破了这一反间计，仍然信任浑瑊，更赐他良马、锦帛。不久后，德宗又任命普王李谊为荆襄等道行营都元帅，以讨伐李希烈。浑瑊被任命为检校户部尚书、御史大夫，充任中军都虞候。建中四年（783年）十月，泾原镇士卒兵变，攻陷长安；唐德宗仓皇出逃至奉天（今陕西乾县），并被包围一月余，史称奉天之难。德宗逃至奉天三日后，浑瑊率宗族子弟及家属来到德宗身边，德宗任命他为行在都虞候、检校兵部尚书、京畿渭北节度观察使。浑瑊威名远扬，使人心迅速安定下来。

数日后，邠宁留后韩游瑰等率军三千，在便桥抵御朱泚。与朱泚在醴泉遭遇，韩游瑰急忙回军直趋奉天，朱泚也紧随其后，唐军出战失利。叛军争夺奉天城门，打算进城，浑瑊与韩游瑰率军血战整日。浑瑊率领身穿铠甲的战士用长刀砍杀敌人，个个以一当百。又把城中几辆草车拖过来堵塞在城门口，放火烧车，唐军乘着火势出击，叛军只好退却。朱泚让西明寺僧人法坚制造攻城用具，从寺庙中获取木材，制作云梯和冲车。韩游瑰认为只需准备好火种，等着叛军攻城便可。此后朱泚每天都来攻城，浑瑊等率军昼夜力战。唐军终于将叛军击退。德宗加浑瑊为京畿、渭南北、金商节度使。

十一月，灵武留后杜希全、盐州刺史戴休颜、夏州刺史时常春及渭北节度使李建徽等率军一万人入援，按照浑瑊与宰相关播的建议，援军应该从乾陵北面前来，奸臣卢杞却说服德宗，让援军从漠谷前进。结果正如浑瑊所料，叛军占尽地形优势，以大弩、巨石连败四路援军及赶来援救的奉天守军，援军只得退保邠州（一称各自返回本镇）。自此之后，贼攻城愈急，并广筑战壕，以期围困奉天。十天后，叛军又攻奉天城东北角，射入城中的箭和石头像下雨一样，昼夜不停，城中伤亡惨重。奉天城外无援兵，城中粮食消耗殆尽。

此后，朱泚加紧进攻奉天。云梯高有九丈，长宽各有数丈，下装巨轮，外面裹着水浸的湿牛革，周围悬满了水囊，梯上可装兵士五百人。城中的人们望见，都感到忧恐畏惧。德宗询问群臣的意见，浑瑊与侯仲庄向德宗说明了应对之策，云梯大而沉重，重则易陷，只要按照叛军来袭的方向挖掘地道，地道里面堆满木柴、膏油、松脂，就能破解敌人的这一攻势。唐军按照浑瑊的要求做好准备，严阵以待。

叛军的云梯车开始攻城。云梯车中的兵士箭发如雨，守城的唐军死伤惨重。云梯车配有轒辒车助攻，贼兵们抱薪负土，填平壕堑，矢石、火炬此时都奈何不了叛军，叛军的云梯上已有不少士兵登上了城楼，形势危急。德宗拿出千余张空白委任状交给浑瑊，让浑瑊招募死士御敌，授权浑瑊可以按照功劳大小任意填写，如果委任状用完，浑瑊可以直接在将士的身上书写所授官职，事后朝廷兑现。

守城的唐军将士饥寒交迫，缺少甲胄和兵器。但在浑瑊的激励下，死战不退。浑瑊身中流箭，随手拔出，血流满衣而面不改色，继续指挥作战，在场的唐军都深受感动，斗志大涨。唐军众志成城，叛军的云梯车陷进了挖好的地道，火油点燃，顺风燃烧，城上的唐军趁机投下苇柴、火炬，云梯车笼罩在火球之中，转瞬之间就化为灰烬，数千攻城叛军来不及逃跑，都被活活烧死，散发的焦臭之气，数里以外都可以闻到。唐军士气大振，三面出击，皇太子李诵亲自督战，将士血战，终于击退了叛军。德宗根据浑瑊的功劳，授他的两个儿子官职。

朱泚心有不甘，半夜卷土重来，叛军流箭如雨，有的已经射到离德宗三步以内，德宗大惊失色，浑瑊镇定自若，率领唐军坚守城池，这个夜晚方才有惊无险。此时，李怀光的朔方军日夜兼程，前来救驾。朔方军赶到后，在澧泉（今陕西礼泉北）大败叛军，朱泚抵挡不住，只得退回长安。奉天之围得以解除。朱泚围攻奉天一月有余。德宗为酬谢浑瑊的功劳，拜他为行在都知兵马使。因德宗急躁而不能容物的性格，击败朱泚后不久，他又逼反了救驾有功的李怀光。李怀光暗中与朱泚勾结，反叛朝廷。德宗得知消息，在浑瑊的护卫下，逃往梁州（今陕西汉中）。德宗才入谷口，而李怀光的追兵突然抵达，浑瑊命侯仲庄率后军将其击败。

德宗加浑瑊为检校左仆射、同中书门下平章事，兼灵州都督、灵盐丰夏等州、定远西城天德军节度使等，仍充任朔方、邠宁、振武等道兼永平军、奉天行营兵马副元帅。

浑瑊率诸军出斜谷，攻占武功（今陕西武功西北）。当朱泚派大将韩旻争夺武功时，石锽又率部投降叛军。浑瑊作战不利，集结部队于武功城的西原上。适逢曹子达与吐蕃大将论莽罗抵达，大破韩旻于武亭川。浑瑊随即进驻奉天，与李晟的神策军东西呼应，形成包围长安、聚歼朱泚主力之势。

李晟与诸将谋议收复长安。诸将均请先攻取长安外郭城，占据坊市居民区，再北攻皇宫。李晟则认为，坊市狭隘，叛军若伏兵格斗，居民惊乱，不利官军。朱泚军屯于禁苑，若从苑北进攻，溃其腹心，叛军必定奔亡，这样，皇宫不残，坊市无忧，可为上策。于是李晟牒告浑瑊、骆元光、商州节度使尚可孤等，刻期集兵长安城下，以便协同作战。李晟军至光泰门（长安苑城东北）外筑垒，大败朱泚骁将张庭芝、李希倩部，乘胜追入光泰门，又败之。骆元光部击败朱泚军一部于沪水西。李晟决定不待浑瑊部到达，继续乘胜进击，陈兵光泰门外，派部将李演等率骑兵直抵苑墙神麚村。前夜打开苑墙突破口，被重新树栅堵塞。李晟督军拔栅而进，叛军溃散。官军分道并进，接连获胜，朱泚率兵近万人西逃。李晟命兵马使田子奇率骑兵追击，自率军进入长安。同时，浑瑊等率军攻占咸阳，并分兵截击溃逃的朱泚军。浑城也在同时与韩游瑰、戴休颜等西面诸军收复了咸阳县（今陕西咸阳东北），击败叛军三千余人。听闻朱泚、姚令言西逃，浑瑊命诸军分道邀击，叛军溃不成军，纷纷来降。又选精锐骑兵三千追击朱泚，在泾州彭原西城屯（今甘肃镇原东），朱泚被其部将杀死。泾原兵变结束。

泾原兵变原为士卒因不给赏赐而发动的反抗斗争，后被野心家朱泚利用。李晟、浑瑊善于组织和扩大兵力，团结内部，激励士卒，正确选定主攻方向，采用灵活战术，乘势连续进击，迅速平定了朱泚之乱。

六月，德宗将浑瑊晋升为侍中。论收复京城之功，加浑瑊实封食邑八百户。七月，德宗返回长安后，命浑瑊以本职兼任河中尹、河中绛慈隰节度使，仍充任河中同陕虢节度及管内诸军行营兵马副元帅，由楼烦郡王改封为咸宁郡王。九月，德宗在长安的大宁里赐浑瑊豪宅一座、女乐五人。与李晟平分秋色，享受同样的荣光。

浑瑊与骆元光奉命讨伐李怀光，驻军同州（治今陕西大荔），屡败于李怀光部将徐庭光之手，无法前进。在如何处置李怀光的问题上，通过多方讨论，朝廷上下取得了一致的意见。浑瑊出任朔方行营副元帅，与奉诚军节度使马燧等一同进讨。不久后，德宗又加浑瑊为朔方行营元帅。马燧率步骑三万攻拔绛州（治今山西新绛），并分兵攻取闻喜、万泉、虞乡、永乐、猗氏地后，在陶城（今山西永济西北）斩首万余级，与浑瑊军相会合，兵逼李怀光的大本营河中。贞元元年（785年）四月，浑瑊与马燧在长春宫（今山西永济境）南大破李怀光军，并掘堑壕围宫城，李怀光部将相继降唐。朝廷又任命二人为招抚使。八月，马燧与诸将商议攻打长春宫，并亲自深入宫城下，向守将徐庭光喊话策反，并要求他们坚守不要出击。初十，浑瑊与马燧、韩游瑰三支主力进逼河中焦篱堡（位于河中府河西县西），守将尉硅率七百人投降。这天夜晚，李怀光举火联络，诸营不予响应。马燧亲自招降徐庭光。马燧率诸军到河西（今陕西合阳东），河中军士惊慌，李怀光无法控制局势，自缢身亡，叛乱平息。

浑瑊再升为检校司空，一个儿子加授五品官。同年冬，浑瑊在陪同德宗郊祀昊天上帝后，还镇河中，得到了李怀光所有的部众，朔方军自此分屯邻州与蒲州。

泾原兵变后，大唐天子的威严完全扫地，中央权力进一步削弱，解决藩镇割据的顽疾更显得力不从心。

此时的卢纶在长安城中，由于没有官职，不可能直接进入这次平定叛乱的中心。

春日卧病示赵季黄

病中饶泪眼常昏，闻说花开亦闭门，

语少渐知琴思苦，卧多唯觉鸟声喧。

黄埃满市图书贱，黑雾连山虎豹尊。

今日支离顾形影，向君凡在几重恩。

题下自注"时陷在贼中"，这正是兴元元年（784年）初春所作。赵季黄，赵季广之误，户部侍郎赵纵之子。首联意为：病中的我双眼长流泪，老眼昏昏，听说春天百花盛开也只能闭门。一开始就写自己的精神状况，病中多泪眼睛昏昏沉沉，春天是给人带来希望的季节，然而国事家事都令人揪心，花开不去赏花，而是闭门怕见百花盛开、万紫千红的春景，以乐写哀，倍增其哀。琴思苦，嵇康《琴赋并序》："诚可以感荡心志，而发泄幽情矣！是故怀戚者闻之，莫不憯懔惨凄，愀怆伤心，含哀懊咿，不能自禁。"颔联意为：言语少了慢慢就知道琴中诉说的都是愁苦，得病久了只觉得鸟鸣喧闹烦心。不愿说难以说的国家动乱、人生坎坷，只有在琴音中倾诉，哪能不是苦涩的音调。久病躺在床上对春鸟的鸣叫厌倦备感喧闹，反衬无心伤春的内心苦闷。受杜甫《春望》"感时花溅泪，恨别鸟惊心"的艺术启发明显。虎豹，用王粲《七哀诗》"西京乱无象，豺虎方遘患"，指朱泚之乱的叛军。颈联意为：城中弥漫着战争的烟尘滚滚，图书越来越贱。黑色的迷雾连山，残忍似虎豹的叛军得到尊贵的位置。战争中人们以保命为上，饿不死为首务，哪有时间心情读书，有军队能占领城池的就是英雄。写出了独特时代的真实现状。支离，憔悴的样子。谢灵运《永初三年七月十六日之郡初发都》："曰余亦支离。

依方早有慕。"尾联意为：今天我憔悴困顿，形影相吊，对你家而言我得到了几重的恩赐。最后道不尽对赵家的感恩。卢纶早年得到赵季广的父亲赵纵的关照，赵纵为郭子仪的女婿，卢纶曾得到他的提携。如今困居长安，又得赵季广照顾，所以诗曰"几重恩"。全诗突出诗人自己的主体感受，在物我关系中含蓄地表达自己在复杂社会环境中的心态，从侧面反映了朱泚之乱给长安人民带来的灾难。

物质生活极度困顿，妻舅赵纵的儿子赵季广多加关照。终于盼到叛乱平息，德宗皇帝返回长安。卢纶心中终于得到安宁。他兴奋地写下了四首诗歌颂这一重要事件。

皇帝感词

（一）

提剑风雷动，垂衣日月明。

禁花呈瑞色，国老见星精。

发棹鱼先跃，窥巢鸟不惊。

山呼一万岁，直入九重城。

（二）

天香五凤彩，御马六龙文。

雨露清驰道，风雷翊上军。

高旍花外转，行漏乐前闻。

时见金鞭举，空中指瑞云。

（三）

妙算干戈止，神谋宇宙清。

两阶文物盛，七德武功成。

校猎长杨苑，屯军细柳营。

归来献明主，歌舞溢春城。

（四）

天乐下天中，云轺俨在空。

铅黄艳河汉，笑语合笙镛。

已见长随凤，仍闻不避熊。

君王亲试舞，阊阖静无风。

《皇帝感》盛唐为七言四句声诗，中唐为七言八句声诗。声诗是可以合乐歌唱的，内容为歌颂皇帝功德。提剑，《庄子·说剑》："王曰：'天子之剑何如？'曰：'天子之剑，以燕谿石城为锋，齐岱为锷；晋魏为脊，周宋为镡，韩魏为夹；包以四夷，裹以四时；绕以渤海，带以常山；制以五行，论以刑德；开以阴阳，持以春夏，行以秋冬。此剑直之无前，举之无上，案之无下，运之无旁。上决浮云，下绝地纪。此剑一用，匡诸侯，天下服矣。此天子之剑也。'"风雷动，《庄子·说剑》："文王芒然自失，曰：'诸侯之剑何如？'曰：'诸侯之剑，以知勇士为锋，以清廉士为锷，以贤良士为脊，以忠圣士为镡，以豪桀士为夹。此剑直之亦无前，举之亦无上，案之亦无下，运之亦无旁。上法圆天以顺三光，下法方地以顺四时，中和民意以安四乡。此剑一用，如雷霆之震也，四封之内，无不宾服而听从君命者矣。此诸侯之剑也。'"垂衣：垂衣而治理天下，称颂帝王无为而治。古籍记载黄帝、尧、舜垂衣裳而治理天下。王充《论衡·自然篇》："垂衣裳者，垂拱无为也。"一二句意为：吾皇提剑指挥诸侯，天摇地动风雷震怒，快速消灭叛军，垂衣而治朝政清明犹如日月同辉。国老：本指致仕的卿大夫，此指德高望重的要臣。星精：古人认为星精见，伟人出。此句指德宗得到陆贽、李晟、浑瑊等大臣辅佐，得以荡平叛贼，恢复国运。三四句意为：禁苑中盛开的鲜花呈现出一派祥瑞的色彩，朝廷的要臣中涌现出时代的英雄。发棹，《史记·周本纪》："武王渡河，中流，白鱼跃入王舟中，武王俯取以祭。"窥巢，《庄子·马蹄》："故至德之世，其行填填，其视颠颠。当是时也，山无蹊隧，泽无舟梁；万物群生，连属其乡；禽兽成群，草木遂长。是故禽兽可系羁而游，鸟鹊之巢可攀援而窥。夫至德之世，同与禽兽居，族与万物并。恶乎知君子小人哉！"五六句意为：开船之时已有鱼跃的吉兆，筑巢的鸟儿见人不惊。山呼：相传汉武帝封禅之时，仿佛听到山呼万岁。九重城：九重，指宫门，宫门所在之城，指长安。七八句意为：连绵的群山都在祝福吾皇万岁，高远的欢呼声响彻国都长安城。第一首渲染回宫前的由乱而治，天下祥和。

第二首写德宗回宫。天香：皇宫中御用的熏香。五凤：古代各类书籍记载不一。《禽经》："青凤谓之鹖，赤凤谓之鹑，黄凤谓之焉，白凤谓之肃，紫凤谓之鹭。"六龙：天子车驾六马。马长八尺以上为龙。一二句意为：御用的熏香散成五凤的色彩，天子乘坐六龙拉的御驾回宫。雨露句：天子出行，要先把道路清扫干净。此写雨露清扫，暗示天佑德宗。驰道：御路之意。风雷：威猛的力量。翊：辅佐，帮助。上军：古时军队分上、中、下三军。此指朝廷军队。三四句意为：上天的雨露清扫干净御路，威猛的风雷辅佐英勇的朝廷军队。高旆：皇帝出行高扬的旗帜。行漏：古代计时的漏壶。此指漏壶的滴水声。五六句意为：高扬的旗帜在禁苑的花外飘，宫中的漏壶声在美妙的宫乐中隐约可闻。七八句意为：偶尔看到皇帝的金鞭挥舞，指向空中的祥瑞云彩。

第三首一二句意为：皇帝的英明策略使叛军发动的战争很快平息，神奇的计谋使宇宙清明。两阶：宫廷的东、西阶梯。主人走东阶，客人走西阶。文物：此指文士。七德，《旧唐书·音乐志》："（贞观）七年，太宗制《破阵舞图》：左圆右方，先偏后伍，鱼丽鹅贯，箕张翼舒，交错屈伸，首尾回互，以象战阵之形。令吕才依图教乐工百二十人，被甲执戟而习之。凡为三变，每变为四阵，有来往疾徐击刺之象，以应歌节，数日而就，更名《七德》之舞。癸巳，奏《七德》《九功》之舞，观者见其抑扬蹈厉，莫不扼腕踊跃，凛然震竦。武臣列将咸上寿云：'此舞皆是陛下百战百胜之形容。'群臣咸称万岁。"三四句意为：东西阶满腹经纶的文士排列成行，跳起七德舞显示了百战百胜的坚定信心。校猎：遮拦禽兽以猎取之，亦泛指打猎。长杨苑，扬雄《长杨赋并序》："秋，命右扶风发民入南山。西自褒斜，东至弘农，南驱汉中，张罗网置罘，捕熊罴豪猪，虎豹狖玃，狐兔麋鹿，载以槛车，输长杨射熊馆。以网为周阹，纵禽兽其中，令胡人手搏之，自取其获，上亲临观焉。是时，农民不得收敛。雄从至射熊馆，还，上《长杨赋》。"此代指皇家林苑。细柳营，《史记·周勃绛侯列传》："文帝之后六年，匈奴大入边。乃以宗正刘礼为将军，军霸上；祝兹侯徐厉为将军，军棘门；以河内守亚夫为将军，军细柳：以备胡。上自劳军。至霸上及棘门军，直驰入，将以下骑送迎。已而之细柳军，军士吏被甲，锐兵刃，彀弓弩，持满。天子先驱至，不得入。先驱曰：'天子且至！'军门都尉曰：'将军令曰：军中闻将军令，不闻天子之诏'。居无何，上至，又不得入。于是上乃使使持节诏将军：'吾欲入劳军。'亚夫乃传言开壁门。壁门士吏谓从属车骑曰：'将军约，军中不得驱驰。'于是天子乃按辔徐行。至营，将军亚夫持兵揖曰：'介胄之士不拜，请以军礼见。'天子为动，改容式车。使人称谢：'皇帝敬劳将军。'成礼而去。既出军门，群臣皆惊。文帝曰：'嗟乎，此真将军矣！曩者霸上、棘门军，若儿戏耳，其将固可袭而虏也。至于亚夫，可得而犯邪！'称善者久之。月余，三军皆罢。乃拜亚夫为中尉。"以周亚夫屯兵在细柳营代指长安周围有纪律严明富有战斗力的军队。五六句意为：将军们在山林打猎较量，国都周围驻扎着像周亚夫一样治军严格的勇武军队。七八句意为：获得丰盛的猎物归来奉献给英明的皇帝，唱歌舞蹈的声音溢满春意盎然的都城。

第四首，天乐，《汉武帝内传》："至七月七日，乃修除宫掖之内，设座殿上，以紫罗荐地，燔百和之香，张云锦之帐，然九光之灯，设玉门之枣，酌蒲桃之酒，躬监肴物，为天官之饥。帝乃盛服立于陛下，敕端门之内不得妄有窥者。内外寂谧静肃也，以俟云驾。至二唱之后，即二更也。忽天西南如白云起，郁然直来，遥趋宫庭，问须臾，转近，闻云中有箫鼓之声、人马之响。复半食顷，王母至也。县投殿前，有似鸟集。或驾龙虎，或一桀音乘狮子，或御白虎，或骑白磨音麟，或控白鹤，或乘科车，革仙数万，光耀庭宇。既至，从官不复知所在，唯见王母一桀紫云之辇，驾九色斑龙，别有五十天仙侧近鸾舆，皆身长一丈，同执彩毛之节，佩金刚灵茛，带天策，咸住殿前，王母唯扶二侍女上殿。侍女年可十六七，服青绫之桂古兮切，倨也，上服。容眸流陌莫见切，裹视也，作盼非，神姿清发，真美人也。"云辇：仙女、贵族妇女所乘之车。俨：好像。一二句意为：天宫中的仙乐从空中传下人间，仙人的云辇好像仍然在空中行驶。铅黄：铅粉和雌黄，古代妇女化妆用品，此代指仙女（宫女）。星汉：天河，银汉，此指渭水。笙镛：乐器名。三四句意为：渭水边的宫女飘飘欲仙，盈盈笑语仿佛应着仙乐的节拍。
"已见"句，《山海经·南山经》："又东五百里，曰丹穴之山，其上多金玉。丹水出焉，而南流注于渤海。有鸟焉，其状如鸡，五采而文，名曰凤皇，首文曰德，翼文曰义，背文曰礼，膺文曰仁，腹文曰信。是鸟也，饮食自然，自歌自舞，见则天下安宁。""仍闻"句，《汉书·外戚传》下："建昭中，上幸虎圈斗兽，后宫皆坐。熊佚出圈，攀槛欲上殿。左右贵人傅昭仪等皆惊走，冯婕妤直前当熊而立，左右格杀熊。上问：'人情惊惧，何故前当熊？'婕妤对曰：'猛兽得人而止，妾恐熊至御坐，故以身当之。'元帝嗟叹，以此倍敬重焉。"五六句意为：宫女们长随着皇后犹如鸟儿追从凤凰，其中不乏冯婕妤式的女中豪杰。"君王"句：据唐代史籍记载，唐代多位皇帝有跳舞的爱好，看到兴奋时，亲自参与跳舞。阊阖，屈原《离骚》："吾令帝阍开关兮，倚阊阖而望予。"阊阖：天门，此指宫门。七八句意为：君王亲自试跳新编的舞蹈，宫中宁静祥和没有微风。

从某种意义上讲，皇帝在国都就是国家基本安定的象征，而皇帝逃离国都，便是国家危亡的标志。卢纶之所以这样写，如此溢美德宗，除了歌功颂德称颂当今皇帝，自然有大难过后的欣喜。

贞元元年（785年），卢纶被浑瑊提拔，任元帅府判官、检校金部郎中。此年秋天，浑瑊平定李怀光叛乱，镇守河中，卢纶随之至河中。

奉陪浑侍中上巳日泛渭河

青舸锦帆开，浮天接上台。
晚莺和玉笛，春浪动金罍。
舟楫方朝海，鲸鲵自曝腮。
应怜似萍者，空逐榜人回。

据《旧唐书·德宗纪上》记载，兴元元年（784年）六月加浑瑊为侍中，《旧唐书·浑瑊传》载贞元元年八月，河中平，以功加检校司空。诗中明言侍中又是上巳日，则作于贞元元年三月初三。上巳节，作为一种固定的节日形式，其最早可追溯至远古时期。《周礼·春官·女巫》中所载："巫女掌岁时祓禊衅浴。"汉代儒家学者、经学大师郑玄为此处作注，"岁时祓禊，如今三月上巳如（到）水上之类，衅浴谓以香薰草药沐浴。"就是到水边祭祀，用浸泡了香草的水沐浴，用这种形式除去不祥和疾病。此处在典籍中便体现了上巳节作为一个正式确立的节日，早在西周时期就已形成与之配套且由官方制定的礼制，并由当时的女巫掌管，而礼制的出现，定然是从民族传承悠久的习俗、礼俗发展而来的。其最晚也在西周时便是上至朝堂下至民间都普遍参与的节日活动。

渭河：发源甘肃省渭源县鸟鼠山，东南流入陕西境。东经宝鸡，至长安县南，又有多条河水汇入，东流入黄河。锦帆，阴铿《渡青草湖》："平湖锦帆张。"浮天：此指渭河水将天幕浮在其上。上台：古以天上的三台比人间的三公，西近文昌二星曰上台。首联意为：青色的帆船锦帆打开，渭水倒映着天空迎接侍中的到来。金罍：珍贵的酒器。《诗经·周南·卷耳》："我姑酌彼金罍。"颔联意为：夜晚的黄莺鸣声与玉笛声交融，春浪拍打船头，船上欢歌畅饮。朝海，《尚书·禹贡》："江、汉朝宗于海。"《汉书·地理志》上颜师古注："江汉二水归入海，又似诸侯朝于天子，故曰朝宗。"可知浑瑊此时正朝京师。鲸鲵：海中大鱼，雄为鲸鱼，雌为鲵。曝腮：鱼处困境则曝腮。此指李怀光屯兵自重。颈联意为：正是侍中乘船去朝拜天子之时，李怀光心怀异心屯兵自重。应怜，曹植《杂诗》："寄松为女萝，依水为浮萍。"榜：船。尾联意为：你应怜惜我多年似浮萍不定，只能随你的船只往回。结尾表示出希望浑瑊推荐提拔。

秋中野望寄舍弟绶兼令呈上西川尚书舅

忧来思远望，高处殊非惬。

夜露湿苍山，秋陂满黄叶。

人随雁迢递，栈与云重叠。

骨肉暂分离，形神遂疲苶。

红旌渭阳骑，几日劳登涉。

蜀道蔼松筠，巴江盛舟楫。

小生即何限，简诲偏盈箧。

旧恨尚填膺，新悲复萦睫。

因求种瓜利，自喜归耕捷。

井臼赖依邻，儿童亦胜汲。

尘容不在照，雪鬓那堪镊。

唯有餐霞心，知夫与天接。

　　舍弟绥，应是卢绥，生平事迹不详。西川尚书舅：应当是西川节度使韦皋。此时西川节度使为尚书、后入相者韦姓之人只有韦皋，则可知韦皋为其舅。《旧唐书·德宗纪上》载贞元元年（785 年）六月，"辛卯，以左金吾卫大将军韦皋检校户部尚书，兼成都尹、御史大夫、剑南西川节度观察使"。此诗作于贞元元年秋天。"忧来"二句，潘岳《秋兴赋》："登山怀远而悼近。"一二句意为：忧愁袭来的时候希望登高远望排遣，可是高处并未能使自己的心情惬意。三四句意为：夜晚的秋露打湿了苍翠的群山，秋天的山坡上落满枯黄的树叶。"栈与"句：陕西汉中地区有连云栈，为古时川陕之通道，全长四百七十里。五六句意为：人随南飞的大雁去了，通向蜀中的栈道在白云中时隐时现。"骨肉"二句，江淹《别赋》："有别必怨，有怨必盈。使人意夺神骇，心折骨惊。"疲苶：疲倦困顿。七八句意为：舅舅与外甥骨肉情深暂时分离，形神不定十分疲倦。《诗经·秦风·渭阳》："我送舅氏，曰至渭阳。"后世因《诗经·秦风·渭阳》，以"渭阳"为表示甥舅情谊之典。九十句意为：为了寻访舅舅的红旌下的官所，多少个鞍马劳顿攀援在蜿蜒的山路。巴江：巴水。此处指蜀中的江河。十一十二句意为：层层叠叠的茂密的树林像是起起伏伏的绿云，蜀地的江河里漂流着众多繁忙的船只。十三十四句意为：我作为晚辈与您交往没有什么限制，所得到的书信教诲装满信箱。旧恨，江淹《恨赋》："置酒欲饮，悲来填膺。"新悲：指绥与韦皋赴西川与自己分别。十五十六句意为：旧日离别的悲愁尚填满胸膺，新的分离又在眼前，情何以堪！种瓜，《史记·萧相国世家》："召平者，故秦东陵侯。秦破，为布衣，贫，种瓜于长安城东，瓜美，故世俗谓之'东陵瓜'。"后世以种瓜为归耕。十七十八句意为：以往我为了获得种田的好处，自己高兴能够很快归耕。十九二十句意为：打水舂米全依靠邻居们帮忙，儿童们也能从井中打水了。二十一二十二句意为：衰老布满尘土的面孔不再照镜子，满头的白发哪能再去拔。餐霞：意思指餐食日霞，修仙学道。末尾二句意为：只有求仙学道的心愿，与天能够相通。

据现在有限的历史资料看，贞元三年（787年）卢纶回家守孝，因为他的父亲在他年幼之时已经去世，可以推断是为母亲守孝。为父母守孝，古人曰丁忧或曰丁家艰。时间一般跨三年，实际为二十七个月。在永济守孝的岁月中，卢纶冷静地思考自己的多半生，历尽艰辛，沉沦下僚，在不是咏怀的各类题材中都有表现。

奉和圣制麟德殿宴百僚

云辟御筵张，山呼圣寿长。
玉栏丰瑞草，金陛立神羊。
台鼎资庖膳，天星奉酒浆。
蛮夷陪作位，犀象舞成行。
网已祛三面，歌因守四方。
千秋不可极，花发满宫香

《旧唐书·德宗纪下》："甲寅，地震。宴群臣于麟德殿，设《九部乐》，内出舞马，上赋诗一章，群臣属和。"德宗诗为:《麟德殿宴百僚》，全诗如下：

忧勤承圣绪，开泰喜时康。
恭己临群后，垂衣御八荒。
务闲春向暮，朝罢日犹长。
紫殿初筵列，彤庭广乐张。

成功归辅弼，致理赖忠良。

共此欢娱事，千秋乐未央。

德麟殿：据宋敏求《长安志》载，麟德殿在仙居殿西北，它有三面，南面有阁，东西两面都有楼。殿的北面相连。皇帝设宴多在此殿。卢纶此诗六韵，与德宗诗歌相和，知其作于唐德宗贞元四年（788年）三月。卢纶肯定是没有资格与皇帝奉和的，此诗当时赐给浑瑊，作为幕僚的卢纶代浑瑊奉和。云辟：打开雉尾的障扇。杜甫《秋兴八首》："云移雉尾开宫扇，日绕龙鳞识圣颜。"御筵：奉皇帝之命设的酒席。"山呼"句：即高呼万岁。一二句意为：打开雉尾的障扇后，圣皇驾临御筵，赴宴的群臣深感荣耀高呼万岁。神羊：传说是一种能以独角辨别邪佞的神兽。此指皇帝座驾边的神兽金属摆设。三四句意为：美玉般的栏杆周围瑞草茂盛，陛下的龙床边站立着神羊。台鼎：古称三公为台鼎，如星之有三台，鼎之有三足。汉蔡邕《太尉汝南李公碑》："天垂三台，地建五岳。降生我公，应鼎之足。"资庖膳，《韩诗外传》卷七："伊尹故有莘氏僮也，负鼎操俎，调五味，而立为相，其遇汤也。"伊尹，名挚，本来是一个未成年的仆人。后来辅佐商汤打败夏桀，成为开国元勋，做了尹，地位相当于宰相。也是中华的厨祖，用以鼎调羹、调和五味的思想治天下。"天星"句，《庄子·大宗师》记载傅说："相武丁，奄有天下，乘东维，骑箕尾，而比于列星。"此句是说参加宴会的大臣中人才济济，也可以上应列星。五六句意为：重臣中不乏伊尹一样的奇才，参加宴会的群臣人才荟萃可上应列星。蛮夷：泛指周边的少数民族。根据唐代史书记载，四方的少数民族首领与使节朝见皇帝，根据其等级地位，以宾对待。"犀象"句：犀与象的舞蹈。七八句意为：少数民族的首领使臣在旁边陪饮，犀象的舞蹈排列成行。"网已"句，《史记·殷本纪》："汤出，见野张网四面，祝曰：'自天下四方皆入吾网。'汤曰：'嘻，尽之矣！'乃去其三面，祝曰：'欲左，左。欲右，右。不用命，乃入吾网。'诸侯闻之，曰：'汤德至矣，及禽兽。'"祛，除去。"歌因"句，《史记·高祖本纪》："高祖还归，过沛，留。置酒沛宫，悉召故人父老子弟纵酒，发沛中儿得百二十人，教之歌。酒酣，高祖击筑，自为歌诗曰，'大风起兮云飞扬，威加海内兮归故乡，安得猛士兮守四方！'令儿皆和习之。高祖乃起舞，慷慨伤怀，泣数行下。"九十句意为：皇帝的德政已经令禽兽都臣服，像汉高祖的《大风歌》所唱威加四方。千秋不可及的盛会，鲜花盛开芳香飘满皇宫。最后两句应和德宗诗意。

这组诗大量地用典故装饰门面，显示才华，对政绩平庸、少有建树的德宗极尽吹捧之能事，这与奉和的创作要求分不开。从忠于职守、尽职尽责的角度看，卢纶的确是一个称职的幕府。这样的诗歌对于研究卢纶的幕府生活是十分具体生动的材料，但是作为文学的审美价值则太过平庸，缺乏强烈真实感情的抒发，难以打动读者。

奉和陕州十四翁中丞寄雷州二十翁司户

> 联飞独不前，迥落海南天。
>
> 贾傅竟行矣，邵公唯泫然。
>
> 瘴开山更远，路极水无边。
>
> 沉劣本多感，况闻原上篇。

十四翁中丞是卢纶的长辈卢岳，其时任陕虢观察使。翁中丞，名字未详。御史中丞，正四品官。雷州，治所在今广东。司户，司户参军事，八品官。"联飞"二句，指二十翁本与十四翁同在朝为官，而今被贬雷州。首联意为：卢家的二翁如两只凤凰相伴飞翔，二十翁自己不能齐飞了，最后停留在海南的天地。颔联意为：像当年的贾谊被贬长沙王太傅行色匆匆，让十四翁如邵公一样独自悲伤落泪。颈联意为：沿途瘴气弥漫山路走来更加遥远，道路走到尽头大海无边无际。原上，《诗经·小雅·常棣》："脊令在原，兄弟急难。每有良朋，况也永叹。"此指十四翁的原作。尾联意为：我的一生本来坎坷失意，何况又吟诵如此令人伤感的诗篇。

贞元五年（789年），卢纶四十二岁，本年守孝期满，回到浑瑊幕中。此年与同在幕府的陈翊频频唱和，日子过得是比较舒心的。有《秋夜宴集陈翊郎中圃亭美校书郎张正元归乡》《酬陈翊郎中冬至携柳郎窦郎归河中旧居见寄》等。这年以后数年仍有诗赠陈翊。

和陈翊郎中拜本府少尹兼侍御史
献上侍中因呈同院诸公

金印垂鞍白马肥，不同疏广老方归。

三千士里文章伯，四十年来锦绣衣。

节比青松当涧直，心随黄雀绕檐飞。

乡中贺者唯争路，不识传呼獬豸威。

本府少尹指河中府少尹，从四品下。侍中，指浑瑊，正二品官。同院诸公：指御史台同僚。"不同"句，《汉书·疏广传》："广谓受曰：吾闻知足不辱，知止不殆，功遂身退，天之道也。今仕至二千石，宦成名立，如此不去，惧有后悔，岂如父子归老故乡，以寿命终，不亦善乎？广遂上疏乞骸骨，上以其年笃老，皆许之。"首句意为：官印垂挂在马鞍上，骑的白马膘肥体壮，荣归故地不同于疏广晚年才告老归乡。"三千"句，《史记·孟尝君列传》："孟尝君时相齐，封万户于薛，其食客三千人。"浑瑊当时为相，此赞陈翊为浑瑊幕府中的杰出人才。文章伯：对文章大家的尊称。杜甫《戏赠阌乡秦少公短歌》："同心不减骨肉亲，每语见许文章伯。"锦绣衣：绣衣是御史的服饰。额联意为：你是浑相国幕府中的文章魁首，四十岁已经做御史数年。"节比"句，刘桢《赠从弟》其二："亭亭山上松，瑟瑟谷中风。风声一何盛，松枝一何劲！冰霜正惨凄，终岁常端正。岂不罹凝寒？松柏有本性。"南朝梁吴均《续齐谐记》载，东汉弘农人杨宝少时救了一只黄雀，后有一黄衣童子送白环四枚相报，谓当使其子孙显贵。此赞陈翊对浑瑊的感恩之心，自己的感激也在其中。颈联意为：你的志向节操如山涧中的青松挺拔耸立，感恩的心如黄雀环绕屋檐飞。獬豸：指獬豸冠，即御史冠。最后一句赞扬陈翊谦恭毫无盛气凌人的情态。尾联意为：争相祝贺的同乡挤满道路，从来没有见过御史盛气凌人耍威风。胡以梅《唐诗贯珠》卷八："首言陈赴少尹之任，在于本乡。'白马''金印'何等华美！而不同于疏广之告归也。向于'三千士里'为文章之伯。'四十年来'……言御史执法绣衣：此谓少尹也。至于侍中，如青松之不老，而有节。予小子，向属感恩，如黄雀之于杨宝，'绕檐而飞'，依恋不舍。今因少尹归而寄怀耳。若五、六不作献侍中语，则本题落空，无此法也。结言少尹兼御史，有獬豸之威，能自下于乡里。而乡亲唯知走贺，并忘其为御史也。"不难看出自己对浑瑊的感恩之情忠贞之意也洋溢在其间。

贞元七年（791 年）二月，侍中浑瑊从河中到长安朝见德宗，卢纶随从到了京城长安。与内弟李益、好友畅当唱酬。随浑瑊行走，当然是其主要的公干。古代伴君如伴虎，浑瑊虽然平叛有功，但是白起的命运时时在给自己敲警钟。

奉陪侍中春日过武安君庙

长裾间貔虎，遗庙盛攀登。

白羽三千骑，红林一万层。

元臣达幽契，祝史告明征。

抚坐悲今古，瞻容感废兴。

回风卷丛柏，骤雨湿诸陵。

倏忽烟花霁，当营看月生。

武安君，古代封为武安君者有多人，此指白起。《史记·秦本纪》记载，昭襄王二十九年封白起为武安君。唐代武安君庙在长安。长裾：文官、士人衣长裾。貔虎：指将士。《尚书·周书·牧誓》："如虎如貔，如熊如罴。"盛攀登：《长安志》卷十三引《三秦记》载从长安到武安君庙需要攀山。一二句意为：一队穿着长裾的文士与如貔如虎的武士，一起陪侍中登山去拜祭武安君庙。三四句意为：插着白箭的三千卫士，穿行在万重的满山红叶间。红叶中点缀白羽，意境优美。元臣：元老大臣，此指浑瑊。达幽契：指浑瑊祝祷后神灵通其深意。祝史：司祭祀之官。五六句意为：元老大臣祭祀后神灵通晓其深意，祭祀官告诉他征战出于正义。抚坐：指浑瑊感慨古今功臣的命运。白起在秦昭王时征战六国，为秦国统一六国做出了巨大的贡献。曾在伊阙之战大破魏韩联军，攻陷楚国国都郢城，长平之战重创赵国主力，功勋赫赫。白起担任秦国将领三十多年，攻城七十余座，歼灭近百万敌军。最后却因为小的过失被赐死杜邮。唐德宗猜忌之心深重，与浑瑊同时的功臣李晟、马燧都已经被夺去军权。诗的后半部分，在苍凉的环境描绘中，含蓄地抒发了历史的感慨。

以后的几年中，卢纶在浑瑊幕府中的生活是平静的。贞元九年（793年）云南王异牟寻上表请求弃吐蕃归唐，韦皋遣其使者上贺表。贞元十年（794年）春，往江西洪州。此时齐映为洪州刺史、江西观察使。

上巳日陪齐相公花楼宴

钟陵暮春月，飞观延群英。

晨霞耀中轩，满席罗金琼。

持杯凝远睇，触物结幽情。

树色参差绿，湖光潋滟明。

礼卑瞻绛帐，恩浃厕华缨。

徒记山阴兴，被禊乃为荣。

钟陵：本为汉南昌县，因为犯代宗讳，改为钟陵，在今南昌市。飞观：指花楼，王逸《鲁灵光殿赋》"高楼飞观"。一二句意为：在南昌暮春岁月，在高楼上宴请群英。三四句意为：早晨的霞光照耀着中轩，宴席上摆满美酒佳酿。幽情：深远、高雅之情。班固《西都赋》："发思古之幽情。"王羲之《兰亭集序》："一觞一咏，亦足以畅叙幽情。"五六句意为：持杯凝视远方，眼前的物象凝结成高雅悠远的情感。湖光，符载《钟陵东湖亭记》："先是东湖汗漫，与江边际，秋潦备助，人忧为鱼。故相齐公（映）筑塘以御之，厌杀水势，且便车马。"潋滟：相连的样子。七八句意为：高高低低、层层叠叠的树木一派连绵不绝的绿色，湖面平静微泛涟漪，在春日的阳光下闪亮如镜。"礼卑"句：反用马融之典。《后汉书·马融传》："（马融）常坐高堂，施绛纱帐，前授生徒，后列女乐。弟子以次相传，鲜有入其室者。"而齐映礼贤下士，自己能够参加此盛会。厕，此指参与其中。华缨：显贵官员的服饰。九十句意为：齐相国礼贤下士我能参加他的宴会，施恩予我能与高官一起交往。"徒记"二句，王羲之《兰亭集序》："永和九年，岁在癸丑，暮春之初，会于会稽山阴之兰亭，修禊事也。群贤毕至，少长咸集。此地有崇山峻岭，茂林修竹，又有清流激湍，映带左右，引以为流觞曲水，列坐其次。虽无丝竹管弦之盛，一觞一咏，亦足以畅叙幽情。是日也，天朗气清，惠风和畅。仰观宇宙之大，俯察品类之盛，所以游目骋怀，足以极视听之娱，信可乐也。"山阴在今浙江省绍兴市。禊禊，古代汉族民俗，每年于春季上巳日在水边举行祭礼，洗濯去垢，消除不祥，叫禊禊。源于古代"除恶之祭"。末二句意为：不要仅仅记得此次上巳的禊禊宴会，恰如山阴的兰亭雅兴。

贞元十二年（796年），浑瑊得到的恩宠进一步加深，兼任中书令。卢纶舅舅韦皋加同中书门下平章事。这一年前后卢纶曾经陪浑瑊数次登白楼饮宴，白楼在河中府的北城，从数首诗歌看，应该是河中府的一处名胜。

奉陪侍中登白楼

高楼倚玉梯，朱槛与云齐。

顾盼亲霄汉，谈谐息鼓鼙。

洪河斜更直，野雨急仍低。

今日陪尊俎，唯当醉似泥。

"高楼"二句，《古诗十九首》："西北有高楼，上与浮云齐。"首联意为：扶着美玉般光洁的台阶攀上高楼，华美的栏杆就在白云里。霄汉：天空。鼓鼙：指战争。颔联意为：放眼所望都与天空很近，侍中谈笑间平息了叛乱。洪河：此指黄河。班固《西都赋》："（长安）右界褒斜陇首之险，带以洪河、泾、渭之川。"颈联意为：远望黄河曲曲弯弯一直向东变得越来越直，忽然而来的大雨仿佛就从头顶落下。醉似泥，《汉官仪》卷上："谚曰：'居世不谐，为太常妻。一岁三百六十日，三百五十九日斋，一日不斋醉如泥。'"李白

《襄阳歌》："笑杀山公醉似泥。"尾联意为：今日我有幸陪侍中欢宴，应该喝得烂醉如泥。

不难看出，卢纶晚年在浑瑊幕府过得比较开心，对浑瑊充满感激与报恩的忠心。所以诗歌写得气势宏伟，格调高昂。没有出现不少作家晚年创作退化现象。这首诗的五律技巧已经达到炉火纯青的地步。对仗工整，语言新奇准确，描写生动逼真，在传统的题材中显示了功力。

卢纶与浑瑊的儿子们也有比较深的交往。

秋晚河西县楼送浑中允赴朝阙

高楼吹玉箫，车马上河桥。

岐路自奔隘，壶觞终寂寥。

芳兰生贵里，片玉立清朝。

今日台庭望，心遥非地遥。

河西县：河中府河东郡河西县。浑中允，指浑瑊的二儿子太子中允浑镐。太子中允，正五品下。河桥：指蒲津桥。张说《蒲津桥赞》："城中有四渎，黄河是其长。河上有三桥，蒲津是其一。隔秦称塞，临晋名关。关西之要冲，河东之辐凑，必由是也。其旧制横亘百丈，联船十艘。辫修笮以维之，系围木以距之。"开元二十年（732年）又用铁代替竹子。首联意为：在高楼上吹起精致的箫管，随行的车马走上了蒲津桥。颔联意为：在分别的路上你要独自去奔赴关隘，送别的酒壶终究要闲置。芳兰，《晋书·谢安传》："（谢安）因曰：子弟亦何豫人事，而正欲使其佳？……谢玄答曰：譬如芝兰玉树，欲使其生于庭阶耳。"此指浑镐出身高贵。片玉：《晋书·郤诜》："武帝于东堂会送，问诜曰：'卿自以为何如？'诜对曰：'臣举贤良对策，为天下第一，犹桂林之一枝，昆山之片玉。'帝笑。侍中奏免诜官，帝曰：'吾与之戏耳，不足怪也。'"颈联意为：你是芝兰玉树生在高贵的人家，又如美玉一般在朝中做官。台庭：宰辅之庭。古称宰相为台席，浑瑊于兴元元年（784年）加检校左仆射，同中书门下平章事。长安距离河西县三百里，并不算远，所以说非地遥，浑镐职务提升后来往更不便，故曰心遥。尾联意为：我今日在宰府中相望，心灵的距离越来越远，并非河西与长安相距遥远。

贞元十三年（797 年），卢纶的舅舅韦渠牟深得唐德宗宠幸，被任命为太府卿。太府卿掌管库藏出纳、贸易商税，为从三品的高官。

韦渠牟，新旧唐书均有传。少年聪慧，博览经史。早年入道、参禅。兴元元年(784 年)，投靠浙西节度使韩滉，累迁四门博士。精通三教，德宗皇帝贞元十二年（796 年）在皇宫与给事中徐岱、兵部郎中赵需讲论儒释道，深得皇帝信任。迁右补阙、左谏议大夫。广召门客，赚取名望，迁太府卿、金紫光禄大夫，转太常卿。贞元十七年（801 年）卒。

敬酬太府二十四舅览诗卷因以见示

郗公怜懿亦怜愚，忽赠金盘径寸珠。
彻底碧潭滋涠溜。压枝红艳照枯株。
九门洞启延高论，百辟联行把大儒。
顾己文章非酷似，敢将幽劣俟洪炉。

太府二十四舅，指韦渠牟。郗公，《世说新语·德行》："郗公值永嘉丧乱，在乡里甚穷馁。乡人以公名德，传共饴之。公常携兄子迈及外生周翼二小儿往食。乡人曰：'各自饥困，以君之贤，欲共济君耳，恐不能兼有所存。'公于是独往，食辄含饭著两颊边，还，吐与二儿。后并得存，同过江。"懿：刚直。金盘径寸珠，金盘中的大珠，可见其珍贵，比喻舅的赠诗。首联意为：郗公喜欢我的刚直不阿也同情我的愚钝，忽然赠我诗歌如同金盘中的珍贵的明珠。彻底碧潭：比喻舅舅的才华如碧绿的潭水深不可测。《世说新语·德行》："郭林宗至汝南造袁奉高，车不停轨，鸾不辍轭。诣黄叔度，乃弥日信宿。人问其故？林宗曰：'叔度汪汪如万顷之陂。澄之不清，扰之不浊，其器深广，难测量也。'"涠溜：比喻自己才能浅薄，如溜易涠。谢瞻《于安城答灵运》："萎叶爱条荣，涠溜好河广。"压枝红艳：比喻韦渠牟的显贵。枯株：比喻自己多年沉沦下僚。颔联意为：您的才华如碧绿的潭水深不可测，滋润我这易干涸的小水坑，繁花压枝如红云照耀我这株快要枯萎的花枝。"九门"句：指韦渠牟在德麟殿与德宗及群臣和道士讲论儒释道。百辟：百官。《诗经·大雅·假乐》："百辟卿士，媚于天子。"颈联意为：您于德麟殿讲论儒释道高论惊人，百官成行，您一枝独秀俨然大儒。洪炉：大炉。《庄子·大宗师》："今一以天地为大炉，造化为大冶。"后世指陶冶锻炼人才的大匠或场所。尾联意为：细看自己的文章并非酷似舅舅，哪敢将不出名的劣才置于大冶呢？

韦渠牟作《览外生卢纶诗，因以示此》：

> 卫玠清谈性最强，明时独拜正员郎。
> 关心珠玉曾无价，满手琼瑶更有光。
> 谋略久参花府盛，才名常带粉闱香。
> 终期内殿联诗句，共汝朝天会柏梁。

从韦渠牟的这首诗可以看出，他对卢纶的幕府经历、能力以及表现是十分欣赏的，对卢纶的诗歌创作才华更为欣赏，而且对于推荐卢纶为官去向也已经表明。

卢纶得到舅舅的推荐，德宗在内殿召见卢纶，令和御制诗。卢纶终于入朝为官，自河中府入朝，为户部郎中。这是一个正五品官。

将赴京留献令公

沙鹤惊鸣野雨收，大河风物飒然秋。
力微恩重谅难报，不是行人不解愁。

贞元十二年（796 年）二月，浑瑊加检校司徒，兼中书令，其他的官衔不变。中书令尊称为令公。此诗为卢纶应召赴京前留别浑瑊所作。飒然秋，屈原《九歌·山鬼》："风飒飒兮木萧萧。"一二句意为：沙洲上的白鹤惊恐地鸣叫，疾风骤雨停止，黄河一带的风物都染上萧瑟的秋色。恩重：绝非虚言应酬，完全出自肺腑。卢纶在长期人生困顿失意的时候，得到浑瑊的提拔，作为其元帅判官。在浑瑊幕府的岁月是他一生最幸福的时期。三四句意为：我的能力微薄，您的恩重如山，实在是难以报答，不是离别的行人不懂得我的愁苦。

全诗写得情真意切，用典型景物烘托送别环境，卢纶与浑瑊的非同一般的感情被表现得淋漓尽致。

元日早朝呈故省诸公

万戟凌霜布，森森瑞气间。

垂衣当晓日，上寿对南山。

济济延多士，跹跹舞百蛮。

小臣无事谏，空愧伴鸣环。

元日，正月初一。万戟：天宝六载（747 年）以后，每个宫门布置二十戟。万戟形容其多。戟，古代兵器。首联意为：宫门外成千上万的持戟士兵如凌厉的寒霜布置，在祥瑞的皇宫显示出威严。垂衣：垂衣而治，指清静无为而国泰民安。"上寿"句，曹操《陌上桑》："景未移，行数千，寿如南山不忘愆。"南山即终南山，在长安近郊。上寿：古人把一百二十岁以上称为上寿。颔联意为：吾皇清静无为上朝正是太阳升起之时，上寿如对面的南山长青不老。济济：形容人多，阵容盛大。《诗经·周颂·清庙》："济济多士，秉文之德。"人数众多，盛大的样子。在唐代四夷君长及使者，见唐朝皇帝要行拜礼。颈联意为：朝堂上人才济济，各地区的少数民族献上多姿多彩的舞蹈。鸣环：大臣身佩玉环。尾联意为：小臣我没有可以进谏的事情，实在愧对自己的职位。

元日朝回中夜书情，寄南宫二故人

鸣珮随鹓鹭，登阶见冕旒。

无能裨圣代，何事别沧洲。

闲夜贫还醉，浮名老渐羞。

凤城春欲晚，郎吏忆同游。

南宫：尚书省。这应该是卢纶在尚书省写的为数不多的诗歌之一。鸣珮：作者为户部郎中，五品官，所以按照唐代制度规定可以佩玉。鹓鹭：朝官入朝排列有序，依次而入，好像鹓鹭成行。冕旒：古代帝王所戴冕前后悬垂的玉串。此借指皇帝。首联意为：穿戴整齐朝服跟随像鹓鹭一样排列有序的队伍，登上长长的台阶去拜见皇帝。沧洲：靠近水边的地方，指隐居之地。额联意为：没有能力辅佐圣明的朝代，为何离开自己隐居的地方？颈联意为：寂寞的夜晚想一生困顿已经酒醉，徒有虚名如浮尘，老来更感羞愧难当。凤城：《列仙传》卷上载，春秋时秦穆公的爱女弄玉，酷爱音乐，尤喜吹箫。一晚，她梦见一位英俊青年，极善吹箫，愿同她结为夫妻。穆公按女儿梦中所见，派人寻至华山明星崖下，果遇一人，羽冠鹤氅，玉貌丹唇，正在吹箫。此人名萧史。使者引至宫中，与弄玉成了亲。一夜两人在月下吹箫，引来了紫凤和赤龙，萧史告诉弄玉，他为上界仙人，与弄玉有殊缘，故以箫声作合。今龙凤来迎，可以去矣。于是萧史乘龙，弄玉跨凤，双双腾空而去。秦穆公派人追赶，直至华山中峰，也未见人影，便在明星崖下建祠纪念。后世把京城叫作凤城。尾联意为：看来今年京城长安的春色来得晚，同僚们常会记得一起游历。年事渐高，平日多病，所以尽管做了朝官，表达的是人生的迟暮之叹。

从这两首诗不难看出，虽然做朝官，但是卢纶对多年的幕府生涯已经适应，过得比较顺心顺意。这次入京，反而觉得无所事事，空度光阴，心里十分不踏实。

贞元十四年（798年）卢纶五十一岁时，离开了人间。他的寿命并不长，与他一生坎坷、常常生病不无关系。

卢纶有四个儿子。大儿子名叫卢简能，字子拙，登第后做过军中幕府，后来又做过监察御史。太和九年（835年）由驾部员外检校司封郎中，充凤翔节度判官。后来在"甘露事变"中，受到郑注失败的影响，被监军杀害。

卢简能的儿子卢知猷，历任太常卿、户部尚书，至太子太师，卒赠太尉。

卢纶的二儿子名叫卢简辞，字子策。元和六年（811年）登第。三次做帅府的属官。入朝为侍御史，尤其精通法律。唐宣宗大中年间，以检校工部尚书为忠武节度使，以检校刑部尚书为山南东道节度使。卢简辞无子，以卢纶四儿子卢简求之子贻殷、玄禧过继于卢简辞。卢贻殷官至光禄少卿。卢玄禧官至国子博士。

卢纶的三儿子名叫卢弘正，有的记载为卢弘止，有的记载为卢史正，字子强。元和末年，登进士第。初仕为幕府，累官至盐铁转运使，检校户部尚书。后又出任武宁节度使、宣武节度使。卒赠尚书右仆射。有二子：卢虔灌，卢裔修。卢虔灌，很有才华，所作文章被当时称道，官至秘书监。

卢纶的四儿子名叫卢简求，字子臧。长庆元年（821年）登进士第。做过河东节度观察使。以太子太师致仕。卒赠尚书左仆射。有十个儿子。其中卢汝弼做过祠部员外郎，知制诰。卢祠业官至检校礼部郎中。

第二章　广泛丰富的交往谱系

　　虽然在各章中涉及与卢纶来往的一些人，但是都是零散的不成体系的。人在环境中生存，自己也是别人的生存环境。系统地梳理卢纶的交游谱系，也是全面走进诗人人生世界、心灵世界、创作历程的一条途径。"人创造环境，同样，环境也创造人。"①

　　卢纶是大历十才子之冠，卢纶与大历诗人的交往必然是其重要的一环。吉中孚是卢纶的知心朋友之一。

送吉中孚校书归楚州旧山
（中孚自仙官入仕）

青袍芸阁郎，谈笑挹侯王。

旧篆藏云穴，新诗满帝乡。

名高闲不得，到处人争识。

谁知冰雪颜，已杂风尘色。

此去复如何，东皋岐路多。

藉芳临紫陌，回首忆沧波。

年来倦萧索，但说淮南乐。

---

① 马克思、恩格斯:《马克思恩格斯选集》，第 1 卷，第 92 页，人民出版社 1995 年。

并楫湖上游，连樯月中泊。

沿溜入阊门，千灯夜市喧。

喜逢邻舍伴，遥语问乡园。

下淮风自急，树杪分郊邑。

送客随岸行，离人出帆立。

渔村绕水田，澹澹隔晴烟。

欲就林中醉，先期石上眠。

林昏天未曙，但向云边去。

暗入无路山，心知有花处。

登高日转明，下望见春城。

洞里草空长，冢边人自耕。

寥寥行异境，过尽千峰影。

露色凝古坛，泉声落寒井。

仙成不可期，多别自堪悲。

为问桃源客，何人见乱时。

　　《唐才子传》卷四："中孚，楚州人。居鄱阳最久。初为道士，山阿寂寥。后还俗。李端赠诗云：'旧山连药卖，孤鹤带云归。'卢纶送诗云：'旧箓藏云穴，新诗满帝乡。'来长安，谒宰相，有荐于天子，日与王侯高会，名动京师。无几何，第进士，授万年尉，除校书郎。又登宏辞科，为翰林学士，历谏议大夫、户部侍郎、判度支事。贞元初卒。初，拜官后，以亲垂白在堂，归养至孝，终丧复仕。中孚神骨清虚，吟咏高雅，若神仙中人也。集一卷，今传。"在大历十才子中，卢纶与吉中孚相交最深。关于吉中孚的其他生平情况。韦应物有《春宵燕万年吉少府中孚南馆》：

始见斗柄回，复兹霜月霁。

河汉上纵横，春城夜迢递。

宾筵接时彦，乐燕凌芳岁。

稍爱清觞满，仰叹高文丽。

欲去返郊扉，端为一欢滞。

　　从诗题可知其做过万年尉，豪迈喜交友。《旧唐书·德宗纪上》："考功郎中、知制诰陆贽，司封郎中、知刺诰吉中孚，并为谏议大夫。"《旧唐书·德宗纪上》载贞元二年（786 年）春正月："谏议大夫、知制诰、翰林学士吉中孚为户部侍郎、判度支两税。"《旧唐书·德宗纪下》："八月，以权判吏部侍郎吉中孚为中书舍人。"青袍：青色的官服。吉中孚时为秘书省校书郎，官阶是正九品上。芸阁：秘书省。《汉书·高帝纪》："沛公西过高阳，郦食其为里监门，曰：'诸将过此者多，吾视沛公大度。'乃求见沛公。沛公方踞床，使两女子洗。郦生不拜，长揖曰：'足下必欲诛无道秦，不宜踞见长者。'于是沛公起，摄衣谢之，延上坐。食其说沛公袭陈留。沛公以为广野君，以其弟商为将，将陈留兵。"卢纶诗一二句意为：穿着青色的官服，你是秘书省的校书郎。谈笑之间拜揖君王，出色的才华会得到重用。箓：道教的符箓，指道教的神秘文书。帝乡：此指京师。《庄子·天地》："乘彼白云，至于帝乡。"三四句意为：你加入道教的符箓藏在白云缭绕的洞中，新作的诗歌誉满京城。五六句意为：你的声名使你难以清闲，到处都是争着与你相识的人。冰雪颜：《庄子·逍遥游》："藐姑射之山，有神人居焉。肌肤若冰雪，淖约若处子，不食五谷，吸风饮露，乘云气，御飞龙，而游乎四海之外；其神凝，使物不疵疠而年谷熟。"风尘色，《世说新语·赏誉》："王戎云：'太尉神姿高彻，如瑶林琼树，自然是风尘外物。'"七八句意为：你神仙般冰雪一样的肌肤，已经染上风尘中的颜色。东皋：水边向阳高地，也泛指田园、原野。阮籍《辞蒋太尉辟命奏记》："方将耕于东皋之阳，输黍稷之税，以避当涂者之路。"陶潜《归去来兮辞》："登东皋以舒啸，临清流而赋诗。"岐路：岔路，分别之地。曹植《美女篇》："美女妖且闲，采桑歧路间。"九十句意为：归楚山究竟如何呢，田野上的岔路很多。紫陌：指京师郊野的道路。王粲《羽猎赋》："济漳浦而横阵，倚紫陌而并征。"沧波：碧波。南朝梁刘勰《文心雕龙·知音》："阅乔岳以形培塿，酌沧波以喻畎浍"。唐李白《古风》之十二：

"昭昭严子陵，垂钓沧波间。"十一十二句意为：在京城繁华的道路上加入群英的行列，回首仍渴望泛波自由的隐居生活。淮南：其一，吉中孚的故乡楚州，在唐代属于淮南道；其二，鲍照《代淮南王二首》其一"淮南王，好长生。服食炼气读仙经。琉璃药椀牙作盘。金鼎玉匕合神丹。合神丹，戏紫房。紫房彩女弄明珰。鸾歌凤舞断君肠"。十三十四句意为：近年以来厌倦官场的生活，只是说归隐故乡淮南的快乐。湖上游：山阳县属于楚州，县东南有射阳湖。十五十六句意为：船只并行于湖上遨游，连接的船帆在皎洁的月光下停泊。闾门：在楚州，为楚州名胜之地。十七十八句意为：自由徜徉进入闾门，华灯如昼楚州的夜市喧闹繁华。十九二十句意为：喜不自胜的是意外遇到小时候邻居的伙伴，绵绵不绝地询问家乡的情况。二十一二十二句意为：回楚州的路途风急浪高，沿途的树木分开了都市与郊野。二十三二十四句意为：友人依依不舍随着你的行船沿岸行走目送，你在船头伫立目视。二十五二十六句意为：渔村周围环绕着水田，清晰可见的是远处的炊烟。石上眠，曹操《秋胡行》："遨游八极，枕石漱流。"《世说新语·排调》："孙子荆年少时，欲隐。语王武子，当枕石漱流，误曰漱石枕流。"二十七二十八句意为：想在树林里一醉方休，先约好一同枕石漱流。二十九三十句意为：树林里一片昏黑，时间未到晨曦初上，自由地向云边走去。三十一三十二句意为：暗夜里摸黑前行，走入了无路的山中。可心里明白山花盛开在何处。三十三三十四句意为：登上山峰天逐渐放晴，远望到山下是春光明媚的城郭。三十五三十六句意为：山洞里的野草空自长高，古墓边农夫年复一年耕田种地。三十七三十八句意为：听说到了仙境的实在寥寥无几，寻找过千峰的影子不见踪迹。三十九四十句意为：浓重的露水凝结在供奉古仙人的坛上，寒井中的水声似泉水的声音。四十一四十二句意为：成仙的愿望不可实现，与你分别自是十分伤悲。桃源客，《桃花源记》："自云先世避秦时乱，率妻子邑人来此绝境，不复出焉，遂与外人间隔。问今是何世，乃不知有汉，无论魏晋。此人一一为具言所闻，皆叹惋。余人各复延至其家，皆出酒食。停数日，辞去。此中人语云：'不足为外人道也。'"末尾二句意为：请问桃花源避世的人们，何人见过战乱的状况？从全诗看，卢纶是对求仙的道路持否定态度的。

畅当，生卒年不详，河东（今山西永济）人，官宦世家，畅璀之子。初以子弟被召从军，后登大历七年（772年）进士第。大历十年（775年）至十三年（778年）丁父忧。大历末年曾任校书郎。建中四年（783年）以子弟被招从军。入山南东道节度使幕。贞元元年（785年）隐居天柱山。贞元初，为太常博士。贞元六年（790年）前后再度归隐。约贞元十一年（795年）为果州（今四川南充市）刺史。与诸弟皆有诗名。诗一卷。畅当父亲畅璀，唐肃宗时官至散骑常侍，唐代宗时，与裴冕、贾至、王延昌待制集贤院，终于户部尚书。卢纶与畅当过从甚密，交情深厚。在与友人的诗作中，给畅当的最多，有十三首。这与畅当与自己同乡不无关系。畅当奉佛，卢纶与之常出入佛寺。

秋夜同畅当宿藏公院

礼足一垂泪，医王知病由。

风萤方喜夜，露槿已伤秋。

顾以儿童爱，每从仁者求。

将祈竟何得，灭迹在缁流。

藏公，指高僧藏用。

郎士元，字君胄，中山人。新旧《唐书》均无传。天宝十五载登进士第。安禄山乱军入据关中，也曾到江南避乱。宝应初，选京畿县官，诏试政事中书，补渭南尉。广德二年（764年）前后，为左拾遗。大历中后期曾为员外郎，卢纶有《客舍苦雨即事寄钱起郎士元二员外》，建中元年（780年）任郢州刺史。其后事迹不详。《极玄集》谓终郢州刺史。有别业在渭南半日吴村，王季友、钱起等皆见题咏，每夸胜绝。《全唐诗》卷二四八编其诗为一卷。

李端，字正己，赵州（今河北赵县）人。李嘉祐从侄。少年时代居庐山、嵩山，大历五年（770年）进士及第，授秘书省校书郎。后因病辞官，居终南山草堂寺。德宗建中年间起用为杭州司马。《全唐诗》录有李端诗三卷，共计 252 首。

酬李端长安寓居偶咏见寄

自别前峰隐，同为外累侵。

几年亲酒会，此日有僧寻。

学稼功还弃，论边事亦沉。

众欢徒满目，专爱久离心。

览鬓丝垂镜，弹琴泪洒襟。

访田悲洛下，寄宅忆山阴。

薄溜漫青石，横云架碧林。

坏檐藤障密，衰菜棘篱深。

流散俱多故，忧伤并在今。

唯当俟高躅，归止共抽簪。

卢纶曾与李端一起隐居山林。外累：佛道把人的血肉之躯及人生的情欲视为外累。一二句意为：自从离开隐居山林的地方，同为人世间的功名利禄烦恼。三四句意为：几年来在酒会上相见格外亲切，当下有僧人可以寻访。学稼，《论语》："樊迟请学稼。"指种田。论边:《后汉书·马援传》载，当时皇帝常说，伏波论兵，与我意合。每有所谋，未尝不用。五六句意为：学种田的本领终究抛弃，边塞立功的事业也已沉寂。七八句意为：徒然有眼前众多的朋友，最专一知心的好友你却久别，令我伤心不已。九十句意为：看看镜中的我已经两鬓斑白，弹琴难觅知音，眼泪打湿了衣襟。访田：苏秦曾喟然感叹，且使我有洛阳负郭田二顷，吾岂能配六国相印乎？此处指无田业。寄宅：刘宋时期谢灵运曾买宅山阴，此用典说自己曾避安史之乱于鄱阳。十一十二句意为：我曾有意在洛下一带买田耕稼难遂心愿，仍然思念当时避乱鄱阳的老地方。十三十四句意为：青石上流过浅浅的雨水，横云架在碧绿的树林上。十五十六句意为：毁坏的屋檐被藤条遮盖得密不透风，无人打理的蔬菜包围在深深的荆棘篱笆里。"流散"句：指自己受到元载、王缙案的牵连，东西奔波。十七十八句意为：好友流散都是由于各种原因，忧伤的感情今日在奔涌。十九二十句意为：只应等待你们的消息，与你们一起弃官归隐。

包佶，字幼正。新旧《唐书》无专传，事迹附在《新唐书》卷一四九《刘晏传》："佶字幼正，润州延陵人。父融。集贤院学士，与贺知章、张旭、张若虚有名当时，号吴中四士。"天宝六年（747年），礼部侍郎李岩知贡举，包佶等二十三人登进士第。大历后期曾为谏议大夫，知制诰，江州刺史。贞元元年（785年）三月任刑部侍郎。同年拜国子祭酒。建中三年（782年）为汴东水陆运两税盐铁使。贞元五六年间，迁任秘书监。与刘长卿、窦叔向诸公为莫逆之交。为官谨慎，有政声。晚年染风痹之疾。贞元八年（792年）卒。卒封丹阳郡公。《全唐诗》卷二〇五编其诗为一卷。卢纶有《同兵部李纾侍郎刑部包佶侍郎哭皇甫侍御曾》：

> 攀龙与泣麟，哀乐不同尘。
> 九陌霄汉侣，一灯冥漠人。
> 舟沉惊海阔，兰折怨霜频。
> 已矣复何如，故山应更春。

虽然只有三十九岁，但是故友沦落，在浑瑊幕中的卢纶不胜感慨。攀龙：指攀龙鳞，附凤翼。左思《咏史八首》："自非攀龙客，何为欻来游。"此指李纾、包佶遇到明主。泣麟：指皇甫曾亡故。《史记·孔子世家》："（孔子）西狩见麟，曰：'吾道穷矣。'"首联意为：有的朋友得明主赏识有的却已经离开人间，快乐与悲哀哪能相提并论。九陌：长安在古代有八街九陌。霄汉侣，潘岳《秋兴赋》："仰群俊之逸归兮，攀云汉以游骋。"此指李纾、包佶。一灯：佛以灯灭人亡。冥漠：空无所有，此指死者。颔联意为：李纾、包佶在长安为显要，皇甫曾却已经是如灯灭以后的阴间之人。颈联意为：船沉了才知海的广阔，兰花折断方恨严霜凛冽。尾联意为：无可奈何只能感叹，故园的山峰应是春日更浓。在友情中抒发了人世沧桑感慨。

耿湋是大历年间很有名的诗人，虽然不在大历十才子之内，但是卢纶与之交往密切。

得耿湋司法书因叙长安故友零落兵部苗员外发秘书省李校书端相次倾逝潞府崔功曹峒长林司空丞曙俱谪远方余以摇落之时对书增叹因呈河中郑仓曹畅参军昆季

鬓似衰蓬心似灰，惊悲相集老相催。

故友九泉留语别，逐臣千里寄书来。

尘容带病何堪问，泪眼逢秋不喜开。

幸接野居宜屣步，冀君清夜一申哀。

耿湋大历初任拾遗，晚年曾被贬许州。司法：州司法参军事。上州为从七品下，中州为正八品下，下州为从八品下。零落：死亡。苗员外发：苗发卒于壮年。李校书端：李端卒于贞元元年（785 年）或贞元二年（786 年）间。潞府崔功曹峒：潞府指潞州大都督府（治所在今长治市）。崔峒登进士第，大历中初为拾遗，后为集贤学士，迁右补阙，后贬为潞州大都督府功曹参军。长林司空丞曙：司空曙，排行十四，字文明（一字文初）。广平人，登进士第。曾官拾遗。后因事贬长林县丞。心似灰，《庄子·齐物论》："形固可使如槁木，而心固可使如死灰乎？"老相催，《离骚》："老冉冉其将至兮，恐修名之不立。"首联意为：鬓发似凋败的蓬草心如死灰，惊恐悲伤的情感集结于心，衰老如此之快。颔联意为：故友留别的话语还历历在目，但已是阴阳两隔，贬谪在千里之外的好友寄书信来了。颈联意为：风尘劳顿的愁容带着病痕哪堪被友人问讯，含泪的双眼逢秋不愿远望。尾联意为：唯有值得庆幸的是，我的野居可以闲步，渴望你在深秋的夜晚消散哀愁。在对大历十才子的人生际遇慨叹中可见情谊之深。

卢纶与薛存诚的交往也不少。薛存诚出身河东薛氏，贞元二年（786 年），进士及第。卢纶有《颜侍御厅丛篁咏送薛存诚》《同薛存诚登栖岩寺》。

又过了两年，大历诗人又有离世，卢纶无限感慨，在现在看来正是年富力强的时候，却不尽伤感。诗歌的题目虽然长，但是对于了解卢纶与大历诗人的交往却是最为珍贵的原始材料。《纶与吉侍郎中孚司空郎中曙苗员外发崔补阙峒耿拾遗湋李校书端风尘追游向三十载数公皆负当时盛称荣耀未几俱沉下泉畅博士当感怀前踪有五十韵见寄辄有所酬以申悲旧兼寄夏侯侍御审侯仓曹钊》："相逢十月交，众卉飘已零。感旧谅戚戚，问孤恳茕茕。侍郎文章宗，杰出淮楚灵。掌赋若吹籁，司言如建瓴。郎中善余庆，雅韵与琴清。郁郁松带雪，萧萧鸿入冥。员外真贵儒，弱冠被华缨。月香飘桂实，乳溜滴琼英。补阙思冲融，巾拂艺亦精。彩蝶戏芳圃，瑞云凝翠屏。拾遗兴难伴，逸调旷无程。九酝贮弥洁，三花寒转馨。校书才智雄，举世一娉婷。赌墅鬼神变，属词鸾凤惊。差肩曳长裾，总辔奉和铃。共赋瑶台雪，同观金谷筝。倚天方比剑，沉井忽如瓶。神昧不可问，天高莫尔听。君持玉盘珠，泻我怀袖盈。读罢涕交颐，愿言跻百龄。"茕茕：孤独的样子。李密《陈情表》："茕茕孑立，形影相吊。""相逢"四句意为：我与众好友相逢在十月之交，众多的花卉已经飘零枯萎。感念旧日的友情当然悲愁伤痛，你问询我孤独寂寞无人倾诉。淮楚：淮属于故楚国。"掌赋"句：贞元中，吉中孚为翰林学士，户部侍郎，掌管天下土地、人口，负责粮食赋税等。吹籁，《庄子·齐物论》："女闻人籁而未闻地籁，女闻地籁而未闻天籁夫？""侍郎"四句意为：吉中孚做户部侍郎为文章魁首，是淮楚的杰出人才。掌管赋税与民休养，如吹出天籁之音，得自然之道。为翰林学士，知制诰，所草词命，高屋建瓴，充满浩然之气。"郎中"二句：赞扬司空曙人品高尚。善余庆，《周易·上经·坤》："积善之家，必有余庆。"琴清：琴音至清。后汉李尤《琴铭》："琴之在音，涤荡邪心。虽有正性，其感亦深。存雅却郑，浮侈是禁。条畅和正，乐而不淫。""郁郁"二句：称道司空曙的诗歌风格如雪中的青松高洁不群。《唐才子传》卷四论司空曙诗云："属调幽闲，终篇调畅，如新花笑日，不容熏染。铿锵美誉，不亦宜哉。""郎中"四句意为：司空郎中的善德闻名遐迩，弹出的琴音高雅清新。他的诗歌高洁不群，好似大雪中的青松，郁郁青青；又如高亢的鸿雁飞入苍穹。"员外"二句：苗发是宰相苗晋卿的儿子。弱冠：二十岁。华缨，中高级别官员的服饰。苗发时为员外郎，从六品上。"员外"四句意为：苗员外真正是出身高贵的儒者家庭，二十岁就做了大官。诗歌好比月光下的桂花飘香，又似琼玉上的乳液细致高贵。冲融：充溢弥漫的样子。巾拂：即弹棋，古代中国棋类游戏。在西汉末年开始流行，最初主要在宫廷和士大夫中间盛行。弹棋初创时，仅流行于宫中，社会上还鲜有所见。王莽新政末年，南方大饥，绿林发难于南，赤眉造反于东，农民起义推翻了王莽政权。而后，刘秀乘机而起，灭赤眉军，建立起东汉政权。在此大乱之年，弹棋由宫廷自然流入民间。直至东汉章帝时，弹棋方在宫禁中复盛。自此，喜好弹棋的人士越来越多，且以诗赋咏弹棋，或撰文论述之，为弹棋的推广普及作出了贡献。"彩蝶"二句：赞扬崔峒诗歌华艳。《唐才子传》称其诗："词彩炳然，意思方雅。""补阙"四句意为：崔补阙的诗思如泉涌，弹棋的技艺更是精湛。他的诗歌语言华美恰如彩色的蝴蝶在芳香四溢的花园游戏，凝练又好比瑞云聚集在翠色的屏风。"拾遗"二句：赞赏耿湋的诗歌才华。无程：不局限在前人的法度之内。《唐才子传》卷四评论耿湋诗为："诗才俊爽，意思不群。"九酝：一种经过重酿的美酒。三花：灵芝。"拾遗"四句意为：耿拾遗的诗兴超群很难有人与之匹敌，放逸的格调自由挥洒不受传统的束缚。内涵深隽如反复酿造的美酒，越存越清亮，有如灵芝经过寒冬更加馨香。娉婷：形容女子姿态美好的样子，借指李端才智出众。赌墅，《晋书·谢安传》："坚后率众，号百万，次于淮肥，京师震恐。加安征讨大都督。玄入问计，安夷然无惧色，答曰：'已别有旨。'既而寂然。玄不敢复言，乃令张玄重请。安遂命驾出山墅，亲朋毕集，方与玄围棋赌别墅。安常棋劣于玄，是日惧，便为敌手而又不胜。安顾谓其甥羊昙曰：'以墅乞汝。'安遂游涉，至夜乃还，指授将帅，各当其任。玄等既破坚，有驿书至，安方对客围棋，看书既竟，便摄放床上，了无喜色，棋如故。客问之，徐答云：'小儿辈遂已破贼。'"用此典故称道李端精于棋艺。鸾凤惊：赞扬李端的诗才足以让名家折服。李端曾在驸马郭暧席上赋诗，令钱起折服。"校书"四句意为：李校书的才华智慧称雄当世，诗歌创作在当时可谓独树一帜。棋艺超群如谢安敢赌别墅，如鬼神变化莫测，下笔作诗令名家折服称奇。差肩：比肩。曳长裾：指出入显贵之门。和铃：如鸾凤相和的车铃声。此代指达官贵人家。瑶台：美玉砌成的台，此指达官显贵家的亭台。鲍照《学刘公干体五首》："胡风吹朔雪，千里度龙山。集君瑶台上，飞舞两楹间。"金谷筝，石崇《金谷诗序》："余以元康六年，从太仆卿出为使持节监青、徐诸军事、征虏将军。有别庐在河南县界金谷涧中，去城十里，或高或下，有清泉茂林、众果、竹、柏、药草之属，莫不毕备。又有水碓、鱼池、土窟，其为娱目欢心之物备矣。时征西大将军祭酒王诩当还长安，余与众贤共送往涧中，昼夜游宴，屡迁其坐，或登高临下，或列坐水滨。时琴、瑟、笙、筑，合载车中，道路并作，及住，令与鼓吹递奏。遂各赋诗以叙中怀，或不能者，罚酒三斗。感性命之不永，惧凋落之无期，故具列时人官号、姓名、年纪，又写诗著后。后之好事者，其览之哉！凡三十人，吴王师、议郎关中侯、始平武功苏绍，字世嗣，年五十，为首。"庾信《对酒歌》："筝鸣金谷园，笛韵平阳坞。""倚天"二句，《大言赋》："楚襄王与唐勒、景差、宋玉游于阳云之台。王曰：'能为寡人大言者上座。'……至宋玉，曰：'方地为车，圆天为盖，长剑耿耿倚天外。'""共赋"四句意为：我们一起去达官贵人家的亭台楼阁饮酒赋诗，也曾在显贵的园林里雅集争奇。正好比是倚天宝剑大显神威之时，却如瓶沉井中凋零离世。"神昧"二句，《三国志·蜀书·秦宓传》："温复问曰：'天有头乎？'宓曰：'有之。'温曰：'在何方也？'宓曰：'在西方。诗曰：乃眷西顾。以此推之，头在西方。'温曰：'天有耳乎？'宓曰：'天处高而听卑，诗云：鹤鸣于九皋，声闻于天。若其无耳，何以听之？'"杜甫《暮春江陵送马大卿公恩命追赴阙下》："天意高难问，人情老易悲。"玉盘珠：赞扬畅当诗歌如玉盘之珠，美妙绝伦。泻我怀袖盈，《左传》成公十七年："初，声伯梦涉洹，或与己琼瑰，食之，泣而为琼瑰，盈其怀。从而歌之曰：'济洹之水，赠我以琼瑰。归乎！归乎！琼瑰盈吾怀乎！'惧不敢占也。""神昧"四句意为：神的意志高深莫测，天意终有声难以聆听。你赠给我珠圆玉润的诗歌，装满我的衣袖。末尾二句点题：读罢你的赠诗眼泪打湿了面颊，祝愿畅当、夏侯审、侯仓、曹钊等朋友们健康长寿。从这首诗不难看出，卢纶与他们的交往是知音惜知音，诗歌唱酬，谈文论艺，惺惺相惜。

卢纶与僧人的交往比较多。诗歌中明确道出名号的就有灵澈上人、惟良上人、静居法师、清江上人、契玄法师、澄上人、昙延法师、晕上人、挺赟、藏公、恒操上人、奘公、趣上人、印禅师、警上人十五位。上人是对持戒严格、精通佛学的僧人的尊称；法师，是指精通佛法又能引导众人修行的人。禅师，也是对僧人的尊称。公，这里也是尊称僧人。卢纶与僧人往还唱酬的诗歌现存就有三十四首，始终未提及名号的也有不少，有的只提及其所居寺院。这方面也是受时代风气的影响。交往的僧人大都名望高，修为深。

中唐代宗、德宗时期对佛教十分推崇。宋司马光《资治通鉴》卷二百二十四卷《唐纪四十》："始，上好祠祀，未甚重佛。元载、王缙、杜鸿渐为相，三人皆好佛；缙尤甚，不食荤血，与鸿渐造寺无穷。上尝问以：'佛言报应，果为有无？'载等奏以：'国家运祚灵长，非宿植福业，何以致之！福业已定，虽时有小灾，终不能为害，所以安、史悖逆方炽而皆有子祸；仆固怀恩称兵内侮，出门病死；回纥、吐蕃大举深入，不战而退：此皆非人力所及，岂得言无报应也！'上由是深信之，常于禁中饭僧百余人；有寇至则令僧讲《仁王经》以禳之，寇去则厚加赏赐。胡僧不空，官至卿监，爵为国公，出入禁闼，势移权贵，京畿良田美利多归僧寺。敕天下无得棰曳僧尼。造金阁寺于五台山，铸铜涂金为瓦，所费巨亿，缙给中书符牒，令五台僧数十人散之四方，求利以营之。载等每侍上从容，多谈佛事，由是中外臣民承流相化，皆废人事而奉佛，政刑日紊矣。"大意是说，唐代宗即位时，虽然喜好祭祀，但不十分重视佛教。然而历任三个宰相元载、王缙、杜鸿渐潜移默化，逐步影响，特别是举出了安史之乱如此猖狂，遭到报应的安禄山、安庆绪、史思明、史朝义全部死去；仆固怀恩气焰如此嚣张，最后不免一死；吐蕃、回纥不战而退等。唐代宗深信不疑，采取了一系列有利佛教发展的措施。当时的儒生兼通佛学。僧人也通儒学，僧人与儒生交往，儒生与僧人交往，是一种时代风尚。而中唐时代诗人与僧人交往唱酬更是十分普遍。如果不与僧人来往，反倒是另类。

卢纶有主动交往僧人的诗歌，有寺院停留住宿的体验，有送别僧人的感情表达，有交往唱酬的经历，有对佛教思想的体悟，有用佛家思想抚慰人生的不幸，有以佛家为参照的对生死问题的思索……凡此种种，不一而足。

夜投丰德寺谒海上人

半夜中峰有磬声，偶逢樵者问山名。

上有月晓闻僧语，下路林疏见客行。

野鹤巢边松最老，毒龙潜处水偏清。

愿得远公知姓字，焚香洗钵过浮生。

丰德寺，在终南山中。海上人，皎然《雪夜送海上人常州觐叔父》诗下原注："上人，殷仲文后。"寺中半夜击磬，主要是提醒僧徒不能昏睡，使其诵经不停。开篇以动写静，前四句意为：半夜山峰的半山腰传来磬声，偶逢砍柴的樵夫问这山的名称。地势最高处月光清澈听到僧人对语，往下走树木不再茂密见到客人行走。据《抱朴子·内篇》说："千岁之鹤，随时而鸣，能登于木。其未千岁者终不集于树上也。"毒龙，据佛家所言，西方有不可依山，十分寒冷，冬夏积雪。山中有池，毒龙居之。据说高僧慧远始居龙泉精舍，寺侧有清流涌出。其后不久，浔阳大旱，慧远到了池边，读《海龙王经》，忽有巨蛇从池中飞上空中，一会儿大雨倾盆，此年丰收。后来把慧远所居精舍命名为龙泉寺。颈联意为：千岁的仙鹤巢边松树最古老，毒龙潜伏的地方有清泉流出。远公，即东晋名僧慧远（334—416年），俗姓贾，是雁门郡娄烦县（今山西省原平市）人，出身书香世家，二十一岁顿悟随道安法师修行，入庐山，住东林寺，专修"净土"之法，以期死后往生"西方"。被尊为佛教净土宗始祖。此以慧远比海上人。浮生，慧远善于用老庄之学解释佛家般若学，《庄子·刻意》："其生若浮，其死若休。"李白《春夜宴从弟桃李园序》："而浮生若梦，为欢几何？"结尾表明自己愿意与海上人为伍，焚香洗钵远离尘世过此一生。这首诗很可能写于诗人科举屡屡失利在终南山营建自己的住所时期。这只是一时的感情表达，不代表终生的慎重选择，卢纶一生基本都在积极进取，人生不幸时寻求解脱，无疑佛家在当时是一条不二选择。

宿澄上人院

竹窗闻远水，月出似溪中。

香覆经年火，幡飘后夜风。

性昏知道晚，学浅喜言同。

一悟归身处，何山路不通。

这首诗表明卢纶对禅宗的悟道规律与路径是有比较深入理解的。禅宗破除我执，万物皆有佛性，在自我与万事万物的交流互感中见性成佛，随时随地都可以成佛。佛在我心，我心即佛。前四句意为：我住在澄上人的禅院里，竹窗外能听到山中溪水潺潺，明月仿佛从清澈的溪水中生出。经年的香火燃在佛堂，后半夜风吹着经幡。性昏，指自己被世俗的欲望遮蔽。佛教认为人怀揣着爱欲不见道的原因，就好像澄明的水，用手去揽。众人都去揽水，没有一个人能看清自己的影子。人以爱欲交错，心中浊兴，所以难以见道。后四句意为：我本性昏浊悟道太晚，佛学修养浅薄但谈论意趣相同。一旦悟得自己身归何处，哪座山道路不通呢？无执无碍，处处可见佛性，时时可悟佛理，无往而不可。

在浑瑊幕期间，游历结交晕上人，并研修佛理。

题念济寺晕上人院

泉响竹潇潇，潜公居处遥。

虚空闻偈夜，清净雨花朝。

放鹤临山阁，降龙步石桥。

世尘徒委积，劫火定焚烧。

苔壁云难聚，风篁露易摇。

浮生亦无著，况乃是芭蕉。

念济寺，可能在河中府一带。晕上人，不详。潜公，东晋高僧竺法潜。此借指晕上人。一开始就用倒置笔法写，清泉潺潺、竹林潇潇烘托晕上人居处之幽静，再说晕上人居处遥远，远离尘世。据《高僧传》记载，高僧支昙籥，梦到天神传授其声法。梦醒后制成新声，梵音清新悠远。雨花，《妙法莲华经·序品第一》："尔时世尊，四众围绕，供养、恭敬、尊重、赞叹。为诸菩萨说大乘经，名无量义，教菩萨法，佛所护念。佛说此经已，结跏趺坐，入于无量义处三昧，身心不动。是时天雨曼陀罗华，摩诃曼陀罗华，曼殊沙华，摩诃曼殊沙华，而散佛上，及诸大众。"三四句意为：高远的空中听到唱经的声音，清净的晨光中天空飘洒曼陀罗花。放鹤，《世说新语·言语》"支公（高僧支道林）好鹤，住剡东岇山。有人遗其双鹤，少时翅长欲飞。支意惜之，乃铩其翮。鹤轩翥，不复能飞，乃反顾翅，垂头视之，如有懊丧意。林曰：'既有凌霄之姿，何肯为人作耳目近玩？'养令翮成，置使飞去。"降龙，佛典中有许多这方面的故事。在山阁上放仙鹤高飞长空，在石桥边跨洞降龙。世尘，《妙法莲华经·寿量品》："尔时佛告大菩萨众：'诸善男子，今当分明宣语汝等，是诸世界，若著微尘及不著者，尽以为尘，一尘一劫，我成佛已来，复过于此百千万亿那由他阿僧祇劫。自从是来，我常在此娑婆世界、说法教化，亦于余处百千万亿那由他阿僧祇国、导利众生。'"劫火，佛教谓坏劫之末所起的大火。《仁王经》卷下："劫火洞然，大千俱坏。"意思谓世上万物都是不坚牢的，唯有佛性不灭。世间的微尘徒然天天堆积，终有一天被劫火焚烧。""苔壁"二句，表面是眼前景，实则是卢纶用景阐释佛理。《金刚经》："一切有为法，如梦幻泡影，如露亦如电。"《维摩诘所说经·方便品第二》："诸仁者，如此身，明智者所不怙。是身如聚沫，不可撮摩。是身如泡，不得久立。是身如炎，从渴爱生。是身如芭蕉，中无有坚……"深碧的古苔难以聚集天上的浮云，风吹竹林竹叶上的露水太易坠落。人生飘忽无根无著，何况是中空的芭蕉。

从这首诗看，卢纶对于佛理虽说远未达到登堂入室的境界，但也非一知半解之徒。对于佛家著作是有过较深研读的。阐释佛理自如高妙，深得要义之妙谛。

题念济寺

灵空闻偈夜清净，雨里花枝朝暮开。

故友九泉留语别，逐臣千里寄书来。

　　偈，僧徒唱词。一二句意为：夜空中传来念济寺僧徒的唱经声声，雨中的花儿在夜晚静静地绽放。故友，指诗人的好友李端、苗发。卢纶作此诗在贞元元年（785年）到贞元二年（786年），苗发卒于贞元元年前，李端卒于贞元元年。九泉，地下深处，在古代数字单数中，九最大，此指极深。九泉，就是黄泉之意。《左传·隐公元年》："初，郑武公娶于申，曰武姜，生庄公及共叔段。庄公寤生，惊姜氏，故名曰'寤生'，遂恶之。爱共叔段，欲立之。"后来其母支持共叔段，共叔段失败。"遂置姜氏于城颍，而誓之曰：'不及黄泉，无相见也。'既而悔之。颍考叔为颍谷封人，闻之，有献于公，公赐之食，食舍肉。公问之，对曰：'小人有母，皆尝小人之食矣，未尝君之羹，请以遗之。'公曰：'尔有母遗，繄我独无！'颍考叔曰：'敢问何谓也？'公语之故，且告之悔。对曰：'君何患焉？若阙地及泉，隧而相见，其谁曰不然？'公从之。公入而赋：'大隧之中，其乐也融融！'姜出而赋：'大隧之外，其乐也泄泄！'遂为母子如初。"逐臣，被贬的官员。此指司空曙与崔峒。司空曙此时被贬为荆南长林（湖北荆门北）县丞；崔峒被贬为潞州府（山西长治）功曹参军。多年的好友分别时的话语犹在耳边，但已是生死两界，被贬的挚友千里外寄来书信。

　　这首名为题咏的诗歌，一半写故友凋零，写人生艰难，不难看出卢纶在人生的幻灭中悟佛理，在四大皆空里，寻求苦闷的解脱。

　　需要特别指出的是，卢纶与僧人的交往，向佛教的靠近，是从儒佛相通的意义上作为途径的。

送契玄法师赴内道场

昏昏醉老夫，灌顶遇醍醐。

嫔御呈心镜，君王赐髻珠。

降魔须战否，问疾敢行无。

深契何相秘，儒宗本不殊。

这首诗大约作于贞元年间，契玄法师以讲经闻名于世。
卢纶写了一些送别僧人朋友的诗歌，也别有一番意味。

送惟良上人归江南

落日映危樯，归僧向岳阳。

注瓶寒浪静，读律夜船香。

苦雾沉山影，阴霾发海光。

群生一何负，多病别医王。

惟良上人，中唐时高僧，刘禹锡《送惟良上人并引》："今丹徒人惟良，生而能知，非自外求。以乾坤之莢，当十期之数。凝神运指，上感躔次，视玄黄溟涬，无倪有常……惟良得一行之道，故亦慕其为外臣。"

高斋洒寒水，是夕山僧至。

玄牝无关锁，琼书舍文字。

灯明香满室，月午霜凝地。

语到不言时，世间人尽睡。

李端也有《送惟良上人归润州》：

拟诗偏不类，又送上人归。

寄世同高鹤，寻仙称坏衣。

雨行江草短，露坐海帆稀。

正被空门缚，临岐乞解围。

从刘禹锡诗文、李端诗歌不难看出，惟良上人在当时是很有名气的高僧。开篇语言简洁，意象新颖，点出送别时间地点，第二句归僧即惟良上人，岳阳为目的地，唐代岳州，属于江南西道，治所在今湖南岳阳市。落日映红了大船的风帆，惟良上人要回岳阳去。瓶，净瓶，用陶或金属制造，常贮水，用以净手。律，指佛教的戒律，这里指佛经。佛法超群、净瓶注水可使寒浪平静，夜晚诵读佛经满船生香。苦雾，浓雾。阴霾，指天气昏暗。海光，古人把长江辽阔的地方称为海。当水面上聚集了浮游生物时，会发出光亮，名为海光。山峰沉没在重重浓雾中，长江上天气昏暗海光闪闪。医王，指高僧，此指惟良上人。作为芸芸众生之一的我多所愧疚，多病中送别你。

全诗不同于一般送别诗歌，极力渲染惟良上人的佛法无边，用环境创造迷离梦幻般的氛围，很有特色。

送少微上人游蜀

瓶钵绕禅衣，连宵宿翠微。

树开巴水远，山晓蜀星稀。

识遍中朝贵，多谙外学非。

何当一传付，道侣愿知归。

少微上人，为襄阳诗僧。与当时许多诗人交往。戴叔伦、李端都有送其入蜀诗歌。皎然也有酬别之作。

戴叔伦《送少微上人入蜀》：

十方俱是梦，一念偶寻山。

望刹经巴寺，持瓶向蜀关。

乱猿心本定，流水性长闲。

世俗多离别，王城几日还。

李端《送少微上人入蜀》：

削发本求道，何方不是归。

松风开法席，江月濯禅衣。

飞阁蝉鸣早，漫天客过稀。

戴颙常执笔，不觉此身非。

皎然《酬别襄阳诗僧少微》：

证心何有梦，示说梦归频。

文字费秦本，诗骚学楚人。

兰开衣上色，柳向手中春。

别后须相见，浮云是我身。

从戴叔伦、李端、皎然的诗歌不难看出，少微上人佛法修行高，诗歌才华出众，与当时的诗人多有诗歌往还。翠微，山气青翠缥缈，此指青翠的山。下笔不写送别地，也不烘托送别气氛，而是直接遥想少微上人归蜀之路途历程。随身带净瓶与化缘的钵，一夜接一夜留宿在沿途的山中。巴水，指巴地之水。三四句巧用互文，语言省净。连绵的巴蜀之水分开了层层叠叠的树林，破晓时分，沿途巴蜀之地的星星渐渐稀落。中朝，指朝中。广泛交往朝廷的达官贵人，对佛学以外的学问多有研修，十分熟悉。何当，何日、何时之意。传付，传递交付。何时传递少微归去的消息，僧侣应盼着少微早归来。

全诗全用虚写，遥想少微上人归途，虚写却笔笔不虚，写巴蜀之沿途景色逼真贴切，意境深远。

中国传统思想主要为儒、释、道，然而道，既有老子、庄子为代表的先秦道家，也有后来在道家思想基础上形成的道教。我们在论述一个古代作家的思想时，其实常常包括思想体系中的这两个部分。唐代李渊在隋末乱世于晋阳起兵，老子名李耳，为了光耀李家的门楣，自然愿意攀附老子。武德八年（625年），李渊钦定三教顺序，道第一，儒第二，佛最后。唐玄宗更是把道教推崇到无以复加的地步。开元二十九年（741年）正月，唐玄宗有一天晚上做了一个梦，梦到老子告诉他说，我的像在京城西南百余里，你派人去求之，我与你在兴庆宫相见。老子的托梦，使唐玄宗兴奋不已，派人从长安西南方向的周至山谷间求得老子像，迎接到城内的兴庆宫。唐玄宗在此时设置了道举科。并在长安洛阳及诸州建崇元皇帝庙，设置玄学，习《老子》《庄子》《文子》《列子》，名之曰道举。此年九月，唐玄宗还在兴庆门亲试应道举科的举人，规格如同制科。卢纶的伯乐、唐代宗时的宰相元载，就是在这次考试中及第的。当然为了霸占自己的儿媳杨玉环，也采用了曲线迂回的办法，让她出家做了女道士，然后再入宫。

在当时大的背景下，上至帝王，中间百官，下到士人学子，许多人以与道士交往为荣。卢纶交往的道士有江州朱道士、郗彝素、麻道士、萧道士、乔尊师、李尊师、王尊师、车尊师、祝尊师等。

卢纶人生坎坷，一生多病，诗中多说到自己生病，而生命也仅仅走过了五十一岁的历程，证明了诗中所言不虚。因此卢纶想从道士那里得到治病的良方。求医问药是最主要原因之一。

蓝溪期萧道士采药不至

春风生百药，几处术苗香。
人远花空落，溪深日复长。
病多知药性，老近忆仙方。
清节何由见，三山桂自芳。

蓝溪，即蓝水，在蓝田县（西安市蓝田县）。术苗，中药白术的苗叶，可治疗水肿、气短、多汗等。前六句意为：春风吹拂数以百计的草药自然生长，几处闻到术苗飘香。远离人迹的山中各种药材的花儿自开自落，幽深的蓝溪水一年一年流淌了无穷的岁月。久病成医我知晓了多种药性，年老更期望得到仙方。清节，高洁的节操。三山，神话传说中的蓬莱、方丈、瀛洲，有仙人居住并有长生不死之药。桂自芳，淮南小山《招隐士》："桂树丛生兮山之幽。"后世以桂喻节操高的隐士。末尾二句意为：你高超的气节何处可见，就好似蓬莱方丈瀛洲的桂树，芳香自远。

卢纶对于道教炼丹长生、白日升天等并不迷恋，大多认为是虚妄之说。"自愧非仙侣"（《过终南柳处士》），也曾多次对好友说，"学道功难就"（《留别耿湋侯钊冯著》），因此他与道士来往也只是一般朋友的交往。

酬畅当寻嵩岳麻道士见寄

闻逐樵夫闲看棋，忽逢人世是秦时。
开云种玉嫌山浅，渡海传书怪鹤迟。
阴洞石床微有字，古坛松树半无枝。
烦君远示青囊箓，愿得相从一问师。

嵩岳，嵩山，也称嵩高山，在河南省登封市北。汉唐以来道士多隐居此山。南朝梁任昉《述异记》卷上："信安郡石室山，晋时王质伐木，至，见童子数人，棋而歌，质因听之。童子以一物与质，如枣核，质含之，不觉饥。俄顷，童子谓曰：'何不去？'质起，视斧柯烂尽。既归，无复时人。"秦时，陶渊明《桃花源记》："自云先世避秦时乱，率妻子邑人来此绝境，不复出焉，遂与外人间隔。问今是何世，乃不知有汉，无论魏晋。"首联用典故形容道家境界远离人世，超越世俗，听说樵夫砍柴看闲人下棋，转眼过了几十年，避秦末之乱到了桃花源，跨越几朝几代！开云种玉，据干宝《搜神记》载，无终山高八十里，上面没有水，杨伯雍取水于坂头给人施舍，路过的行人都给水喝。过了三年，有一个人路过喝水，给了他一斗石子，让他去高处的平地有石头的地方种下，说玉从其中生出。后来得到白璧五双，并以此娶了好媳妇。唐以前的许多典籍都有仙人骑鹤之说，所以鹤为仙人骑骥。颔联意为：在云雾缭绕的山中种玉土不够厚，渡海去传书仙鹤来迟。"阴洞"句，典籍中有嵩岳上有石室，进入石室，见到壁中的文字，便得道也。《初学记》卷五引潘岳《关中记》曰："嵩高山石室十余孔，有石床、池水、食饮之具。道者多游之，可以避世。"古坛，道者多拜坛，嵩山自古道士多，所以古坛多。松树，《初学记》卷二十八引《嵩山记》："嵩高山有大松树，或百岁，或千岁。其精变为青牛，为伏龟。采食其实得长生。"颈联意为：阴洞中的石床依稀可见高妙的文字，古坛上的松树历经千年已经没有枝条。篆，道教的神秘文书。青囊篆，《晋书·郭璞传》："有郭公者，客居河东，精于卜筮，璞从之受业。公以青囊中书九卷与之，由是遂洞五行、天文、卜筮之术。"尾联意为：劳烦您出示青囊篆给我，愿随您修行拜师。

从这首诗看，卢纶用了不少典故，自己的感情并没有多少表现，属于应酬，并有在友人与道士面前卖弄学问的因素在内。

送道士郤彝素归内道场

病老正相仍，忽逢张道陵。

羽衣风淅淅，仙貌玉棱棱。

叱我问中寿，教人祈上升。

楼居五云里，几与武皇登。

内道场，皇宫中修行的场所。张道陵（34—156年），字辅汉，原名陵，正一盟威道创始人，东汉丰县（今江苏徐州丰县）人。太上老君"授以三天正法，命为天师"，后世尊称为"老祖天师""正一真人""三天扶教大法师""高明上帝""张天师"。著作《老子想尔注》，弟子有三千多人，设立二十四治，奠基天师道。张道陵、葛玄、许逊、萨守坚合称四大天师。首联意为：年岁大了疾病绵绵不断，忽然遇到张道陵般的仙人郤彝素大师。淅淅，形容轻微的风、雨、雪的声音。棱棱，威严的样子。颔联意为：身穿鸟羽制作的衣服在风中轻轻飞，仙风道骨威严无比。中寿，说法不一。《左传·昭公三年》唐孔颖达疏："上寿百年以上，中寿九十以上，下寿八十以上。"《庄子·盗跖》："中寿八十。"《淮南子·原道训》："凡人中寿七十岁。"《吕氏春秋·安死》："中寿不过六十。"颈联意为：责怪我只问询能够中寿之道，教我成仙上天之术。五云，五色瑞云，吉祥的征兆。传说昆仑山广万里，高万一千里，是神物产生之地，圣人仙人的居住地，出五色云气，五色流水。武皇，汉武帝刘彻，刘彻死后谥曰孝武皇帝。李少君是汉代的方士，李少君把自己不会衰老的秘方给了汉武帝，谎称自己生病告辞。这天夜里，汉武帝梦到自己与李少君一起登上河南嵩山，半路上有个神仙拿着旌节骑着龙从云中降下来，说太乙真人请李少君去。汉武帝惊醒了，立刻派人打听李少君的情况，并且告诉亲近的大臣说："我昨夜梦见李少君离我而去了！"李少君病重时，汉武帝去探视，李少君让人把他炼仙丹的秘方完全记下来，还没说完就死了。武帝说："李少君不会死，他是登了仙界了！"李少君刚要入殓时，尸体忽然不见了，衣服连扣子都没解开，好像蝉蜕一样。汉武帝更加后悔，恨自己没有向李少君更多地求教道术。尾联意为：你住在五色彩云里，我与你去会与汉武帝一样飘升到神仙世界。这类客套的话语不是卢纶的真实思想，飞天成仙毕竟太缥缈。

题天华观

峰嶂徘徊霞景新，一潭寒水绝纤鳞。

朱字灵书千万轴，苍髯道士两三人。

芝童解说壶中事，玉管能留天上春。

眼见仙丹求不得，汉家簪绂在羸身。

天华观：不详何处。绝纤鳞：纤鳞，微波似鱼鳞一样纤细。此指潭水无一点微波。首联意为：我流连在山中，朝霞洒满了宁静的山林，一潭寒水深绿，无一丝丝涟漪。朱字：用朱墨写的字。灵书：指道家的仙书。颔联意为：天华观里有用朱墨写的仙书千万轴，更见三三两两的白发道士出出进进。芝童：仙童。壶中事：《后汉书·方术传下》载，费长房者，汝南人也。曾为市掾。市中有老翁卖药，悬一壶于肆头，及市罢，辄跳入壶中。市人莫之见，唯长房于楼上睹之，异焉，因往再拜奉酒脯。翁知长房之意其神也，谓之曰："子明日可更来。"长房旦日复诣翁，翁乃与俱入壶中。唯见玉堂严丽，旨酒甘肴，盈衍其中，共饮毕而出。翁约不听与人言之。后乃就楼上候长房曰："我神仙之人，以过见责，今事毕当去，子宁能相随乎？楼下有少酒，与卿与别。"长房使人取之，不能胜，又令十人扛之，犹不举。翁闻，笑而下楼，以一指提之而上。视器如一升许，而二人饮之终日不尽。玉管：此指道家的管乐器。《论衡·寒温篇》："燕有寒谷，不生五谷。邹衍吹律，寒谷可种。燕人种黍其中，号曰黍谷。"颈联意为：年幼的仙童十分熟悉地解说壶中的故事，管中的乐曲能留住天上飞来的阳春。汉家：唐人惯用借汉言唐的语言，此指朝廷。簪绂：簪指系冠带的用具，绂是系官印的绳子。此指为官。赢：瘦弱。卢纶多次在诗中用赢、病、老，其年轻时就瘦弱多病。尾联意为：眼睁睁地看着道家的仙丹求不到，只能拖着体弱多病的身躯侍奉朝廷。

不难看出，卢纶对道教中的故事是比较熟悉的，诗中运用得左右逢源。诗歌的境界开阔，大处落笔。可是神仙的世界再美好，成仙的事实却看不到。于是道士只能作为自己的朋友交往罢了。

不管历史对元载、王缙如何评价，卢纶的一生与二人的关系是割不断的。卢纶《怀旧诗》自言："偶为达者知，扬我于王庭。"《送姨弟裴均尉诸暨》诗中有"东阁谬容止"句，东阁是宰相招贤纳士之所，说明受到过朝廷宰相的提携。在唐代举荐贤能是宰相的职责，也是考量其政绩的一个重要方面。《资治通鉴·唐纪四十》："（大历六年七月元载奏请）凡别敕除文武六品以下官，乞令吏部、兵部无得检勘，帝从之。"可见宰相用人的自主权很大。当然这种权力也是有弊病的，"士有求进者，不结子弟，则谒主书，货贿公行，近年以来，未有其比"。卢纶家境贫寒，不可能以钱财求引荐。《旧唐书·卢简辞传》载："（纶）大历初还京师，宰相王缙奏为集贤学士、秘书校书郎。"而《新唐书·卢纶传》则曰："大历初，（纶）数举进士不入第，元载取纶文以进，补阌乡尉。"不难看出，出众的文采是其被元载看重的原因。当然，卢纶直接搭上元载这层关系的可能性是比较小的。卢纶的妻舅赵纵是元载党人。《旧唐书·代宗本纪》："（大历十二年四月）贬吏部侍郎杨炎为道州司马，元载党也。谏议大夫、知制诰韩洄、王定、包佶、徐璜，户部侍郎赵纵，大理少卿裴翼，太常少卿王纮，起居舍人韩会等十余人，皆坐元载贬官也。"在唐代灿若星辰的文坛，元载、王缙算不上是作家，但也是能文之人，对文学才能出众的人格外关注，《旧唐书·杨炎传》："元载自作相，常选酌朝士有文学才望者一人厚遇之，将以代自。"当然选的这个人是杨炎。但是对卢纶也是赏识的。李端有《早春雪夜寄卢纶兼呈秘书元丞》，其中元臣就是元载的儿子伯和，曾经官为秘书丞。全诗如下：

> 闻君随谢朓，春夜宿前川。
> 看竹云垂地，寻僧月满田。
> 熊寒方入树，鱼乐稍离船。
> 独夜羁愁客，惟知惜故年。

从李端的诗歌看，卢纶与元臣的交情还是比较深的。

按理说，不应该把卢纶的上司浑瑊列入其交往谱系中。但是卢纶与浑瑊绝非简单的上下级关系，他们关系密切，可以说是某种意义上的朋友关系。为其写的诗歌也很多。《奉陪侍中登白楼》《九日奉陪浑侍中登白楼》《春日喜雨奉和侍中宴白楼》《奉陪侍中游石笋溪十二韵》《九日奉陪侍中宴白楼》《九日奉陪侍中宴后亭》《九日奉陪令公登白楼同咏菊》《奉陪浑侍中上巳日泛渭河》《奉陪侍中春日过武安君庙》《将赴京留献令公》等。涉及浑瑊的还有《腊日观咸宁王部曲娑勒擒豹歌》等。在浑瑊幕中。卢纶深得浑瑊的器重，出入随行，登楼赴宴，相互唱和，代草文书。陪浑瑊游历的诗歌就有近十首。在诗中歌功颂德，虽然浑瑊功劳巨大，但是其中也有溢美之词。对其功绩不乏夸饰，"顾盼亲霄汉，谈谐息鼓鼙"。对其才华不乏放大，《奉陪侍中春日过武安君庙》："抚坐悲今古，瞻容感废兴。"《九日奉陪侍中宴白楼》："说剑风生尘，抽琴鹤绕云。"似乎浑瑊不但武略超群，军功盖世，写诗作赋弹琴无不出类拔萃。还有一个主要内容是对浑瑊的感恩与表达自己知恩图报的忠心。《九日奉陪侍中宴后亭》："玉壶倾菊酒，一顾得淹留。"《九日奉陪侍中宴白楼》："谀儒无以答，愿得备前军。"《九日奉陪令公登白楼同咏菊》："金英分蕊细，玉露结房稠。黄雀知恩在，衔飞亦上楼。"

第三章　盛唐边塞的余响远韵

战争是文学的重要主题，战争改变人的命运，使人的日常生活发生重大变化，使人的生存环境改变。卢纶生存的时代，战争频发，大历诗人以战争为题材的诗歌数量不多，名篇也少，因为这些诗人远离战争的多，实际感受的少。卢纶在大历诗人中可谓独树一帜。他的边塞诗数量较多，不乏名篇，经过一千多年的岁月沧桑，仍然在被人们传诵。

腊日观咸宁王部曲娑勒擒豹歌

山头瞳瞳日将出，山下猎围照初日。

前林有兽未识名，将军促骑无人声。

潜行踠伏草不动，双雕旋转群鸦鸣。

阴方质子才三十，译语受词蕃语揖。

舍鞍解甲疾如风，人忽虎蹲兽人立。

欻然扼颡批其颐，爪牙委地涎淋漓。

既苏复吼拗仍怒，果协英谋生致之。

拖自深丛目如电，万夫失容千马战。

传呼贺拜声相连，杀气腾凌阴满川。

始知缚虎如缚鼠，败虏降羌生眼前。

祝尔嘉词尔无苦，献尔将随犀象舞。

苑中流水禁中山，期尔攫搏开天颜。

非熊之兆庆无极，愿纪雄名传百蛮。

咸宁王，浑瑊。《旧唐书·德宗纪上》载：兴元元年（784年）娄烦郡王浑瑊改封咸宁郡王。《资治通鉴》卷二百三十五：贞元十五年（799年）"十二月，辛未，中书令、咸宁王浑瑊薨于河中"。则此诗作于兴元元年以后，贞元十五年以前。腊日，十二月八日为腊日。唐时习俗，每于腊日猎兽。部曲，《汉书·百官志一》："（大将军）其领军皆有部曲。大将军营五部，部校尉一人，比二千石；军司马一人，比千石。部下有曲，曲有军候一人，比六百石。曲下有屯，屯长一人，比二百石。"娑勒，浑瑊部下勇将。瞳瞳，日出时光亮的样子。山下猎围，古代帝王达官显贵围山而猎。一二句意为：腊月初八早晨山上太阳刚刚升起，山下的勇士们在晨曦中围山而猎。无人声，古代打猎时嘴里含着横枚，防止出声。三四句意为：前面的树林中有一只野兽不知道它的名字，将军快马追逐，同行的人衔枚疾走悄然无声。五六句意为：这个野兽潜伏在草间一动不动，忽然间双雕在它的上空盘旋，成群的乌鸦鸣叫。阴方，泛指阴山一带的少数民族地区。质子：古代弱小的国家派往别国做抵押的人质，应多为王子、世子，故名质子。此指娑勒。译语受词：通过翻译接受命令。蕃语揖：用蕃语回应作揖。七八句意为：阴山下的质子娑勒刚刚三十岁，通过翻译接受了将军的命令再用蕃语回应作揖。"人忽"一句，娑勒虎蹲，等待机会擒豹，豹子跃起如人立想要搏击。九十句意为：娑勒扔下马鞍脱掉铠甲疾飞如风，勇士忽然像虎一样蹲下豹子如人站立。欻然：疾速貌。颡：额。颐：面颊。十一十二句意为：娑勒猛然跃起扼住豹子的额头，猛击豹子的面颊，豹子倒在地上涎水淋漓。拗：不顺从。此指豹子桀骜不驯，仍然反抗。协：符合。英谋：指浑瑊的意旨。十三十四句意为：豹子一会儿已经有所恢复又怒吼挣扎，娑勒果真完成了浑瑊的授命，生擒了猛烈的豹子。失容，因恐惧而失色。战：战栗、发抖、抖索的意思。十五十六句意为：把豹子拖出深密的草木丛，豹子双目如电，千万人大惊失色千马战栗。十七十八句意为：千军万马传送擒豹的欢呼声在连绵的山间回荡，杀声震天布满山川。"始知"二句：指这是好的兆头。强敌如虎豹也会被擒。羌：西部的少数民族之一，此代指吐蕃。十九二十句意为：始知道擒获虎豹如抓小小的老鼠，打败西北的敌人就在眼前。献，进献天子。犀象舞：唐玄宗时，每逢千秋节，管理音乐的机构会引导象、犀入场拜舞。二十一二十二句意为：豹子祝贺你，你可千万别愁苦，你将加入皇家的犀象舞班展示才能。"期尔"句：扬雄《长杨赋》："明年，上将大夸胡人以多禽兽。秋，命右扶风发民入南山。西自褒斜，东至弘农，南驱汉中，张罗网罝罘，捕熊罴豪猪，虎豹狖玃，狐兔糜鹿，载以槛车，输长杨射熊馆。以网为周阹，纵禽兽其中，令胡人手搏之，自取其获，上亲临观焉。"二十三二十四句意为：禁苑中的流水潺潺，禁苑中的山石美丽无比，期待你的表演让天子笑逐颜开。非熊之兆：《史记·齐太公世家》："吕尚盖尝穷困，年老矣，以渔钓奸周西伯。西伯将出猎，卜之，曰所获非龙非螭，非虎非罴；所获霸王之辅。于是周西伯猎，果遇太公于渭之阳，与语大说，曰：自吾先君太公曰'当有圣人适周，周以兴'。子真是邪？吾太公望子久矣。故号之曰'太公望'，载与俱归，立为师。"用此典赞扬德宗用浑瑊。百蛮：泛指各少数民族。末尾二句意为：吾皇得到了非熊之兆欢喜无边，愿记下浑城郡王的英名传遍边地各民族。比较王维《观猎》：

　　风劲角弓鸣，将军猎渭城。

　　草枯鹰眼疾，雪尽马蹄轻。

　　忽过新丰市，还归细柳营。

　　回看射雕处，千里暮云平。

　　这首诗是王维的名篇，选入义务教育的语文课本。开篇烘托渲染气氛，结果前置，先声夺人。颔联则先陈述原因，再突出结果。因为秋草枯萎，鹰的视野广阔敏锐，由于冰雪融化，打猎的马儿飞驰。侧面烘托，干净利落。将军的形象呼之欲出。新丰市：古代盛产美酒的地方，故址在今陕西省西安市临潼区东北。细柳：《史记·绛侯周勃世家》"亚夫为将军，军细柳以备胡"。

新丰、细柳两地相距七八十里，是马匹半天的路程。"忽""归"，巧用夸张，含而不露，将军的英勇气势不言自明。前三联已经完成观猎的书写。末尾补笔，不是画蛇添足，而是画龙点睛之笔。含不尽之意见于言外。

　　卢纶的诗故事完整，细节清晰，生动的描写，侧面烘托反衬，刻画细致入微，语言优美传神，翔实具体，给读者留下深刻的印象。王维的《观猎》按照时间顺序写，层次分明，重在创造打猎的将军形象。运用先声夺人、侧面烘托和活用典故等艺术手段来刻画人物，从而使诗的形象鲜明生动、意境恢宏而含蓄，气概豪迈，造句精工，章法严整，诗味浓郁。诗写的虽是日常的狩猎活动，但却栩栩如生地刻画出将军的骁勇英姿，表达出诗人渴望效命疆场、期盼建功立业的英雄气概。二者可谓春兰秋菊各极一时之秀，难分轩轾。

和张仆射塞下曲六首

一

鹫翎金仆姑，燕尾绣蝥弧。
独立扬新令，千营共一呼。

二

林暗草惊风，将军夜引弓。
平明寻白羽，没在石棱中。

三

月黑雁飞高，单于夜遁逃。
欲将轻骑逐，大雪满弓刀。

四

野幕敞琼筵，羌戎贺劳旋。
醉和金甲舞，雷鼓动山川。

五

调箭又呼鹰，俱闻出世能。
奔狐将迸雉，扫尽古丘陵。

六

亭亭七叶贵，荡荡一隅清。

他日题麟阁，唯应独不名。

张仆射：一说为张延赏，一说为张建封。张延赏为左仆射在贞元元年
（785 年），据卢纶生平经历看，当为张延赏更符合。《塞下曲》为汉乐府旧
题，属《横吹曲辞》，内容多写边塞征战景象。《和张仆射塞下曲六首》全系
五绝，虽然受和诗的限制，但卢纶却出神入化地运用这种诗体。卢纶依靠出
色的文才，以六首精巧的五绝组成了这部如画的佳作。

第一首不直接写将军形象，侧面敷粉。写其用箭的奇特精美，写旌旗的
鲜艳色彩。三句写威严的气势，暗喻军令严格。四句用当句一与千的对照，
形成多与少的强烈的数字反差，显示出强大的力量。俞陛云《诗境浅说续
编》："'鹫翎'首：前二句，言弓矢精良，见戎蓉之暨暨。三句状阃帅之尊严。
四句，状号令之整肃。寥寥二十字中，有军容荼火之观。"

第二首用典，联结起历史的时空。用飞将军李广称赞今将军。《史记·李
将军列传》："广出猎，见草中石，以为虎而射之，中石没镞，视之石也。因
复更射之，终不能复入石矣。广所居郡闻有虎，尝自射之。及居右北平射
虎，虎腾伤广，广亦竟射杀之。"可以想见边塞战争时间的绵长，人们对安
边定国边将的渴望和赞赏。俞陛云《诗境浅说续编》："此借用李广事，见边
帅之勇健。首句林暗风惊，不言虎而如有虎在。李广射虎事，仅言射石没
羽，记载未详。夫功力虽劲，以石质之坚，没镞已属难能，而况没羽！作者
特以'石棱'二字表出之，盖发矢适射两石棱缝之中，遂能没羽。"将诗歌
的艺术想象与夸张全部落实，就有点太迂腐了。

第三首像一幅生动传神的图画。用典型的烘托，色彩浓重。暗示边塞战
争的严酷、激烈、紧张。明李攀龙《唐诗训解》卷六："'月黑'一首，中唐
音律柔弱，此独高健，得意之作……此见边威之壮，守备之整，而惜士卒寒
苦也。永言语素卑弱，独此绝雄健，堪入盛唐乐府。"许学夷《诗源辨体》：
"'月黑'一首，气魄音调，中唐所无。"俞陛云《诗境浅说续编》卷四："言

兵威所震，强虏遁逃。'月黑雁飞'，写足昏夜潜遁之状。"

第四首写胜利后的劳军宴席，视野独特，笔法生动。俞陛云《诗境浅说续编》："边氛既扫，乃宏开野幕，饷士策勋。醉余起舞，金甲犹擐，击鼓其镗，雷鸣山应。玉关生入，不须'醉卧沙场'也矣。"

第五首写战争间歇阶段，将士们丰富多彩的生活。选取狩猎来以点带面。

第六首总结，赞扬张延赏的功绩，必将功垂后人。

卢纶所和张仆射原诗今已不传，而和诗竟流诵千古，可见它的价值经得起历史的检验。胡震亨《唐音癸签》卷七谓："大历十才子，并工五言诗。卢郎中（纶）辞情捷丽，所作尤工。"又说："卢诗开朗，不作举止，陡发惊采，焕尔触目。"组诗语言凝练，构思巧妙，细吟全诗，军营之生活，守边之艰苦，胜利之欢腾，无不历历在目，令人感奋。前人认为这组诗歌，可与岑参边塞诗媲美。俞陛云《诗境浅说续编》："唐人善边塞诗者，推岑嘉州。卢之四诗，音词壮健，可与抗手。"关于这六首诗歌，哪首最好，大多以第三首为第一。也有不同的意见，贺裳《载酒园诗话》云："《塞下曲》六首，俱有盛唐之音。'平明寻白羽，没在石棱中'一章尤佳。人顾称'欲将轻骑逐，大雪满弓刀'，虽乃矫健，然殊有逗留之态，何如前语雄壮。"

卢纶的不少边塞送别诗，善用长篇挥洒，以典型的景物烘托送别气氛，结构自由，收放自如。

送饯从叔辞丰州幕归嵩阳旧居

白须宗孙侍坐时，愿持寿酒前致词。

鄙词何所拟？请自边城始。

边城贵者李将军，战鼓遥疑天上闻。

屯田布锦周千里，牧马攒花溢万群。

白云本是乔松伴，来绕青营复飞散。

三声画角咽不通，万里蓬根一时新。

丰州闻说似凉州，沙塞清明部落稠。

行客已去依独戍，主人犹自在高楼。

梦亲旌旆何由见，每值清风一回面。

洞里先生那怪迟，人天无路自无期。

砂泉丹井非同味，桂树榆林不并枝。

吾翁致身殊得计，地仙亦是三千岁。

莫着戎衣期上清，东方曼倩逢人轻。

从叔，名不详。丰州，今内蒙古巴彦淖尔市临河区；嵩阳，今河南省登封市。据《神仙传》载，汉武帝使者见一女子笞一老翁，使者诧异地问其原因，这个女子回答说，这个老翁是我的儿子。过去我的舅舅伯山甫以神药教我服用，我的儿子不肯服用，如今衰老成这样。宗孙，卢纶用典自比，反衬从叔修道成就高，康健高寿。一二句意为：白发的宗孙在一旁侍奉陪坐，我手把祝寿的美酒上前致词。三四句意为：我浅陋的致词从何处开始？请从您供职的边城开始。丰州在唐代属于朔方节度使管辖，李将军，此以汉代飞将军李广代指朔方节度使。五六句意为：边城尊贵的是像李广一样威名远扬的将军，战鼓咚咚仿佛是从天上传来。据唐代历史记载，边地养战马敬奉朝廷，印以三花、飞凤字样。七八句意为：在方圆千里屯田，四季庄稼遍野使荒芜之地仿佛一片锦绣，放牧良马超过万群。白云，用象征手法形容从叔来去自由，随性而为。乔松，指王乔、赤松子二个古代仙人。九十句意为：从叔像白云一样自由舒卷，本来就是王乔赤松子一类人。三声画角，古代野营行军日出、日落击鼓一千。鼓声停止，角声起，吹十二声为一叠，角声止，鼓声动。一昼夜三角三鼓。万里形容丰州之远，蓬草一干分支数十，枝上又生小枝，密布细叶，枯萎时常常在近根处折断。十一十二句意为：边地的画角声哽咽不畅通，万里外的蓬草一时被折断。十三十四句意为：丰州如凉州一样，沙塞清明，少数民族部落众多。十五十六句意为：行客离开边地你依然独自执掌边关防卫，主人仍在高楼远望你渐行渐远。十七十八句意为：边地的旌旗只有在梦中才能见到，每到清风吹拂时回头远望边关。洞里先生指从叔的修道师友。人天无路，指仙凡路隔，不能相通。十九二十句意为：从叔辞别军营离开幕府、回归山林并不算迟，仙凡路隔毕竟遥远无期。砂泉，代指边塞生活；丹井，指道家。桂树，指隐居，语出淮南小山《招隐士》："攀援桂枝兮聊淹留。"榆林，指边塞，《汉书》载秦大将蒙恬垒石为城，植榆树为塞。后以榆树代边防。二十一二十二句意为：边塞与道士隐居生活不是一种况味，桂树与榆林也不可能并存于一枝。地仙，据《抱朴子》所言："上士举形升仙，谓之天仙；中士遁于名山，谓之地仙。"二十三二十四句意为：我家从叔回归道家仙山得到了成仙妙计，地仙也是三千岁的寿命。上清，道家谓天空，此指天上仙境。东方曼倩，东方朔，西汉著名文学家。汉武帝时为太中大夫，幽默滑稽，喜欢嘲弄人。又说他善于吐故纳新，弃俗成仙。此代指从叔。末尾二句意为：那就不再穿戎装而去追寻天界的仙境，像东方朔一样洒脱自然抛弃世俗。全诗轻松自如，在送别诗中独树一帜。全诗自由地调动边塞与道家隐居成仙的两重意象，形成多层次的复叠对照。语言自由磊落。节奏轻松明快。

赠李果毅

向日磨金镞，当风著锦衣。
上城邀贼语，走马截雕飞。

向日：往日。金镞：金属制的箭头。"当风"句，《旧唐书·李晟传》："每将合战，必自异，衣锦裘、绣帽前行，亲自指导。怀光望见恶之，乃谓晟曰：'将帅当持重，岂宜自表饰以哦贼也！'晟曰：'晟久在泾原，军士颇相畏服，故欲令其先识以夺其心耳。'"锦衣：武官的服饰。以锦为表，长八尺，有螣蛇。一二句意为：往日里常常磨亮锋利的箭头，迎着大风穿起锦衣。三四句意为：威风凛凛登上城头邀请逆贼决战，快马扬鞭截住飞雕。这首诗并没有直接写这位将军，然而全诗二十字，通过四个典型的动作，彰显其勇猛无比的大无畏气概与英雄豪迈。仿佛一幅生动逼真的人物画，只有将军的面孔没有出现，不写之写，让读者补充。

卢纶的边塞诗内容是丰富的，审美的触角深入到边塞的方方面面。而对于边塞将士的同情，更是感人至深。

逢病军人

行多有病住无粮，万里还乡未到乡。

蓬鬓哀吟古城下，不堪秋气入金疮。

开篇未见其人，先闻其声。历经多次战争，带着伤病行走在归乡途中。一边走一边停留，走走停停，停下来没有粮食充饥，望家乡路远山高，远隔千里万里，何日可到？受伤士兵发乱如蓬在古城下痛苦地呻吟，秋风吹，秋气寒，哪能经得住寒风吹得伤口疼痛难忍。全诗明白如话，截取典型的画面，用白描手法，如一幅震撼人心的雕塑，深入人心。"没有什么东西像文字这样是纯粹的精神踪迹，但也没有什么东西像文字这样指向理解的精神。在对文字的理解和解释中产生了一种奇迹：某种陌生的僵死的东西转变成了绝对亲近的和熟悉的东西。没有一种我们往日所获得的传承物能在这方面与文字相媲美。"[1] 穿过一千多年的岁月，仍然能够感受到战争的残酷给人民带来的灾难。

卢纶更把审美的视角投向久经沙场、后来投闲置散的将军，写了他们的辉煌，写了他们的遭遇，写了他们的落寞与无奈。

代员将军罢战后归旧里赠朔北故人

结发事疆场，全生俱到乡。

连云防铁岭，同日破渔阳。

牧马胡天晚，移军碛路长。

枕戈眠古戍，吹角立繁霜。

归老勋仍在，酬恩虏未亡。

独行过邑里，多病对农桑。

① 伽达默尔：《真理与方法》上，第229—230页，商务印书馆2007年。

雄剑依尘橐，阴符寄药囊。

空余麾下将，犹逐羽林郎。

　　员将军，不详何人。结发，古代男子二十岁束发而冠。李广曾自述，自结发以来与匈奴大小七十余战，此暗比员将军。一二句意为：二十岁驰骋疆场，总算幸免阵亡能全身回归故乡。铁岭，山名，在河南卢氏县北，山岩陡峭，地势险要。据历史记载，乾元二年（759年）三月，相州行营郭子仪等九节度围安庆绪于相州，安庆绪求救于史思明，史思明自范阳南下，郭子仪等与叛贼史思明大战，官军失利。丢弃的兵器盔甲堆满道路，郭子仪无奈断了河阳桥，以余部包围洛阳。连云，形容铁岭地势险要。破渔阳，指平定安史之乱。唐人渔阳范阳通称，均指安史叛军的老巢，在今天津市蓟州区。宝应二年（763年）冬，唐朝军队进攻史朝义余部，贼将范阳尹李怀仙斩史朝义首级献给官军，安史之乱平息。三四句意为：连绵的战云笼罩地势险要的铁岭，安史之乱终于以破渔阳而告结束。五六句意为：牧马在胡地辽阔的草地直到落日，部队移动，沙漠的道路漫长。极力形容其戎马生涯之艰难。枕戈，《晋书·刘琨传》："琨少负志气，有纵横之才，善交胜己，而颇浮夸。与范阳祖逖为友，闻逖被用，与亲故书曰：'吾枕戈待旦，志枭逆虏，常恐祖生先吾著鞭。'其意气相期如此。"七八句意为：夜晚枕着剑戈在古戍口休息，层层的雪霜里只能听到号角声声。酬恩：《汉书·霍去病传》："上为（霍去病）治第，令视之，对曰：'匈奴不灭，无以家为也！'"用此典故，暗寓对罢归结果的不满。九十句意为：归老故里虽然是不乏战功，感谢皇恩浩荡，但遗恨边关的敌人没有彻底消灭。十一十二句意为：踽踽独行走过久别的故乡，征战多年身有沉疴，面对的是耕种与蚕桑。雄剑象征老兵，阴符，指兵书。十三十四句意为：锋利的雄剑装在落满灰尘的口袋里，常看的兵书放到药囊中。羽林郎指羽林军。末尾二句意为：空叹自己麾下的将领，只能壮志消磨殆尽，像羽林军一样消磨时光。

　　全诗在今昔对比中揭示了主人公悲凉落寞的内在世界。

　　卢纶还十分深入地写到了战败将士的命运，入木三分，苍凉冷峻。

从军行

二十在边城，军中得勇名。

卷旗收败马，占碛拥残兵。

覆阵乌鸢起，烧山草木明。

塞闲思远猎，师老厌分营。

雪岭无人迹，冰河足雁声。

李陵甘此没，惆怅汉公卿

"从军行"为乐府古题，属相和歌词。《乐府诗集》卷三十二编入《相和歌辞》引《乐府解题》曰："《从军行》，皆军旅苦辛之辞。"卢纶曾在河中浑城幕中多年（785—798 年），对军旅生活很熟悉，此诗写得十分逼真。首二句，用李广典故。《汉书·李广苏建传》："谓其麾下曰：'广结发与匈奴大小七十余战，今幸从大将军出接单于兵，而大将军徙广部行回远，又迷失道，岂非天哉！且广年六十余，终不能复对刀笔之吏矣！'遂引刀自刭。百姓闻之，知与不知，老壮皆为垂泣。而右将军独下吏，当死，赎为庶人。"男子二十为成年，束发，故云。一二句意为：二十岁开始在边城从军征战，军中获得一往无前、英勇无敌的威名。三四句意为：卷起军旗收集打败的兵马，占据城池，抵挡沙漠的进犯之敌。五六句意为：又深又密的草丛中容易埋伏敌军，烧掉荒草更有利于防范敌人进攻。师老，《左传·宣公十二年》："晋师在敖、鄗之间。郑皇戌使如晋师，曰：'郑之从楚，社稷之故也，未有贰心。楚师骤胜而骄，其师老矣，而不设备，子击之，郑师为承，楚师必败。'"师老，指部队衰疲。七八句意为：关塞安静时思去远方进击，但是军队衰弱、分散兵力不是良策。"雪岭"二句，《史记·李将军列传》："天汉二年秋，贰师将军李广利将三万骑击匈奴右贤王于祁连天山，而使陵将其射士步兵五千人出居延北可千余里，欲以分匈奴兵。"九十句意为：军队奔袭在渺无人烟的茫茫雪岭，冰河里传来大雁飞的叫声。"李陵"二句，《史记·李将军列传》："陵既至期还，而单于以兵八万围击陵军。陵军五千人，兵矢既尽，士死者过半，而所杀伤匈奴亦万余人。且引且战，连斗八日，还未到居延百余里，匈奴遮狭绝道，陵食乏而救兵不到，虏急击招降陵。陵曰：'无面目报陛下。'遂降匈奴。其兵尽没，余亡散得归汉者四百余人。"《汉书·李广苏建传》："陵败处去塞百余里，边塞以闻。上欲陵死战，召陵母及妇，使相者视之，无死丧色。后闻陵降，上怒甚，责问陈步乐，步乐自杀。群臣皆罪陵，上以问太史令司马迁，迁盛言：'陵事亲孝，与士信，常奋不顾身以殉国家之急。其素所畜（蓄）积也，有国士之风。今举事一不幸，全躯保妻子之臣随而媒蘖其短，诚可痛也！且陵提步卒不满五千，深践戎马之地，抑数万之师，虏救死扶伤不暇，悉举引弓之民共攻围之。转斗千里，矢尽道穷，士张空弮，冒白刃，北首争死敌，得人之死力，虽古名将不过也。身虽陷败，然其所摧败亦足暴于天下。彼之不死，宜欲得当以报汉也。'初，上遣贰师大军出，才令陵为助兵，及陵与单于相值，而贰师功少。上以迁诬罔，欲沮贰师，为陵游说，下迁腐刑。""陵在匈奴岁余，上遣因杆将军公孙敖将兵深入匈奴迎陵。敖军无功还，曰：'捕得生口，言李陵教单于为兵以备汉军，故臣无所得。'上闻，于是族陵家，母弟妻子皆伏诛。陇西士大夫以李氏为愧。其后，汉遣使使匈奴，陵谓使者曰：'吾为汉将步卒五千人横行匈奴，以亡救而败，何负于汉而诛吾家？'使者曰：'汉闻李少卿教匈奴为兵。'陵曰：'乃李绪，非我也。'李绪本汉塞外都尉，居奚侯城，匈奴攻之，绪降，而单于客遇绪，常坐陵上。陵痛其家以李绪而诛，使人刺杀绪。大阏氏欲杀陵，单于匿之北方，大阏氏死乃还。""昭帝立，大将军霍光、左将军上官桀辅政，素与陵善，遣陵故人陇西任立政等三人俱至匈奴招陵。立政等至，单于置酒赐汉使者，李陵、卫律皆侍坐。立政等见陵，未得私语，即目视陵，而数数自循其刀环，握其足，阴谕之，言可还归汉也。后陵、律持牛酒劳汉使，博饮，两人皆胡服椎结。立政大言曰：'汉已大赦，中国安乐，主上富于春秋，霍子孟、上官少叔用事。'以此言微动之。陵墨不应，孰视而自循其发，答曰：'吾已胡服矣！'有顷，律起更衣，立政曰：'咄，少卿良苦！霍子孟、上官少叔谢女。'陵曰：'霍与上官无恙乎？'立政曰：'请少卿来归故乡，毋忧富贵。'陵字立政曰：'少公，归易耳，恐再辱，奈何！'语未卒，卫律还，颇闻余语，曰：'李少卿贤者，不独居一国。范蠡遍游天下，由余去戎入秦，今何语之亲也！'因罢去。立政随谓陵曰：'亦有意乎？'陵曰：'丈夫不能再辱。'陵在匈奴二十余年，元平元年病死。"末尾二句意为：李陵甘心在匈奴老死，让多少汉代的公卿感慨万千！

古今中外，战争自始至终是文学的重要主题。战争有胜有败，战争双方都会有伤亡，也会有被俘，历来对待俘虏的态度都是千古的话题。李陵便是这个话题里最活跃的人物，千百年来关于他的诗歌或用他的典故不计其数，此章不避冗长地把李陵故事摘引出来，是力求完整还原历史，而不是断章取义。

关于这首诗的主题，明代周珽《唐诗选脉会通评林》引唐汝询曰："唐人赋从军，不述思家，必称许国。此独为叛将之辞，语讥藩镇，非泛然作也。'败马''残兵'下字不苟。"又云："德宗之世，内多奸小，边臣解体，藩镇之祸日盛。此篇疑时有覆车之将，收其残兵啸聚边地，故允言述其意以为词。'思远猎''厌分营'，确得战守之策。末以李陵甘没虏廷为况，见在朝公卿忌功，致边有不还之将，深可惘怅者也。讥刺之词，甚于刑讨。"

这首诗借历史上的李陵写被俘将士的军功与被俘后的境遇，熔写实与咏史于一炉，有一种跨越时空的穿透力与震撼力，触发人们的深思。徐学夷《诗源辨体》卷二十一云："纶五言排律有《从军行》，在中唐颇为矫健。"

卢纶的一些边塞诗，善于画龙点睛地生发议论，使主题由具体的事件升华为对整个战争的思考。

送刘判官赴丰州

衔杯吹急管，满眼起风砂。

大漠山沉雪，长城草发花。

策行须耻战，虏在莫言家。

余亦祈勋者，如何别左车。

刘判官：指刘公达。首联意为：刚刚举起送别的酒杯，就吹起了集结的乐曲。额联意为：在大漠周围的山峰上，多年的积雪初春仍然未化，长城周围的春草已经开花。"虏在"句，《汉书·卫青霍去病传》："上为（霍去病）治第，令视之。（霍去病）对曰：'匈奴不灭，无以家为也。'"颈联意为：跃马扬鞭出发知耻而勇，强虏未灭，哪能只顾小家的安宁。左车：李左车。秦汉时著名的谋士。尾联意为：我也是渴望边塞立功的人，如何在此地与李左车一样与你分别。全诗以警策的议论提升了送别诗的境界，表达了跨越时空的战争之思。

卢纶边塞诗内容丰富，思想深刻，艺术上创获颇多，应该引起重视。

第四章　民本思想的深情表达

　　卢纶接受了中国传统儒家民为邦本的民本思想，又根据唐代的社会与自己的理想进行社会图景构建。虽然没有具体完整的文章可以解析，但是通过一系列诗歌，还是可以勾勒一个比较清晰的轮廓的。

　　他的一生以读书为官作为自己的人生奋斗目标，然而从他的诗歌不难看出，个人的物欲与享乐不是他人生的主要目标，而是要为民办事，时时挂念民生疾苦。他常常以"儒生"自称，"愚儒敢欲贺成功"（《萧常侍瘿柏亭歌》）、"谀儒无以答"（《九日奉陪侍中宴白楼》）、"曾是鲁诸生"（《春日过李侍御》）、"儒者亦沾巾"（《送恒操上人归江外觐省》）、"谁念为儒逢世难"（《长安春望》）、"应怜世故一儒生"（《至德中途中书事却寄李僴》）、"诸儒喜饯君"（《送耿拾遗湋充括图书使往江淮》）。他特别向往儒家的"仁政"。为了这个理想，他的一生坎坷，生活贫困，沉沦下僚，甚至飞来横祸，被投到监狱，仍然至死不悔，要走入仕途，实现仁政的理想，施展自己的抱负。即使不能主政一方，也可以为幕僚影响主官，施恩百姓，曲线实现自己的理想。为了这一理想，他也苦闷过、失望过，但是矢志不渝，从不放弃。他也曾表达过对佛家清净境的向往，但是都是思绪的一丝颤动，只是思想接受吸收，"相逢尽道休官好，林下何曾见一人？"（《东林寺酬韦丹刺史》）就是他坚守儒家出世思想，反对避世隐居、脱离社会、不顾民生的最深切的表达。多少年来，研究者用杜甫"诗史"的标准来衡量多数作家，又深受多种文学史固有的审美标准左右，将卢纶框定为只知道关心个人不幸、叹老嗟贫的诗人，忽视了卢纶独特的反映人民苦难的诗作。

安史之乱使唐朝的大厦几乎倾塌，卢纶虽然没有如李白、杜甫那样，亲身经历目睹战争给人民带来的灾难，然而并不是漠然视之，不少诗歌反映了自己对国家命运的担心，对人民苦难的同情。

晚次鄂州

云开远见汉阳城，犹是孤帆一日程。

估客昼眠知浪静，舟人夜语觉潮生。

三湘愁鬓逢秋色，万里归心对月明。

旧业已随征战尽，更堪江上鼓鼙声。

这首诗写于安史之乱前期。由于战乱，诗人被迫浪迹异乡，流徙不定，曾做客鄱阳，南行军中，路过三湘，次于鄂州。鄂州，唐时属于江南西道，在今湖北省武昌市。汉阳，是江南西道鄂州属县。汉阳到鄂州虽然只有七里，但是水路湍急，行船艰难，故云一日程。首联、颔联写船中所见所闻，写出了漂泊异乡的独特心理感受。沈德潜《唐诗别裁》卷十四："读三、四语，如身在江舟间矣。诗不贵景象耶？"颈联写"晚次鄂州"的联想。用眼前的现实的异乡的时空境界，与魂牵梦萦的故乡永济对举，在月光下的典型环境下表达出绵绵的思乡之情。家事国事触处揪心。尾联那声声的战鼓声既是时代的特有色彩，同时又何尝不是砸在诗人心头的一块块巨石。

对于全诗的细微笔法，金圣叹入木三分地分析道："写尽急归神理。言望见汉阳，便欲如隼疾飞，立抵汉阳。而无奈计其远近，尚必再须一日也。三、四承之，言虽明知再须一日，而又心头眼底，不觉忽忽欲去。于是厌他估客，胡故昼眠；喜他舟人，斗底夜语。盖昼眠，便是不思速归之人。夜语，便有可以速去之理也。若只作写景读之，则既云'浪静'又云'潮生'。此成何等文法哉？后解，言吾今欲归所以如此其急者，实为鬓对三湘，心驰万里。传闻旧业，已无可归。而连日江行，鼓鼙不歇，谁复能遣？尚堪一朝乎

哉！"(《金圣叹选批唐诗》卷四上）

此诗情景交融，感情表达得细腻入微，唐汝询《唐诗解》卷四十四云："此亦伤乱之诗，盖将赴汉阳而作也。言前途虽不远，而舟行则已久矣，是以习知'估客''舟人'之事，而'我'之客怀，可胜道哉！'愁鬓逢秋'而越凋，'归心对月明'而弥切也。况'旧业'荡尽，兵戈不息，归期讵有日耶？"

关于此诗的结构，方东树更是赞不绝口，其《昭昧詹言》卷十八："起句点题，次句缩转，用笔转折有势。三四兴在象外，卓然名句。五六亦兼情景，而平平无奇。收切'鄂州'有远想。"这首诗写伤乱、写行旅之愁，不同于盛唐诗歌酣畅淋漓，而是细腻深刻，慢慢打动读者，仔细欣赏更觉其文心之细。

卢纶直接表现民生疾苦的诗歌，无论从诗歌的数量，还是深度广度上，都难以与杜甫、白居易等人媲美。但是卢纶在各类题材的诗中，表达自己的民本思想，经常关心民生疾苦，这是值得称道的。

村南逢病叟

双膝过颐顶在肩，四邻知姓不知年。

卧驱鸟雀惜禾黍，犹恐诸孙无社钱。

诗中病叟的形象，其实是有历史渊源的。《庄子·人间世》："支离疏者，颐隐于脐，肩高于顶，会撮指天，五管在上，两髀为胁。挫针治繲，足以糊口；鼓荚播精，足以食十人。上征武士，则支离攘臂而游于其间；上有大役，则支离以有常疾不受功；上与病者粟，则受三钟与十束薪。夫支离其形者，犹足以养其身，终其天年，又况支离其德者乎？"大意是说，有个名叫支离疏的人，下巴隐藏在肚脐下，双肩高于头顶，后脑下的发髻指向天空，五官的出口也都向上，两条大腿和两边的胸肋并生在一起。他给人缝衣浆洗，足够糊口度日；又替人筛糠簸米，足可养活十口人。国君征兵时，支离疏捋袖扬臂在征兵人面前走来走去；国君有大的差役，支离疏因身有残疾而免除劳役；国君向残疾人赈济米粟，支离疏还领得三钟粮食十捆柴草。像支离疏那样形体残缺不全的人，还足以养活自己，终享天年，又何况像形体残缺不全那样的德行呢！那么，卢纶所处时代的病叟如何呢？不难看出，这位肢体严重残缺的老叟，两个膝盖高过下巴，头顶在肩膀上，街坊四邻只知道他的姓氏却不知道他年龄到底多大。社钱，社是祭社，古代指祭祀土地神。据历史材料来看，唐代立国以来，已经明令州县祭社稷，又令百姓民间里巷立社，可以融洽邻里关系，增加交流。祭祀的费用每户共摊，如果无社钱，就会被逐出。唐代的州县记载就有家贫无社钱被逐出的实例。从题目可以看出，这是诗人目睹的真实场景。为了给子孙筹集公摊的祭祀费用，艰难地拖着病体，时间长只能半躺在田埂，驱赶吃禾黍的麻雀与各种鸟儿，只怕没有社钱被逐出祭社。诗人写典型时代中的典型人物，以一斑而窥全豹，可以看出中唐时代人民生活的艰难困苦。对统治者的昏庸无能的指斥，含而不露。是谁造成这样的生活困境？没有切实可行的政治措施救人民于水火，咋能不令人愤恨呢？

卢纶只要在可能的场景中，都要劝慰友人关心民生疾苦，做一个为民办事的好官。有好官当地人民才有幸福。许多送别诗中离别的伤感情调都被冲淡了，代之以高昂的格调，在清新明快的氛围中鼓励友人。

送菊潭王明府

组绶掩衰颜，辉光里第间。

晚凉经灞水，清昼入商山。

行境逢花发，弹琴见鹤还。

唯应理农后，乡老贺君闲。

菊潭：县名。开元二十四年（736年）分新城县设。属于山南道邓州，在今河南内乡县西北一带。明府：县令。尽管是送别，但是卢纶将王明府的行程写得轻松愉快，目的是鼓励王明府爱民如子，公正开明，做一个乡里称颂的好县令。司空曙有《送菊潭王明府》全诗曰："业成洙泗客，皓发著儒衣。一与游人别，仍闻带印归。林多宛地古，云尽汉山稀。莫爱浔阳隐，嫌官计亦非。"从司空曙的诗不难看出，王明府年轻时曾有隐居的经历，晚年才得官。组绶：系官印的绶带。辉光，荀昶《拟相逢狭路间》："大兄珥金珰，中兄缨珠绶。伏腊一来归，邻里生光辉。"首联意为：官印绶带掩饰了不再年轻的身躯，在乡里邻里出彩生辉。灞水：灞水又被称为灞河，还被称为滋水，是渭河的一条支流，最后和渭河一起汇入黄河，灞水的源头是在秦岭北坡灞源镇的麻家坡，最后在西安市的高陵区和渭河相汇合。商山，因"四皓"得名。原泛指秦汉上雒、商（县）之间的南山。《汉书·王贡两龚鲍传》："汉兴有园公、绮里季、夏黄公、甪里先生，此四人者，当秦之世，避而入商雒深山，以待天下之定也。自高祖闻而召之，不至。其后吕后用留侯计，使皇太子卑辞束帛致礼，安车迎而致之。四人既至，从太子见，高祖客而敬焉，太子得以为重，遂用自安。"颔联意为：夜晚经过灞水时深感春寒，白天又到了商山。"弹琴"句，《韩非子·十过》："师旷不得已，援琴而鼓。一奏之，有玄鹤二八，道南方来，集于郎门之垝；再奏之，而列。三奏之，延颈而鸣，舒翼而舞，音中宫商之声，声闻于天。平公大说，坐者皆喜。"颈联意为：赴任的路上正在开放的春花遍野，弹起琴仙鹤飞来。"唯应"二句：牟融，字子优，北海安丘人，东汉官员。牟融学问渊博，初以《大夏侯尚书》教授学生数百人，在乡里很有名。后举茂才，任丰县县令。在任三年，政化流行，县无狱讼。政绩为州郡第一。尾联意为：唯有你在任县令后以民为本，乡老们祝贺你全县政通人和。

送陈明府赴萍县

素舸载陶公，南随万里风。

梅花成雪岭，橘树当家僮。

祠掩荒山下，田开野荻中。

岁终书善绩，应与古碑同。

陈明府，名不详。明府，县令。萍县：唐无萍县建制。疑为萍乡县之误。武德五年（622年）宜春郡更名为袁州，萍乡隶之。素舸：没有华丽装饰的大船。江湘地区把大船叫舸。陶公：陶渊明，曾为江西彭泽县令。首联意为：没有装饰的船载着县令，随万里长风向南而去。"梅花"句：梅岭原名飞鸿山，在汉朝初年，就辟有驿道。西汉末年，南昌县尉梅福为抵制王莽篡政，退隐西郊飞鸿山。后人为纪念他的高风亮节，在岭上建梅仙坛，岭下建梅仙观。"橘树"句，据《水经注》卷三十七："沅水又东历龙阳县之氾洲，洲长二十里，吴丹杨太守李衡植柑于其上。临死，敕其子曰：吾州里有木奴千头，不责衣食，岁绢千匹。太史公曰：江陵千树橘，可当封君。此之谓矣。"颔联意为：层层叠叠的梅花盛开堆成雪岭，遍野的橘树可做家童。"祠掩"句：萍乡县古属楚地。楚地信巫鬼，重淫祭。百姓常以牛祭神，使百姓赖以耕种的重要工具损失。此处委婉地希望祠庙越来越不被重视而掩没于荒山之中。颈联意为：通过县令的移风易俗，祭祀的风俗改变，祠庙掩没在荒山中，大量的农田在芦苇丛中开垦。"岁终"二句，《新唐书》卷三十六《百官志一》："凡百司之长，岁较其属功过，差以九等，大合众而读之。流内之官，叙以四善：一曰德义有闻，二曰清慎明著，三曰公平可称，四曰恪勤匪懈。善状之外有二十七最……一最四善为上上，一最三善为上中，一最二善为上下；无最而有二善为中上，无最而有一善为中中，职事粗理，善最不闻，为中下；爱憎任情，处断乖理，为下上；背公向私，职务废阙，为下中；居官饰诈，贪浊有状，为下下。"古碑：指德政碑，旧时歌颂官吏政绩的纪念碑。尾联意为：年终岁末得到的考评是善施仁政，得到百姓的爱戴与古德政碑上的名人相同。诗的题材是送别，然而重心却在劝慰地方官为民谋利，改变旧风俗，施行德政，做人民爱戴的好官。

卢纶虽然在八岁便离开蒲州，避乱鄱阳，又多次应举，落第而归，青年时代历经坎坷，在周至终南山过着十分贫困的生活，但是他的许多诗歌，并不仅仅围绕个人的不幸发声，而是慨叹国家与人民的苦难，反映时代在饱经战乱后的真实状况。

早春归盩厔旧居却寄耿拾遗湋李校书端

野日初晴麦垄分，竹园相接鹿成群。

几家废井成青草，一树繁花傍古坟。

引水忽惊冰满涧，向田空见石和云。

可怜荒岁青山下，惟有松枝好寄君。

　　虽然此时卢纶已经在元载的推荐下被任命为阌乡县尉，但是看到田园荒芜，人口减少，不免感慨万千。鏊屋，关内道京兆府属县。耿湋、李端均为大历十才子，是卢纶好友。此诗作于大历六年（771年）初春。开篇用野日极力反衬战乱后满目荒凉的景色。首联意为：荒野初晴太阳照在麦垄上，竹园连绵、野鹿成群。几家，柳宗元《鏊屋县新食堂记》："自兵兴以来，西郊捍戎县为军垒二十有六年，群吏咸寓于外。兵去邑荒，栋宇倾圮，又十有九年，不克以居。由是县之联事，离散而不属，凡其官僚，罕或觌见。"颔联意为：几家废弃的水井已经埋没在青青的野草之中，一整株树上繁茂的鲜花盛开在古坟旁。不直接说战乱给人民带来的灾难，但是现实令人不寒而栗。颈联意为：去打水才惊叹满涧铺满寒冰，走向农田不见繁忙的劳作，只见天上空荡荡的云彩、农田里的乱石。"可怜"句，《旧唐书·五行志》载：大历四年（769年）大雨，是岁，自四月霖澍，至九月。京师米斗八百文。尾联意为：可怜在灾年的青山之下，只有松树枝能寄给你。战后人口锐减、田园荒芜的现实客观地展现出来。废井、古坟、空见、惟有的巧妙呼应，可以真实地展现出那个时代的悲剧。金圣叹《选批唐诗》卷四："前解：写兵荒之后，已无旧居。看他次第自述：处归鏊屋，恰值春晴。由'麦垄'过'竹园'到'村巷'，纯是'鹿群'，一望无人。于是先寻庐井，次展坟墓，真是久客远归，魂魄未招光景也。后解：写困穷虽极，誓保晚节。'冰涧''向田'，非向二子诉穷，正是极表'松枝'在抱也。"周珽《唐诗选脉会通评林》："此盖史思明、吐蕃乱后之作，荒凉凄楚，不堪终读。松枝可赠，取坚贞不改也。"

　　卢纶不论何种题材，只要能为百姓呼吁，他都不忘发声。

送信州姚使君

朱幡徐转候千官，猿鸟无声郡宇宽。

楚国上腴收赋重，汉家良牧得人难。

铜铅满穴山能富，鸿雁连群地亦寒。

几日政声闻户外，九江行旅得相欢。

唐人写诗喜欢以汉喻唐，也善于用汉代官制来写本朝。朱幡，赤色的信幡，汉代两千石的官可以有两个朱幡。唐代用汉代的使君称刺史，唐代刺史俸禄相当于汉代两千石的官。第二句希望姚使君能够开创政通人和、官吏宽厚待民的局面。首联意为：朱幡慢慢反转，信州在等候新刺史的到来，将来信州一定是猿鸟无声、人民安康、社会太平的景象。"楚国"二句：信州（今江西上饶）古属楚地，上腴是指上等的肥沃土地，中唐以来朝廷财富主要出自江南，所以卢纶为百姓呼吁。接下来又用《汉书·循吏传》的典故，汉宣帝说，庶民所以安其田里而没有愁苦怨恨的原因，是政通人和法制公正，和我一起能开创这种局面的只有俸禄两千石的官啊。颔联意为：楚地历来是土地肥沃、赋税深重的区域，能盼来名副其实、以民为本的好官不容易。这里称道朝廷选人选得好，也是勉励姚使君不负朝廷重托。"铜铅"句，《新唐书》卷三十一《地理五》："信州，上。乾元元年析饶州之弋阳，衢州之常山、玉山及建、抚之地置。土贡：葛粉。有玉山监钱官。有铜坑一，铅坑一。县四：上饶，紧。武德四年置，隶饶州，七年并入弋阳，乾元元年复置，并置永丰县，元和七年省永丰入焉。有金，有铜，有铁，有铅。弋阳，上。有银。贵溪，中。永泰元年析弋阳置。玉山，上。证圣二年析常山、须江及弋阳置。有银。"颈联意为：信州蕴藏在山中的金银铜铅可使百姓富足，多年的战乱人民流离失所、土地荒芜，鸿雁成群。写信州有铜矿铅矿是代指金银铜铅等可以开采，为民广开财源，而经过乱世人民生活困苦，亟待休养生息。九江：此指信州。尾联意为：相信姚使君很快能够打开局面，获得不俗的成绩，政声远播。信州一带的百姓都安居乐业，路途得闻欢声笑语。这首诗的题材是送别，但是全诗勉励姚使君体恤民情，宽厚待民，使民富足，完全不像一首送别诗。民生大于天，送别诗固有的写作程式完全被卢纶突破了。这一点现在的研究者远远重视不够，细读文本，走近作者，听听卢纶的心声，多么令人感动。

大历十三年（778 年），经过人生的磨难，自己被免了官，卢纶到了洛阳，与赵袞等人交往唱酬。

和赵端公九日登石亭上和州家兄

洛浦想江津，悲欢共此辰。

采花湖岸菊，望国旧楼人。

雁别声偏苦，松寒色转新。

传书问渔叟，借寇尔何因。

赵端公即赵袞，他的哥哥赵纵贬和州（安徽巢湖）刺史。赵端公写诗寄给贬和州的兄长，卢纶和之。洛浦，是洛水之滨，赵端公登高之处。江津，指和州，因为其临近长江，故云。首联意为：身在洛水之滨的端公想念和州的兄长，悲欢离合异地同此情。接下来花开两朵，两地兼顾地写。采花，用陶渊明"采菊东篱下，悠然见南山"，写赵端公对兄长的思念。颔联意为：九月九日采花采的是秋日的菊花，望乡的是旧楼的主人。把不同空间的情景聚集于同一时间。"雁别"句：雁尚可南飞，人却只能空空思念。"松寒"一箭双雕，既赞扬赵袞的品行如松柏，也喻一天天对兄长的思念。典出《论语》："岁寒，然后知松柏之后凋也。"颈联意为：大雁南飞的声音多么凄苦，青松在秋日树色青青吐新。渔叟：指赵纵。《庄子·刻意》："就薮泽，处闲旷，钓鱼闲处无为而已矣。"唐朝刺史常常用汉太守称。后汉寇恂为颍川太守，施仁政，深得百姓爱戴，百姓有期盼皇帝再借给百姓一年的说法。最后二句赞扬被贬的赵纵。尾联意为：写封书信问问你，是何原因赢得百姓的爱戴，对你依依不舍呢？卢纶在自己人生不幸时，即使是唱和诗，仍然不忘挂念百姓，赞扬爱民利民的好官。这一点和盛唐时的杜甫一脉相承。

贞元元年（785 年），卢纶终于回到自己的故乡为官，欣喜之情洋溢在这段时间的诗歌创作中。而更让他关心的还是百姓的生活。

春日喜雨奉和侍中宴白楼

鹳鹤相呼绿野宽，鼎臣闲倚玉栏干。

洪河拥沫流仍急，苍岭和云色更寒。

艳艳风光呈瑞岁，泠泠歌颂振瑚盘。

今朝醉舞共乡老，不觉倾欹獬豸冠。

卢纶为幕僚是带御史衔的。侍中，指浑瑊。白楼在河中府北城。鹳，水鸟。《诗经·豳风·东山》："我来自东，零雨其蒙。鹳鸣于垤，妇叹于室。"鹤，水鹤。鼎臣，重臣，大臣。此指浑瑊。首联意为：水鹳水鹤相互呼应着鸣叫，绿野千里天地特别宽阔。国之重臣难得清闲，倚靠在玉栏杆旁。春雨贵如油，一场春雨预示着好的年景，也给卢纶带来了好的心情。洪河，黄河。颔联意为：黄河浪涛汹涌、水流急速，苍翠的山岭在云雾缭绕中更感到泛着春寒。艳艳：明媚艳丽。泠泠：此指清逸脱俗的歌声。颈联意为：明媚美丽的春光呈现出丰年的祥瑞，清新高雅的歌唱声音好似珠落玉盘。獬豸冠，《旧唐书·舆服志》："法冠，一名獬豸冠。以铁为柱，其上施珠两枚，为獬豸之形。左右御史流内九品以上服之。"尾联意为：今朝与乡亲们一起边饮酒边跳舞，不知不觉中自己的御史官帽已经快要落下来了。胡以梅《唐诗贯珠》卷五十二："题称喜雨，而诗中倚雨剑，振瑚盘与醉舞，乃喜雨而登临眺望，当席相和之作。鹳鹤喜雨而相呼，草树得雨而生发，故绿野觉宽也。河流添急，云岭生寒，皆雨后清景，而倚栏入望所见。五（句）喜雨已布泽，六（句）赞元唱。总以喜雨结之。大抵是时望雨甚渴，所以题中有喜而登望也为初得雨耳。鼎臣似指节度，若平时登临吟咏用之，觉俗；此乃一时民生所切，以关心民隐而称之，又当别论。故诗结（句）亦谓己为豸冠，皆暗切国计民生之意耶？"

寄赠库部王郎中

（时充折籴使）

谔谔汉名臣，从天令若春。

叙辞皆诏旨，称官即星辰。

草木承风偃，云雷施泽均。

威惩治粟尉，恩洽让田人。

泉货方将散，京坻自此陈。

五营俱益灶，千里不停轮。

未远金门籍，旋清玉塞尘。

硕儒推庆重，良友颂公频。

鹤发逢新镜，龙门跃旧鳞。

荷君偏有问，深感浩难申。

　　库部王郎中，当是王纾。库部郎中，属于兵部。从五品。折籴使，为军队采购米粟等军粮的官。谔谔：忠言说直的样子。《汉书·周昌传》称赞周昌为谔谔之臣。从天：即顺天。《周易·咸》："天地感而万物化生，圣人感人心而天下太平。观其所感，而天地万物之情可见矣。"令若春，指君王行仁政如春风化雨。一二句意为：忠贞正直的名臣好似汉代的周昌，顺从天地民生的规律推行政令，百姓如沐春风。"叙辞"句指王郎中不折不扣推行皇帝的旨意，星辰，《后汉书·显宗孝明帝纪》载，明帝对群臣说："郎官上应列宿，出宰百里。有非其人，则民受其殃。是以难之。"三四句意为：忠实于皇帝的指令，郎官重任在肩，好似天上的星辰。"草木"句，《孟子·滕文公上》："君子之德，风也；小人之德，草也。草上之风必偃。"赞王纾能以德服人，以民为本。云雷：云雨之意。意为恩德均衡地施行于百姓。《周易·乾》："云行雨施，天下平也。"五六句意为：如草木随风向一个方向倾，你施行的恩德百姓都能受益。威惩典出《汉书·食货志》："是岁小旱，上令百官求雨。卜式言曰：'县官当食租衣税而已，今弘羊令吏坐市列，贩物求利。亨弘羊，天乃雨。'久之，武帝疾病，拜弘羊为御史大夫。"恩洽典出《汉书·韩延寿传》："行县至高陵，民有昆弟讼田。延寿大伤之，曰：'幸得备位，为郡表率，不能宣明教化，至令骨肉争讼，咎在冯翊。'是日，闭阁思过。一县莫知所为。于是讼者宗族传相责让，此两兄弟深自悔，自髡肉袒谢，愿以田相移，终死不敢复争。"此赞王郎中威望高深得当地百姓爱戴。七八句意为：你的威严如桑弘羊一样，民众爱戴服膺又似汉代的韩延寿。泉货：货币。此指王郎中用货币购置粮食。京：高丘。坻：水中高地。比喻王郎中购置粮食如山堆。九十句意为：安排购置粮食的钱即将用尽，购买的粮食堆积如山。五营：军营。益灶：指军中粮食因此充足。十一十二句意为：军中粮食因此充裕，千里之内可见运粮的车马不停。金门：金马门，此代指朝官。玉塞：玉门关，代指驻军的边塞。十三十四句意为：你没有离开京城多远，更没有去边塞立功，但是充足的军粮是获胜的保障，你的功绩非同凡响。十五十六句意为：资深的儒者推崇庆贺你不负使命，好朋友频频写诗歌颂你的功绩。旧鳞：作者自比。卢纶可能受到过王郎中的提携。十七十八句意为：垂垂老者遇到新任的年轻才俊，龙门又跃过了旧鱼。十九二十句意为：常得到你的关心，深感浩荡的恩情难以言表。全诗赞扬王郎中，除了最后表达感激之外，都是从民生的角度言说，拳拳之心不限题材。

有成就的作家无一不关心民族命运与人民的苦难。妇女则是最苦难最值得关注的。李白杜甫莫不如是。卢纶写妇女的诗，入木三分，感情深厚。

妾薄命

妾年初二八，两度嫁狂夫。
薄命今犹在，坚贞扫地无。

扫地无，就是一无所有。这位年轻的姑娘，刚刚十六就出嫁。所嫁是一个不懂得珍惜妻子的狂夫；第二次嫁人，命运又是如此。而今孤独一人，薄命犹存，一贫如洗。全诗用女子的自述，控诉了妇女没有独立的社会地位经济地位，作为男人的附庸，命运靠男子垂怜的悲惨生存状况。直截了当，振聋发聩，在乐府的传统题材中推陈出新。

第五章　送别赠答的情景交融

送别诗在卢纶的所有创作题材中是数量最多的。

卢纶的不少送别诗摆脱了大历诗坛低沉的格调，延续盛唐积极向上的昂扬气势。

送史兵曹判官赴楼烦

渥洼龙种散云时，千里繁花乍别离。

中有重臣承霈泽，外无轻虏犯旌旗。

山川自与郊坰合，帐幕时因水草移。

敢谢亲贤得琼玉，仲宣能赋亦能诗。

史兵曹，名字生平不详。兵曹：兵曹参军事。楼烦：河东道太原府所属岚州楼烦郡。渥洼：水名。在今甘肃省敦煌市阳关镇，传说产神马之处。指代神马。《汉书·武帝纪》："秋，马生渥洼水中。"李斐注："（暴利长）屯田敦煌界，数于此水旁见群野马中有奇者，与凡马异，来饮此水……收得此马，献之。欲神异此马，云从水中出。"龙种：马八尺以上为龙。楼烦为唐代养马地之一。首联意为：正是渥洼龙种饮水云散之时，千里花开飘香马上就要与你分别。额联意为：国中有中流砥柱的大臣正受君王的重用，边境外没有敌军敢于来犯。"山川"句:写楼烦山川形势。《元和郡县图志》卷十七:"岢岚山（岚州宜芳）在县北九十八里，高两千余丈，西北与雪山相连。"颈联意为：楼烦地势险要，岢岚山高峻连着森林郊野，军队依据水草的多少而安营扎寨。尾联意为：应该感谢你的父亲有你这样值得骄傲的儿子，就好比三国时的王粲能赋能诗。全诗情调豪迈乐观，在大历诗中十分突出。

送魏广下第归扬州

楚乡云水内，春日众山开。

淮浪参差起，江帆次第来。

独归初失桂，共醉忽停杯。

汉诏年年有，何愁掩上才。

据《新唐书·地理志》载：扬州本南兖州江都郡，武德九年（626年）更置扬州。治所在今扬州市。楚乡，《史记·货殖列传》："彭城以东，东海、吴、广陵，此东楚也。"广陵即扬州。众山：扬州郡属县盱眙县有都梁山，清流县有白禅山、曲亭山等。首联意为：扬州属楚地全境都在云水间，春天的阳光明媚，境内的名山露出了秀美的姿容。"淮浪"句，《尚书·禹贡》："淮海惟扬州。"古扬州为九州之一，在唐代属于江南道，辖区临近长江，故云。颔联意为：长江的浪涛连绵不断一浪连一浪，江上的帆船依次过来。失桂：指落第。颈联意为：你独自归乡是因为初次考试失利，一起饮酒忽然感慨停杯。汉诏：唐人善于以汉喻唐，此指唐诏。开科考试的诏书。上才，三国时魏刘劭《人物志·七谬》："上才之人能行人所不能行。"此指上等的才能。尾联意为：皇帝的诏书年年会有，不会埋没真正的人才。黯然销魂者，惟别而已矣。自古别离容易写得感伤凄凉，何况是送别科考落第之友。整首诗没有笼罩在魏广科举考试失利落榜的悲愁中，而是在广阔的云水、明媚的春光背景中起笔，奠定了积极乐观的基调。淮河水浪一浪接一浪，水中的风帆依次而来，实景中暗含着对友人的劝慰，从头再来的象征寓意，引出了暂停浇愁的酒杯。结尾将必胜的信念传达给友人，鼓励其来年再努力。最后的劝慰务实而有力。格调高昂，不逊盛唐的送别诗。如果隐去作者的名字，放在盛唐诗中也一点不奇怪。

即使送人到边远之地，卢纶也总能从积极乐观的一面着笔，一扫愁苦凄惨的情调。《送从叔牧永州》便可窥见一斑。

> 五侯轩盖行何疾，零陵太守登车日。
>
> 零陵太守泪盈巾，此日长安方欲春。
>
> 虎符龙节照岐路，何苦愁为江海人。
>
> 彼方韶景无时节，山水诸花恣开发。
>
> 客投津戍少闻猿，雁过潇湘更逢雪。
>
> 郡斋无事好闲眠，粳稻油油绿满川。
>
> 浪里争迎三蜀货，日中喧泊九江船。
>
> 今朝小阮同夷老，欲问明君借几年。

永州在湖南零陵县，《元和郡县图志》载其距离长安三千一百五十五里。五侯：古代诸侯分为五等，公、侯、伯、子、男五等。轩盖：古代供较高职务官员乘的车子。一二句意为：作为刺史的车子走得多么匆忙，去零陵赴任的太守匆匆上车。一下笔卢纶写准备出发时的紧急，用倒装手法。永州地处偏远之地，在唐代常为贬官之地。三四句意为：零陵太守眼泪洒满衣襟，此时正是长安即将迎来春光明媚之日。三句写郁闷心情，接着情调一转"此日长安方欲春"，用即将到来的春天冲淡惆怅的送别气氛。接下来变化更大。虎符龙节：虎符是古代皇帝调兵遣将用的兵符，用青铜或者黄金做成伏虎形状的令牌，劈为两半，其中左半交给将帅，右半由皇帝保存。只有左右虎符合并使用，持符者才获得调兵遣将权。龙节：泛指奉王命出使者所持之节。岐路：分别的路。江海人：此指边远地方的人。五六句意为：你所持的虎符龙节照耀了分别的路途，何苦愁做边远地方的人。七八句意为：零陵四季如春，遍地花团锦簇。九十句意为：你的行程很难听到愁苦的猿啼，大雁飞过潇湘便很难见到雪花飘飘。十一十二句意为：在官舍无事可以打个盹，绿油油的稻田连绵无边，可见粮食富足。十三十四句意为：江岸边正在卸载从蜀地运来的货物，艳阳下货物繁盛的九江商船云集，确为为官的好地方。小阮：阮咸，阮籍的侄儿。此指自己。"欲问"句，《后汉书·寇恂传》："初，从车驾击隗嚣，而颍川盗贼群起，帝乃引军还，谓恂曰：'颍川迫近京师，当以时定。惟念独卿能平之耳。'恂从至颍川，盗贼悉降，而竟不拜郡。百姓遮道曰：'愿从陛下复借寇君一年。'乃留恂镇抚使人，受纳余降。"末尾二句意为：我与永州的父老乡亲一起，请求君王再让你在永州多治理几年。

将路远山高、舟车劳顿的消极因素一扫而空。正所谓从愁苦的消极的一面看生活，生活灰暗无比；从积极的乐观的一面看生活，生活时时处处春光明媚。卢纶无疑是后者的奉行者。

卢纶在送别诗的构思上匠心独运，力求显示自己独特的创新魅力。送别诗的开头一般是以送别地起兴，或以送别季节烘托，或以目的地落笔等。"愁与醉相和，昏昏竟若何？"（《送潘述应宏词下第归江南》）在唐高宗以前制科考试并不是固定的，高宗以后与进士、明经一样成为常科。但是考试的时间、科目都是皇帝最后拍板。当然也不是皇帝心血来潮的行为，而是根据现实的政治对人才的需求来选择时间与考试内容的。据《唐会要》记载有六十三科，实际上名目有如此多，内容却大同小异，潘述考的科目是"宏词"科。从杜佑《通典》看，这类考试写三篇文章，文辞优美、构思精巧者才可能录取。制举是以皇帝的名义征召各地知名才学之士来京城长安应考，虽然皇帝不会亲自批阅试卷，但是批阅试卷的官是皇帝委派。名义上变成了天子亲试，当时叫殿试或廷试。制科在考试过程中受到的礼遇多，如皇帝赐食等，令年轻的举子备感荣光。还有一个更大的实惠是进士、明经等没有的。进士明经科举及第后还得再通过吏部的考试，合格后才能被授予官职。名为释褐，就是脱去了麻衣，能穿官服了。吏部的考试绝不是走走过场，那是十分严格的。唐宋八大家的韩愈，进士及第后三次在吏部考试都没有通过，十年仍为布衣。因此卢纶将愁与醉进行拟人化的追寻，以此营造愁苦的送别气氛，精巧无比，不落俗套。

与大历时期多数诗人着眼于细微具体意象的营构不同，卢纶送别诗的意象广阔。"千山冰雪晴，山静锦花明。"（《送从叔程归西川幕》）"万岭岷峨雪，千家橘柚香。"(《送夔州班使君》)在阔达的景物背景下写别情，不被别情所困，生发出高昂的情感，人生的格调不是低沉的，而是积极向上的。不是仅仅围绕个体的得失，而往往指向国家与民生。

"人们对有些东西有记忆，对另一些东西则没有记忆，而且人们像从记忆中忘却一些东西一样在记忆中保存了另一些东西。正是时间使记忆现象从能力心理学的平均化倾向中解放出来，并把这种记忆现象视为人类有限历史性存在的一个本质特征。"[1]

一个人的籍贯与出生地有时是一个地方有时是两个地方，童年生活过的地方对一个作家的意义尤其重要。待在蒲州的童年岁月对卢纶的创作意义非凡。在各类题材的诗作中，都可以找到家乡的元素。"炎天故绛路，千里麦花香。董泽雷声发，汾桥水气凉。"(《送绛州郭参军》)天气炎热，千里麦花飘香。夏雷阵阵，汾水微凉。眼前景又是刻在心中的深深的记忆。

卢纶力求在送别诗的结构上树立自己的风格。

送宁国夏侯丞

楚国青芜上，秋云似白波。

五湖长路少，九派乱山多。

谢守通诗宴，陶公许醉过。

怅然饯离阻，年鬓两蹉跎。

宁国：唐代江南西道宣州属县，在今宣城市宁国市一带。楚国：宁国古属于楚国。青芜：草木茂盛。首联从夏侯审目的地也就是宁国县起笔，宁国古属楚国，草木繁茂，秋日天高气爽，空中的秋云似江中的白浪，水天一色。五湖：指洞庭湖、鄱阳湖等五大湖。九派：泛指长江的很多支流。唐王维《江汉临泛》诗："楚塞三湘接，荆门九派通。"从宁国经过洞庭湖、鄱阳湖等五湖连接的楚地。而浔阳江分为九派，山峰连绵。在写地形中，暗

---

① 伽达默尔:《真理与方法》上，第 28 页，商务印书馆 2007 年。

喻路途之难。颔联意为：五湖一带通达的长路很少，长江中游支流纵横，层层叠叠的群山连绵。谢守：谢朓，字玄晖。建武二年（495年），出为宣城太守，因又称谢宣城。陶公，《晋书·陶潜传》："刺史王弘以元熙中临州，甚钦迟之，后自造焉。潜称疾不见，既而语人云：'我性不狎世，因疾守闲，幸非洁志慕声，岂敢以王公纡轸为荣邪！夫谬以不贤，此刘公干所以招谤君子，其罪不细也。'弘每令人候之，密知当往庐山，乃遣其故人庞通之等赍酒，先于半道要之。潜既遇酒，便引酌野亭，欣然忘进。弘乃出与相见，遂欢宴穷日。"颈联意为：谢朓在这里摆设诗宴，陶渊明在这里与王弘相见。这一带是谢朓、陶渊明写出名诗的名胜之地。情调变得轻松了。最后二句才回到而今的送别上。离阻，王粲《赠蔡子笃诗》："悠悠世路，乱离多阻。"尾联意为：在离别的时刻怅然若失，我已年老体衰两鬓花白事业无成。全诗以设想的将来的时空为主，略写现实的时空为辅。新颖奇妙，不落俗套。

卢纶的一些送别诗，结构上敢于突破前人樊篱，直接过渡写行者的目的地，略去别情，再看：

送从叔程归西川幕

千山冰雪晴，山静锦花明。
群鹤栖莲府，诸戎拜柳营。
浪依巴字息，风入蜀关清。
岂念在贫巷，竹林鸣鸟声。

第一句明显是长安一带的景色。首联意为：长安一带冰天雪地，晴空万里。而四川成都则是鲜花盛开。用对比直接跳到目的地，又不突兀。群鹤，比喻杰出人物。莲府，指幕府，此处用典，《南史》载：入王俭府泛绿水，依芙蓉，何其丽也！时人以俭府为莲花池。柳营，即细柳营。汉文帝时，匈奴入塞，汉文帝用河内太守周亚夫为将军，屯兵细柳。周亚夫治军严明，匈奴不敢来犯，后世常以细柳营为军队美称，也简称柳营。颔联意为：西川幕府人才济济，西川军队威名远播。巴字，指重庆一带，渝州，古巴国，谓之三巴。阆水白水东南流，曲折三回如巴字，故谓之三巴。颈联意为：路途虽然艰险，浪高湍急，祝愿从叔一帆风顺，平安到达。末尾二句写自己。贫巷，即陋巷。典出《论语》："子曰：'贤哉回也！一箪食，一瓢饮，在陋巷，人不堪其忧，回也不改其乐。'"而竹林鸟声环绕也表明诗人此时在终南山而未入仕途。尾联意为：谁知道我仍在陋巷之中，终日与竹林中的鸟声为伴。整首诗情调高昂，突出西川幕一带的山川风物，仿佛不是送别，而像一首写景诗。

还有一些送别诗，以浓烈的怀古为主旨，意在言外，送别只是一个引子。

赋得馆娃宫送王山人游江东

苍苍枫树林，草合废宫深。

越水风浪起，吴王歌管沉。

燕归巢已尽，鹤语冢难寻。

旅泊彼何夜，希君抽玉琴。

科举时代的试帖诗，因为试题多取前人成句，故题前冠以"赋得"，后来诗人集会或应制之作，也用赋得。送王山人者非卢纶一人，所以此诗属于集会之作。馆娃宫在今江苏省苏州市灵岩山上。首联意为：苍苍茫茫枫树林依旧，馆娃宫就在高高的野草丛里。"越水"二句，一箭双雕。历史记载吴王夫差沉迷酒色，错杀忠臣伍子胥，伍子胥托梦给越国军队，让越军从东南方突破吴军，越军于是凿开渠水，伍子胥的灵魂兴起巨浪，城东南被突破，越军冲进城中，吴国灭亡。这首诗的风浪既是用典又是实景，暗指越王灭吴，又是王山人去江东的景物。颔联意为：越水风浪突起，吴王的享乐的歌舞已经烟消云散了。鹤语，用《搜神后记》中丁令威的典故，丁令威是辽东人，学道灵虚山，后来化鹤归辽，徘徊空中曰："有鸟有鸟丁令威，去家千年今始归。城郭如故人民非，何不学仙冢累累。"卢纶深入一层，引发而来。颈联意为：纵然就是燕子归来，燕巢已空。即使吴王化成辽鹤归来，草埋荒冢，难以寻觅。末尾用鲍照《芜城赋》典故：不知你今夜宿在何方，希望在江东写出鲍照一样的佳作，照应送别主题。全诗用同一空间景物的变化，抒发历史兴亡的深沉慨叹。在送别诗中别有韵味。

在送别诗的体裁选择方面，卢纶在大历诗人中也是特立独行的。与大历诗人喜用五言律诗不同，一些送别诗选择盛唐诗人善用的七言歌行，大气磅礴。《送张郎中还蜀歌》《赋得白鸥歌送李伯康归使》《陈翊郎中北亭送侯钊侍御赋得带冰流歌》等。

卢纶的送别诗能够根据送别对象的身份，自由地营构送别的意象群，形成独特的意境。

送静居法师

五色香幢重复重，宝舆升座发神钟。

薝卜名花飘不断，醍醐法味洒何浓。

九天论道当宸眷，七祖传心合圣踪。

愿比灵山前世别，多生还得此相逢。

法师，通晓佛法又能引导众生修行的人。五色香幢，五色的旌旗。发神钟，法师讲经前，先敲钟击鼓吹法螺。首联意为：静居法师讲经开始前，但见五色香幢层层叠叠，鸣钟击鼓法螺声声。薝卜，西域名花，此借比法师宣扬的佛教义理。醍醐，精制的奶酪，此喻佛家的至理名言。法味，佛教的精义妙理。颔联意为：法师所传的佛家妙理精义，使人如入薝卜之林，又得醍醐醇味。九天，天的最高处，形容极高，古人认为天有九重，也作九重天。此指皇宫。宸眷，宸，深邃的房屋。北极星所居，后指帝王所居。宸眷，指帝王的恩宠、关怀。静居法师曾在皇宫里讲经。七祖，禅宗七祖神会，是禅宗六祖慧能晚年的弟子。传心，慧能认为佛法应该以心传心，若取文字，非佛本义。颈联意为：法师在皇宫讲经曾得到皇帝恩宠。其祖神会传心合于佛之本意，正是法师所遵从。灵山，即灵鹫山，佛说法之所。多生，佛家以为人死以后灵魂不灭，可以转世再生。末尾点题，用佛家语，十分贴切。尾联意为：把我与你的分别比作灵山之别，转生来世还需此次相逢。全诗送法师，用佛家语，造佛家境界，显示了卢纶广博的学问，更见其随机应变左右逢源的诗歌艺术才能。

卢纶的一些送别诗，打破具体送别时间事件环境的限制，在广阔的历史现实时空中思考送别，用典型的意象凝练主题，用警策的议论提升主题，创造了一种独特的情境结构，具有独特的美学价值。

赴虢州留别故人

世故相逢各未闲，百年多在别离间。

昨夜秋风今夜雨，不知何处入空山。

此为卢纶因公赴虢州而作。虢州，唐属河南道，治所在今河南灵宝市。黯然销魂，分别难忍。然而在动乱的时代分别更是情何以堪。一二句意为：在国家多难的时代，相逢多么不容易，各自的经历难以言说，一生在百年内飘忽，多在别离之中度过。三四句意为：昨夜秋风劲急，今夜秋雨绵绵，不知道我路途又在哪处的空山落脚。秋风秋雨既可以指现在的，也可以说是路途的，更易联想到人的一生之中别离的风雨，而路途中孤独的行者既可以指自己，更是唤起人们对别离后独行者艰难路途的联想，前路茫茫，千山万水，日夜兼程，风餐露宿都在眼前。

当然人到了晚年，故友凋零，历经人世沧桑，其送别诗少了年轻时代的豪情，更多的是感慨伤悲。精辟的议论是一生理性的总结。不但不给人苍白枯燥的感觉，反而很容易引起共鸣。

送李方东归

（即故李校书端亲弟）

故交三四人，闻别共沾巾。

举目是陈事，满城无至亲。

身从丧日病，家自俭年贫。

此去何堪远，遗孤在旧邻。

全是明白如话，不须串讲，道出诗人从人生总结出的离愁况味。

在对诗歌形式的探索上，卢纶也是敢于开拓的，他还写过六言八句的送别诗。

送万巨

把酒留君听琴，难堪岁暮离心。
霜叶无风自落，秋云不雨空阴。
人愁荒村路细，马怯寒溪水深。
望断青山独立，更知何处相寻。

万巨，天宝末年以才华被人举荐，出仕不久即辞官。韩翃《送万巨》："汉相见王陵，扬州事张禹。风帆木兰楫，水国莲花府。百丈清江十月天，寒城鼓角晓钟前。金炉促膝诸曹吏，玉管繁华美少年。有时过向长干地，远对湖光近山翠。好逢南苑看人归，也向西池留客醉。高柳垂烟橘带霜，朝游石渚暮横塘。红笺色夺风流座，白苎词倾翰墨场。夫子前年入朝后，高名籍籍时贤口。共怜诗兴转清新，继远家声在此身。屈指待为青琐客，回头莫羡白亭人。"韩翃的歌行写得流畅洒脱。卢纶则用典型景物渲染。一开始采用倒装手法，突出别情之重。《吕氏春秋·孝行览》："凡贤人之德，有以知之也。伯牙鼓琴，锺子期听之。方鼓琴而志在太山，锺子期曰：'善哉乎鼓琴！巍巍乎若太山。'少选之间，而志在流水，锺子期又曰：'善哉乎鼓琴！汤汤乎若流水。'锺子期死，伯牙破琴绝弦，终身不复鼓琴，以为世无足复为鼓琴者。非独鼓琴若此也，贤者亦然。"首联意为：一杯一杯的美酒想留住你，琴曲中说不尽的是友情，最令人愁苦的是岁暮之时离别的惆怅心情。接下来是送别的环境。颔联意为：秋风不吹霜染的树叶，纷纷自落，秋云浓密，未下秋雨，只是连续的阴沉沉。直言别情之深，再述别地秋景，霜叶秋云都成为烘托别情的元素。再想象友人的行程。颈联意为：远行的人走在荒凉的山村小路上，无比惆怅，骑的马儿也在寒冷的深溪水边徘徊不前。尾联意为：伫立远望，望到的只是连绵的青山，友人的影子再也看不到了，自己独自仍在望啊望，更不知道将来去何处寻找你。含不尽之意见于言外。全诗构思凝练，时空广阔，意蕴深隽。

第六章　士人心态的典型再现

　　卢纶在大历时代的诗人中是具有昂扬向上的人生取向的，具有不屈不挠的意志人格。然而由于卢纶本来家境清寒，又早年丧父，流落鄱阳，投靠外公家，经过战乱的颠沛流离，卢纶对家园感的体认远远强于盛唐诗人。在青少年时代已经出现叹老嗟贫的情感表现，成为其早衰心理的最多体现，典型地反映了那个时代士人特有的精神状态。狄德罗曾说过：人是一种力量和软弱、光明和盲目、渺小和伟大的复合体，这并不是责难人，而是为人下定义。

长安春望

东风吹雨过青山，却望千门草色闲。
家在梦中何日到，春生江上几人还？
川原缭绕浮云外，宫阙参差落照间。
谁念为儒逢世难，独将衰鬓客秦关。

　　卢纶是河中蒲人（今山西永济市人），家乡刚好位于长安的东面，说"东风吹雨"，是说东风从家乡吹来，自然引出思乡之情。首联意为：东风吹来春雨淅淅沥沥，连绵的青山都在烟雨之中，回望长安千门万户都在青青的草色中，一片悠然闲静。额联意为：家乡如在梦中，遥望那白云缭绕的家乡，何时才能尽享它的温馨！春天到来几人乘船能早日回到家乡。恨自己不能回去，家乡只能在梦中出现，用他人能返乡反衬自己有家难归。颈联意为：遥望渭河与咸阳原在浮云之外，长安的宫阙笼罩在夕阳之间。尾联收束到感时伤乱和思家盼归的主题。尾联意为：自己以一儒生遭遇世难，独自客居长安，又有谁来怜悯我呢？

卢纶力求承接盛唐的气象风格，但是时代精神使然，整体发力已经力不从心，无论才力与创作生态都难以达到李白杜甫的境界。因此在寻找自己创作的突破口时，卢纶是颇有创新智慧的。他在构思的精巧上显示自己的创作个性，在新颖的艺术感受力上精心营构。全诗曲折委婉，含而不露，意在言外。金圣叹对这首诗的结构自然高妙、严谨合理，不见雕琢痕迹，赞不绝口："'东风'七字，人谓只是写春，不知便是写望。如云：此雨自我家乡中来也。'闲'字骂'草'妙，如云无谓也，扯淡也。三，恨自不得归。四，又妒他人得归，活写尽不归人心口咄咄也。'川原'七字中有无数亲故，'宫阙'七字中止夕阳一人。'谁'便是无数亲故也，'独'字便是夕阳一人也。不知唐诗人，谓五六只是写景。"（《金圣叹选批唐诗》卷四上）

不足三十岁的卢纶，也时不时在诗中表现出时代共同的主题，对衰老的感慨。这特别表现在与大历十才子之间及友人之间的酬答中，"相识少相知，与君俱已衰。"（《留别耿湋侯钊冯著》）"人们自己创造着自己的历史，但是到现在为止，他们并不是按照共同的意志，根据一个共同的计划，甚至不是在一个有明确的界限既定社会内来创造自己的历史，他们的意向是相互交错着的。正因为如此，在所有这样的社会里，都是那种以偶然性为其补充和表现形式的必然性占统治地位。"[1]

行药前轩呈董山人

不觉老将至，瘦来方自惊。

朝昏多病色，起坐有劳声。

① 马克思、恩格斯：《马克思恩格斯选集》，第 4 卷，第 732—733 页，人民出版社 1995 年。

永济神医扁鹊庙

　　　　肤暖苦肌痒，藏虚唯耳鸣。

　　　　桑公富灵术，一为保余生。

　　行药：古人服食热性药物后，需要行走以散药性。轩：有窗的小屋。董
山人：生平事迹不详。"不觉"句：《论语·述而》："叶公问孔子于子路，子
路不对。子曰：'女奚不曰：其为人也，发愤忘食，乐以忘忧，不知老之将至
云尔。'"首联意为：不知道老年马上到来，身体逐渐消瘦方始自己惊恐。颔
联意为：早晨起来就昏昏沉沉面带病色，起床后便咳嗽不断。肤：指肌肤。
藏虚：内脏虚弱。颈联意为：肌肤暖和时又受瘙痒的苦痛，内脏虚弱耳鸣不
停。桑公：即长桑君。《史记·扁鹊仓公列传》："舍客长桑君过，扁鹊独奇之，
常谨遇之。长桑君亦知扁鹊非常人也。出入十余年，乃呼扁鹊私坐，闲与语
曰：'我有禁方，年老，欲传与公，公毋泄。'扁鹊曰：'敬诺。'乃出其怀中
药予扁鹊：'饮是以上池之水，三十日当知物矣。'乃悉取其禁方书尽与扁鹊。
忽然不见，殆非人也。"此指行药的医生。尾联意为：幸好遇到桑公一样的医
生，富有回春之力，为我开药治病保余生。全诗细写自己的病情与状况，这

120

在大历以前的诗作里是不多见的。

对韶华消逝、年岁变老的细微体认，也是卢纶深入开掘的主题。

驿中望山戏赠渭南陆贽主簿

官微多惧事多同，拙性偏无主驿功。

山在门前登不得，鬓毛衰尽路尘中。

陆贽字敬舆，是苏州嘉兴县人。少年时成了孤儿。有独立见解和操守而与众不同，很勤苦学习儒学。十八岁考中进士，凭博学宏词科选官复试合格，任命华州郑县县尉。为官期满，回东方故乡探望母亲，路经寿州，刺史张镒当时很有名声，陆贽去拜见他。张镒起初不很了解他，停留三天，第二次见面跟他谈话，于是非常赞赏陆贽的才识，请求结交为忘年投合之友。等到辞别，张镒赠送陆贽百万钱，说："希望充当太夫人一天的饭食费用。"陆贽不收钱，只接受了一串新茶，说："怎敢不接受您的厚意。"后来又因文书

永济扁鹊陵

评判超出同类，选任渭南县主簿。全诗虽为赠友，实乃抒发沉沦下僚、未老先衰的人生感慨。

家园感的失落是那个时代的共同主题。卢纶生活的时代正值安史之乱、藩镇叛乱，卢纶曾经经历离开故乡避乱、困居在叛军占领的长安城，奔波做地方官、做幕僚，甚至受牵连入狱，这些经历使他时时思念自己的家乡，家乡成为他灵魂安顿的神圣处所。

春游东潭

移舟试望家，漾漾似天涯。

日暮满潭雪，白鸥和柳花。

东潭：广运潭，因在长安城东，故云。漾漾：水波漂荡的样子。一二句意为：在广运潭泛舟遥望家乡，水波漂荡，仿佛远隔天涯。三四句意为：日暮时分潭中落满白雪，原来是白鸥和柳花浮在水面。全诗以乐写哀，景色虽美，卢纶无心赏玩，潭水仿佛天涯。用雪作比，足见心灵的悲凉。黑格尔在《美学》第三卷下册曾经说："（抒情诗）特有的内容就是心灵本身，单纯的主体性格，重点不在当前的对象，而在发生情感的灵魂。"

通过科举进入仕途，是绝大多数古代诗人的必经之路，一次次的落第，一次次再考，多少年的寒窗苦读，多少风餐露宿的岁月，多少路途的艰辛，多少心灵的创伤，卢纶经历的科举道路是典型的。他的写科举题材的诗歌，典型地反映了大历时期的科考之士的心路历程。

与从弟瑾同下第后出关言别

一

同作金门献赋人，二年悲见故园春。

到阙不沾新雨露，还家空带旧风尘。

二

杂花飞尽柳阴阴，官路迤逦绿草深。

对酒已成千里客，望山空寄两乡心。

三

出关愁暮一沾裳，满野蓬生古战场。

孤村树色昏残雨，远寺钟声带夕阳。

四

谁怜苦志已三冬，却欲躬耕学老农。

流水白云寻不尽，期君何处得相逢。

瑾：卢瑾，曾任河中少尹。关：潼关，在今陕西潼关东北黄河南岸，为古代兵家必争之地。金门献赋人，《汉书·司马相如传上》："居久之，蜀人杨得意为狗监，侍上。上读《子虚赋》而善之，曰：'朕独不得与此人同时哉！'得意曰：'臣邑人司马相如自言为此赋。'上惊，乃召问相如。相如曰：'有是。然此乃诸侯之事，未足观，请为天子游猎之赋。'上令尚书给笔札，相如以'子虚'，虚言也，为楚称；'乌有先生'者，乌有此事也，为齐难；'亡是公'者，亡是人也，欲明天子之义。故虚借此三人为辞，以推天子诸侯之苑囿。其卒章归之于节俭，因以风谏。奏之天子，天子大说。"金门：金马门。金马门，是汉代宫门。汉武帝得大宛马，乃命善于相马的东门京以铜铸像，立马于鲁班门外，因称金马门。此指待诏的宫门。一二句意为：你我都是兴致勃勃去参加进士考试的人，历经两年落第又看到故园的春色，怎不令人悲慨万千？雨露：此指皇帝的恩泽。不沾新雨露，指再次落第。空带旧风尘，用陆机诗《为顾颜先赠妇》："京洛多风尘，素衣化为淄。"三四句意为：到了长安没有新沾上皇帝陛下的一点阳光雨露，只是沮丧地回家，身上依旧是层层灰尘。卢纶家在永济，过了潼关就是故乡，没有衣锦还乡、考取功名，而是再次落第归乡，意在言外。

第二首一二句意为：春天各种各样的杂花落尽以后，柳荫沉沉，官道曲曲折折，绿草浓密。三四句用无心赏春景、看春花，写出自己的苦闷。以乐写哀，倍增其哀。进而写对酒浇愁愁更愁，亲人分别更堪愁。层层递进，将愁苦的倾诉推向高潮。对酒分别我竟成千里外的游子，望家乡的山峰，只能空寄无尽的思念，望鄱阳路远山高还有漫漫归途。卢纶本永济人，安史之乱爆发投靠外家，避难鄱阳，此时从弟归故乡，自己赴鄱阳，故云"千里客"，"两乡心"，一语连起他乡与故乡，空字最妙，故乡难归，只能空寄；再次落第，无颜归乡，含不尽之意见于言外。

第三首，古战场，《元和郡县志》卷二："潼关在（华阴）县东北三十九里，古桃林塞也。"第三首一二句意为：在暮色苍茫中走出潼关，愁容满面泪湿衣裳，满目萧条蓬草丛生，那是古时的战场。三四句意为：残雨后树色迷蒙，孤城一派荒凉，远处寺庙的钟声在夕阳的余晖中回荡。此首全用典型荒凉的景物创造悲凉的意境。蓬草、古战场、孤村、残雨、远寺钟声、夕阳，都是景物意象，但都含愁带恨，写尽惆怅万千的心路历程。

第四首，三冬，《汉书·东方朔传》："武帝初即位，征天下举方正贤良文学材力之士，待以不次之位，四方士多上书言得失，自衒鬻者以千数，其不足采者辄报闻罢。朔初来，上书曰：'臣朔少失父母，长养兄嫂。年十三学书，三冬文史足用。十五学击剑。十六学《诗》《书》，诵二十二万言'。"老农，《论语·子路》："樊迟请学稼。子曰：'吾不如老农。'"此反用其意，意为没有俸禄，只能自己耕种养活自己。一二句意为：谁怜惜自己用心准备科考已经多年，现在反而要学老农躬耕自足。三四句意为：你像流水白云飘忽不定，哪年哪月在哪里我们才能相逢。一二句自嘲中含多少心酸，三四句点题，旧的比喻焕发出新的光彩。流水在前人诗歌中多象征岁月如梭，白云象征人的志向高远。此处喻二人后会无期，从弟的踪迹难以寻觅。

唐代进士考试在每年的二月举行，一般远方的举子前一年冬天就到了长安。卢纶从鄱阳到长安，经过万水千山，不是虚言。历经千辛万苦，也是实情。此诗典型地代表了落第士人真实的内心世界。

战争使国家的经济遭受重创，生产生活遭到极大的破坏，贫穷成为这个时代的主题。

酬孙侍御春日见寄

经过里巷春，同是谢家邻。

顾我觉衰早，荷君留醉频。

松高犹覆草，鹤起暂萦尘。

始悟达人志，患名非患贫。

不难看出，成名是治疗贫穷的时代药方。物质贫困中精神追求的富足，成为这个时代文人们的价值取向。孙侍御，不详。谢家，《南史·谢灵运传》："然谢氏自晋以降，雅道相传，景恒、景仁以德素传美，景懋、景先以节义流誉。方明行己之度，玄晖藻缋之奇，各擅一时，可谓德门者矣。灵运才名，江左独振；而猖獗不已，自致覆亡。人各有能，兹言乃信，惜乎！"后人以谢家称道诗礼传家、累代显贵的名门望族。首联意为：经过深深的街巷到处是春意盎然，都是名门望族的邻居。"顾我"句，潘岳《秋兴赋》："晋十有四年，余春秋三十有二，始见二毛。"颔联意为：顾念我衰老得早，承蒙你频频招待我饮酒一醉方休。接下来表达穷且益坚的青云之志。《诗经·鹤鸣》："鹤鸣于九皋，声闻于野。"颈联意为：你对我的恩情犹如青松为小草遮风挡雨，我不会久居下僚，终究会一飞冲天。"始悟"二句，《庄子·让王》："原宪居鲁，环堵之室，茨以生草，蓬户不完，桑以为枢而瓮牖，二室，褐以为塞，上漏下湿，匡坐而弦歌。子贡乘大马，中绀而表素，轩车不容巷，往见原宪。原宪华冠縰履，杖藜而应门。子贡曰：'嘻！先生何病？'原宪应之曰：'宪闻之，无财谓之贫，学而不能行谓之病。今宪贫也，非病也。'子贡逡巡而有愧色。原宪笑曰：'夫希世而行，比周而友，学以为人，教以为己，仁义之慝，舆马之饰，宪不忍为也。'"《论语·卫灵公》："君子疾没世而名不称焉。"尾联意为：而今才真正领悟到通达之人的志向，忧虑的是不能树立声名而不是物质的贫穷。在这一方面儒家的人格精神无疑也是他们重要的力量源泉。

春日忆司空文明

桃李风多日欲阴，百劳飞处落花深。

贫居静久难逢信，知隔春山不可寻。

全诗极力渲染卢纶外兄司空曙孤独贫穷的生活状况。用以乐写哀的手法。在伤春的背景下写司空曙的人生境遇。百劳：即伯劳。亦称鹀鹩。张华《禽经》："鹀鹩，鸣而草衰。《尔雅》谓之'鹎'。鹎，伯劳也。"屈原《离骚》："及年岁之未宴兮，时亦犹其未央。恐鹈鹩之先鸣兮，使夫百草为之不芳。"一二句意为：春风吹过桃树李树天气要阴，伯劳鸟飞过之处落英缤纷。三四句意为：安于贫贱静静地独处难以得到你的书信，知道隔着春山难以去寻找。

过司空曙村居

南北与山邻，蓬庵庇一身。

繁霜疑有雪，枯草似无人。

遂性在耕稼，所交唯贱贫。

何言张掾傲，每重德璋亲

首联意为：村居的南北都是山峰，蓬草盖的小房子仅仅能遮蔽一身。颔联意为：厚厚的霜似雪，遍地的荒草好像此处无人居住。可见对于贫穷的吟咏不仅仅局限于自身，还有好友。遂性：顺应本性。顺适性情。嵇康《答〈难养生论〉》："然松柏之生，各以良殖遂性。"颈联意为：你的自然本性在于耕田种地，所交往的都是贫贱之人。"何言"二句，张掾：张融。《南史·张劭传附张融传》载张融初仕刘宋，为新安王参军。又被辟为齐太傅掾。其举止诡越。常叹曰："不恨我不见古人，所恨古人又不见我。"此借喻司空曙。德璋：孔稚珪，字德璋。《南齐书·孔稚珪传》："稚珪风韵清疏，好文咏，饮酒七八斗。与外兄张融情趣相得，又与琅邪王思远，庐江何点、点弟胤并款交。不乐世务，居宅盛营山水，凭几独酌，傍无杂事。门庭之内，草莱不剪，中有蛙鸣，或问之曰：'欲为陈蕃乎？'稚珪笑曰：'我以此当两部鼓吹，何必期效仲举。'"卢纶为司空曙外弟，故用孔稚珪与张融作比。尾联意为：谁说你像张掾一样高傲，你却总是看重我们的亲情。

司空曙有《喜外弟卢纶见宿》：

静夜四无邻，荒居旧业贫。

雨中黄叶树，灯下白头人。

以我独沉久，愧君相见频。

平生自有分，况是蔡家亲。

司空曙的诗歌也是写卢纶来反衬平日的孤独寂寞贫穷。

对于自己的知心朋友畅当的贫穷与固守贫贱的人格，卢纶也有深切的体味。

寄赠畅当山居

古村荒石路，岁晏独言归。

山雪厚三尺，社榆粗十围。

虬龙宁守蛰，鸾鹤岂矜飞。

君子固安分，毋听劳者讥。

此诗作于贞元五年（789 年）前后。首联意为：这是一个荒僻的山村，山石路可以通往。岁暮时节独自归去。颔联意为：山中的雪有三尺厚，社里的榆树粗到十人合抱。"虬龙"句，《周易·系辞下》："龙蛇之蛰，以存身也；精义入神，以致用也；利用安身，以崇德也。"鸾鹤：此喻超然出世之士。曹植《矫志诗》："鹓雏远害，不羞卑栖。"颈联意为：虬龙难道永远处于蛰伏的境况，鸾鸟仙鹤难道还显示自己飞翔的本领。"君子"二句，《论语·卫灵公》："子曰：'君子固穷，小人穷斯滥矣。'"尾联意为：君子固然安于贫贱，不要听富贵者的讥讽。对于贫穷的体认与坚守节操的称颂，是卢纶的主题之一。

卢纶一生多病，在对于疾病的抒写中，常常用重叠的凄苦意象渲染。

卧病书怀

苦心三十载，白首遇艰难。

旧地成孤客，全家赖钓竿。

貌衰缘药尽，起晚为山寒。

老病今如此，无人更问看。

苦心：卢纶八岁开始读书用功，正值安史之乱爆发，至贞元元年（785年）入浑瑊幕府，正好三十年。三十八岁已成白首，足见时代动荡、人生坎坷，对其身心的打击之深。首联意为：备尝人生的苦难，历尽坎坷三十年，头发花白仿佛在诉说人生的艰难。旧地：指家乡永济。颔联意为：回到自己的故乡任职，却成孤独的客人，全家依赖钓鱼竿。颈联意为：体貌衰老缘于治病的药已经无钱购买，起床晚是由于山边气候寒冷。尾联意为：又老又病而今面对如此的状况，更没有人来问询探望。全诗用"白首""孤客""貌衰""山寒""老病""无人"反复渲染，整首诗的悲凉情调显示了历尽艰难体衰心冷痛定思痛的心境，艺术感染力极强。

卢纶对于故乡的依恋十分强烈。

酬陈翊郎中冬至携柳郎窦郎归河中旧居见寄

三旬一休沐，清景满林庐。

南郭群儒从，东床两客居。

烧烟浮雪野，麦陇润冰渠。

班白皆持酒，蓬茅尽有书。

终期买寒渚，同此利蒲鱼。

陈翊，曾为郭子仪幕僚，后又为浑瑊幕僚。河中：府名，属河东道。治所在河东（今山西永济）。休沐：休沐假，亦即旬假。《唐会要》卷八二："永徽三年（652年）二月二十一日，上以天下无虞，百务司至，每至旬假，许不视事，以与百僚休沐。"河中是自己的故乡，卢纶魂牵梦萦的地方，自然抑制不住地向往。一二句意为：三旬有一次休沐假，清新的景色遍布居所周围。南郭：王僧祐。《南史》载：南朝宋琅琊临沂人。太保王弘侄孙，光禄大夫王孺之孙，光禄勋王远子。雅好博古，善《老》《庄》，不尚繁华。工草隶，善鼓琴。亭然独立，不交当世。沛国刘瓛闻风而悦，上书荐之。为著作佐郎，迁司空祭酒，谢病不与公卿游。齐高帝谓王俭曰："卿从可谓朝隐。"答曰："臣从非敢妄同高人，直是爱闲多病耳。"经赠俭诗云："汝家在市门，我家在南郭；汝家饶宾侣，我家多鸟雀。"俭时声高一代，宾客填门，僧佑不为之屈，时人嘉之。稍迁晋安王文学，而陈郡袁利为友，时人以为妙选。齐武帝数阅武，僧佑献《讲武赋》，王俭借观不与。竟陵王萧子良闻其工琴，于座取琴进之，不从命。永明末，为太子中舍人，在直属疾，不待对人辄去。中丞沈约弹之云："肆情运气，不顾朝典，扬眉阔步，直辔高驱。"坐赎论。时何点、王思远之徒请交，并不降意。自天子至于侯伯，未尝与一人游。卒于黄门郎。东床，《晋书·王羲之传》："时太尉郗鉴使门生求女婿于导，导令就东厢遍观子弟。门生归，谓鉴曰：'王氏诸少并佳，然闻信至，咸自矜持。惟一人在东床坦腹食，独若不闻。'鉴曰：'正此佳婿邪！'访之，乃羲之也，遂以女妻之。"此以王羲之代指柳、窦二人。三四句意为：追随你的都是满腹经纶的儒生，在东床上坐的是王羲之一类的人物。五六句意为：烧饭的炊烟飘浮在白雪皑皑的旷野，返青的麦垄使冰雪覆盖的水渠洋溢着春意。这是卢纶多么熟悉的家乡景色。旷野无边，麦田千里，青绿无际。班白，潘岳《闲居赋》："昆弟班白，儿童稚齿，称万岁以献觞，咸一惧而一喜。"七八句意为：头发斑白的老人来到旧居都带着酿的美酒，蓬草茅草盖的房子里都是书籍。永济一带重视文化，由来已久，卢纶既是写实又是回忆。末尾二句意为：终究期望我能在家乡买一块水中的地，能够满足我养鱼终老家乡的心愿。看别人归自己的家乡，按捺不住归乡的向往。全诗侧面着笔，耐人回味。

人的一生只有到了走近生命终点的时候，才能真正认识到真实的自我。这种自我认识的理解结果，常常放低过去对自己的自信，感觉到一生其实很短，一个人的能力很有限，在时代的大潮里是如此渺小。卢纶尽管后来在浑城幕中是比较惬意的，但是对人生的感叹却越来越浓重。

第七章　精巧灵动的构思策略

卢纶深知在气势雄浑、意象新奇、语言创新方面整体上超越盛唐诗不仅力不从心，也生不逢时，因此在诗歌的构思方面用力甚勤，收获颇丰。

欲抑先扬是卢纶常常出彩的技巧。

题伯夷庙

中条山下黄磾石，垒作夷齐庙里神。

落叶满阶尘满座，不知浇酒为何人。

伯夷、叔齐是否实有其人，历来有争议，但司马迁却以深情之笔为他们立"传"，认为他们仁德完备，品行高洁。司马迁借古讽今，以此来反衬汉代自建国以来统治者进行的一系列争权夺利的斗争，杀伐不休，唯权唯利。而伯夷、叔齐的"让国""奔义"，正是司马迁追求的政治理想。所以，他在《太史公自序》中说："末世争利，维彼奔义，让国饿死，天下称之，作《伯夷列传》。"大意如下，伯夷、叔齐是孤竹国国君的儿子，他们的父亲打算立三子叔齐为国君。到父亲死后，叔齐让长兄伯夷做君。伯夷说："这是父亲的遗命，不可违背。"便逃避出走。叔齐也不肯立自己为国君而逃跑了。孤竹国的人，只好拥立国君的第二个儿子为君。伯夷、叔齐听说西方那位诸侯之长名叫姬昌的，很喜欢敬养老人，何不去归附于他呢？到了那里，西伯昌已经死了。他的儿子周武王举着他的神主牌，号称是奉文王的遗命，向东去讨伐商纣。伯夷、叔齐即刻拜倒在武王马前，并进谏道："你父亲死了还未安葬，你便兴兵去打仗，这可算得上是尽孝吗？你作为臣子去杀君王，这可算得上是仁爱吗？"武王左右的人想杀了他们。姜太公说："他们是很讲义气的人，快搀扶到一边去。"

后来，武王平定了商殷之乱，天下的百姓都归附了周朝。然而，伯夷、叔齐却认为周朝的行为可耻，发誓不吃周朝的粮食，便隐居在首阳山上，采摘些薇菜来充饥。到快要饿死的时候，他们作了一首歌，其歌词是："登上那西山啊，采摘其间的薇菜哟！用暴力除去暴力啊，还不知道自己的过错哟！神农、虞夏的时代已没有了啊，我们到哪里去找归属哟！啊呀！我们将死了哟，命运为何这般衰薄哟！"最终饿死在首阳山。

由此看来，他们是有怨恨呢还是没有呢？有人说老天的道义是没有亲情的，它总是与和善的人相处。那伯夷、叔齐，可算得是善人不是？他们积存仁德、清洁品行已到如此境界，然而还是被饿死了。

从前二句看，仿佛是千年以来伯夷叔齐受到人们无上的尊崇。一二句意为：中条山下的黄色砾石，垒成了庙里的伯夷叔齐像。三四句逆转，表达无限的感慨。三四句意为：秋日里飘落的树叶铺满台阶，尘土落满基座，不知道用酒祭奠何人。言外之意，耐人寻味。

卢纶的不少诗歌构思巧妙，而又自然天成。

途中遇雨马上口号留别张刘二端公

阴雷慢转野云长，骏马双嘶爱雨凉。
应念龙钟在泥滓，欲摧肝胆事王章。

端公，侍御史。口号，随口而来，不拘泥平仄。途中遇雨，又在马上，来不及准备纸笔，但是才气纵横的诗人是没有被难住的。一二句意为：阴沉沉的天气传来阵阵雷声，雨云聚集茫茫无边，两匹骏马一齐嘶鸣喜爱雨来时的清凉。开篇把送别置于雷声滚滚、野云聚集、骏马嘶鸣的环境中，给人的感觉是低回沉郁的情调。然而一个"爱雨凉"一下转变，欲扬先抑，然后用眼前景突发奇想。龙钟，失意的样子。泥淬，比喻遭遇艰难。最后一句用典故，王章见应劭《汉官仪》卷下："司徒校尉初置，唯实领王章、鲍宣，纠上检下，严刑必断。贵戚惮之，京师政清。"唐代侍御史"掌纠举百僚及入阁承诏，知推、弹、杂事"。二者职责相近，故比张、刘二端公的职务，也是点了题。三四句意为：应该是骏马知道你们遭遇的艰难，想要忠心耿耿追随你们。全诗因难见巧，急中生智。

善于用烘托对比，直中寓曲。

题悟真寺

万峰交掩一峰开，晓色常从天上来。

似到西方诸佛国，莲花影里数楼台。

悟真寺，《长安志》卷十六："崇法寺即唐悟真寺也。在（蓝田）县东南二十里王顺山。"一二句意为：万峰在云雾之中一峰独出，美丽的晨曦景色仿佛从天上而来。"似到"二句，《大般涅槃经·寿命品》："是菩萨身一一毛孔各各出生一大莲花。一一莲花各有七万八千城邑。纵广正等如毗耶离城。墙壁诸堑七宝杂厕。多罗宝树七重行列。人民炽盛安隐丰乐。"三四句意为：到了悟真寺仿佛到了佛国圣地，在莲花丛影里数层层楼台。

卢纶的一些诗善于烘托，大胆建构，将主题在反复渲染后推出，表面看似冲淡，实质上是副主题为正主题服务。

陈翃郎中北亭送侯钊侍御赋得带冰流歌

溪中鸟鸣春景旦，一派寒冰忽开散。

璧方镜员流不断，白云鳞鳞满河汉。

叠处浅，旋处深。

撇捩寒鱼上复沉，群鹅鼓舞扬清音。

主人有客簪白笔，玉壶贮水光如一。

持此赠君君饮之，圣君识君冰玉姿。

　　一个是送别的主题，一个是要写带冰流水，读者一看，确实难以下笔。陈翃，曾为郭子仪的僚属。后曾为浑瑊河中幕僚。侯钊，科举入仕后初为校书，历官侍御史、仓曹，排行十七。此诗作于贞元年间。初春最明显的也最先感受到春天悄然来临的，就是寒冰化开了。诗人直意曲说，一二句先写溪中的鸟儿鸣叫，初春的晨曦一派温暖，一派寒冰忽然消融化开了，突出了诗人的瞬间感受。然后用一连串的妙喻，形容河水中的冰块。璧方镜员：形容冰的形状丰富多样，状如方璧圆镜。谢惠连《雪赋》："既因方而为圭，亦遇圆而成璧。"王僧孺《夜愁示诸宾》："池冰合成璧。"三四句意为：浮冰方的如璧玉，圆的如明镜，在河中漂流绵长不断，满河的浮冰又仿佛银河中的白云鳞鳞。五六句意为：河冰重叠之处河水浅，河水旋转之处河水深。七八句意为：河冰流动撞击河中的寒鱼，拨剌拨剌上跳下蹿，一会儿浮出河面，一会儿沉入河中。一群一群的鹅，鼓起翅膀发出清亮的叫声。簪白笔，插白笔于冠，这是御史的服饰。玉壶，用鲍照《代白头吟》："清如玉壶冰。"九十句意为：主人有客是御史，玉壶中的水像河中的冰一样光亮。巧妙地由冰与水的颜色过渡。末尾二句意为：持此赠君请君饮之，圣明的君王能够识得你冰玉一样的品质。结尾二句巧妙地点出送别，语言巧用顶针，二句四用"君"字回旋，又用借喻结尾。全诗放得开，收得妙，过渡巧妙自然，显示了构思技巧的独特之处。

　　还有更为奇妙的送别歌行，全诗无一句一字涉及送别：

赋得白鸥歌送李伯康归使

积水深源，白鸥翻翻。

倒影光素，于潭之间。

衔鱼鱼落乱惊鸣，争扑莲丛莲叶倾。

尔不见波中鸥鸟闲无营，何必汲汲劳其生。

柳花冥蒙大堤口，悠扬相和乍无有。

轻随去浪杳不分，细舞清风亦何有。

似君换得白鹅时，独凭阑干雪满池。

今日还同看鸥鸟，如何羽翮复参差。

复参差，海涛澜漫何由期。

李伯康，据唐代权德舆《使持节郴州诸军事权知郴州刺史赐绯鱼袋李公墓志铭》载，李伯康于贞元五年（789 年）前，曾任阆州司仓掾，下邽、福昌、奉先、长安县尉，皆有政声。贞元五年后仕途坎坷，隐居池阳，耕田种树。直到贞元九年（793 年），西部边境不安定，赴边任职。后又拜监察御史，转殿中丞。从诗中内容看，当是李伯康由隐而仕的贞元九年以后所作。翩翩，犹翩翩之意。鸟飞曰翩。一二句意为：在积水的深渊之上，白鸥鸟自由自在地翩翩飞翔。三四句意为：轻盈的倩影倒映在潭中，美丽绝伦。五六句意为：一群群的白鸥一会儿衔着鱼又落下，鸣叫声回旋在上空；一会儿又成群结队扑向莲花丛中，莲叶连片倾倒。汲汲，《汉书·扬雄传》记载：（扬雄）少儿好学，不为章句之学，能够读通字句即可，博览群书，无所不见。"不汲汲于富贵，不戚戚于贫贱。"汲汲，指心情急切，努力争取。戚戚，此指忧伤。七八句意为：你没有看到吗，潭水波中的白鸥自由地叫着并没有自己的营地，何必急匆匆地去追名逐利劳身费神。用隐喻手法说明了李伯康抛弃了隐居生活去追逐名利不值得推崇。冥蒙，潭边柳树成行，柳花漫天飞舞，有如烟雾弥漫。"悠扬"句：柳花色白与鸥之色同，容易汇为一体。九十句意为：柳花漫天而飞，如层层烟雾弥漫大堤口，白鸥与柳花融为一体忽隐忽现。十一十二句意为：轻轻地贴着巨大的浪花飞翔，难以分辨出白鸥的身影，在清风中慢慢飞舞真是神奇！似君，《晋书·王羲之传》："又山阴有一道士，养好鹅，羲之往观焉，意甚悦，固求市之。道士云：'为写《道德经》，当举群相赠耳。'羲之欣然写毕，笼鹅而归，甚以为乐。其任率如此。"雪满池：喻白鹅似雪。十三十四句意为：此情景好似你换得白鹅之时，独凭阑干看白雪满池。参差：长短不齐。鸥飞时翅膀长短不一。十五十六句意为：今天与你一起观看白鸥，怎奈翅膀长短不齐已经飞向远方。末尾二句意为：白鸥振翅飞翔，海涛茫茫无际，何日可以相见？全诗用象征手法将送别的格调提振，结尾寓意分别，仍不离白鸥。

庄子认为天地万物本是同体并生，人类妄自分离割裂，使自己的心灵萎缩而矮小。庄子打开了一个无穷的时空境界，在时间上作无限绵延，在空间上作无限扩展。目的在于突破现象间的层层界限，在无限的宇宙大规模上，打通自我与外界的隔阂，来扩展精神世界。旨在取消天地万物与我的对立，达到主客一体、万物与我齐一的理想境界："天地与我并生，而万物与我为一。"(《庄子·齐物论》)，"乘云气，御飞龙，而游乎四海之外。""乘天地之正，而御六气之辨，以游无穷。"(《庄子·逍遥游》) 在人与外界是否能相融交感方面，庄子不是作为哲学家而是作为艺术家用审美的态度观察外物，他将自我的感情投射过去，与外物相互会通交感，而入于凝神的境界，物我的界限消解而融和、浑然一体。《庄子·齐物论》："昔者，庄周梦为蝴蝶，栩栩然蝴蝶也，自喻适志与，不知周也。俄然觉，则蘧蘧然周也。不知周之梦为蝴蝶与，蝴蝶之梦为周与？周与蝴蝶，则必有分矣。此之谓'物化'。"庄子在此泯除了物我间的距离。卢纶受庄子审美思想的启迪，打破物我关系的思维定式，摆脱融情入景、情景交融的传统，在一些诗歌中，以物为友，与物对话，开出了一片艺术的新天地。

同李益伤秋

岁去人头白，秋来树叶黄。

搔头向黄叶，与尔共悲伤。

一二句意为：岁月年复一年悄然逝去，人已白头，秋风吹拂树叶变黄。以白头对黄叶，把自然界的四季更迭与人生的岁月联系，巧妙而不露痕迹，仿佛脱口而出。最奇妙之处在于，将黄叶赋予人的生命，让黄叶成为自己的知音，懂得岁月如梭、人生易老的悲哀。三四句意为：搔头面向黄叶，与你一起悲叹伤感。全诗短短四句意在言外，用强烈的生命意识扩展表现的时空，具有更强的艺术张力。

春日登楼有怀

花正浓时人正愁，逢花却欲替花羞。

年来笑伴皆归去，今日晴明独上楼。

全诗将花作为倾诉的对象。一二句意为：鲜花盛开的时候人正愁闷，今日面对花儿却替花儿羞愧。潜台词是赏花的只有自己，自己却无心赏花。以乐写哀。三四句意为：近年来一起游玩的好友都离开了，今天春光宜人、春和景明，我却独自登楼。全诗将伤春与怀友熔为一炉，含而不露，而在伤春怀友的情调下又生发出人生聚散、身不由己，时光已逝、生命短暂的感慨。内涵丰富，外在平易，在物我关系的巧妙思索中转出了新意。

卢纶还有一类诗歌，写日常生活，却曲折含蓄，力透纸背。

与畅当夜泛秋潭

萤火飏莲丛，水凉多夜风。

离人将落叶，俱在一船中。

畅当是卢纶的知心好友，在大历诗人中卢纶与之过从甚密。这首诗写的是习见的题材。然而卢纶却突破了传统的写法，意在言外。一二句意为：萤火虫闪闪烁烁飘荡在莲花丛中，潭水清冽夜晚秋风不断。三四句意为：离别的人与带着秋日的落叶，都在这只船儿里。全诗用萤火写暗夜，以明衬托暗。一凉一多奠定了诗歌的基调，一箭多雕。将离别之意、伤秋之慨与人生聚散无常、命运多舛的内心体验融为一体，含义深邃，语出家常，不露痕迹。

随着思维自然流走，脱口而来，重视感情的自由抒发，如清泉出涧，姿态横生，不见斧凿痕迹。

寄郑七纲

小来落托复迍邅，一辱君知二十年，

舍去形骸容傲慢，引随兄弟共团圆。

羁游不定同云聚，薄宦相萦若网牵。

他日吴公如记问，愿将黄绶比青毡。

郑七纲：郑纲，排行七，此诗直接称呼名字，可能是郑纲未显达时。落托，《隋书·杨素传》："杨素字处道，弘农华阴人也。素少落拓，有大志，不拘小节，世人多未之知，唯从叔祖深异之，每谓子孙曰：'处道当逸群绝伦，非常之器，非汝曹所逮也。'"迍邅：多指处境艰难。首联意为：从小至今不得志处境多艰难，承蒙你相知后二十年来多所关心。"舍去"句，《晋书·刘伶传》："刘伶，字伯伦，沛国人也。身长六尺，容貌甚陋。放情肆志，常以同宇宙齐万物为心。澹默少言，不妄交游，与阮籍、嵇康相遇，欣然神解，携手入林。初不以家产有无介意。常乘鹿车，携一壶酒，使人荷锸而随之，谓曰：'死便埋我。'其遗形骸如此。"《世说新语·简傲》："晋文王功德盛大，坐席严敬，拟于王者。唯阮籍在坐，箕踞啸歌，酣放自若。"颔联意为：我放浪形骸、傲慢自由你能容忍，能与兄弟相随短暂团圆。羁游不定：飘零不定之意。云散：像天空的云一样四处散开。王粲《赠蔡之笃》："风流云散，一别如雨。"此指好友分别。"薄宦"句：薄宦，卑微的官职。《南史》卷七十五《隐逸传》上《陶潜传》："潜弱年薄宦，不洁去就之迹。"颈联意为：我任微官宦游四方漂泊不定，好似流云飘散。被烦琐的官务所困，好比鱼儿在网中身不由己。吴公：孝文皇帝初立，闻河南守吴公治平为天下第一，召以为廷尉。吴公荐洛阳人贾谊，帝召以为博士。其事见于《史记》和《汉书》贾谊传，吴公与李斯同邑，说明他也是上蔡人，并曾学事李斯，当过李斯的学生。此比郑纲。黄绶：古代官员系官印的黄色丝带。《汉书·百官公卿表上》："比二百石以上，皆铜印黄绶。"《汉书·朱博传》颜师古注："丞位职卑，皆黄绶。"卢纶于大历六年（771年）为阌乡尉。青毡：指祖先留下的旧物或家业。晋人王献之晚上卧睡时，有小偷入房盗物，偷尽所有物品后，献之对小偷说：偷儿，青毡我家旧物，可特置之。小偷受惊逃走。典出《晋书》卷八十《王羲之传》。尾联意为：他年如吴公一样多才的你，如果还记得问候我的情况，愿将自己的县尉代代相传。在自由舒缓的节奏中，表达了自己超越个人坎坷命运的自嘲心态。

善于用双关，使表达的意蕴包含在自然的诗歌层次中，既惜墨如金，又委婉曲折。

玩春因寄冯卫二补阙戏呈李益

（时君与李新除侍御史）

披垣春色自天来，红药当阶次第开。

萱草丛丛尔何物，等闲穿破绿莓苔。

冯补阙、卫补阙，生平事迹不详。为从七品上。披垣：意思是指皇宫的旁垣；唐代称门下、中书两省。因分别在禁中左右披，故称。红药：红芍药花，形似牡丹，可以赏玩。一二句意为：中书门下省的春色好似从天而来，台阶两边的红芍药花依次盛开。此春色既指自然界的春天忽然从天上而来，也指冯、李二人提任侍御史，是皇恩天降。侍御史官为从六品下。萱草：别名众多，有"金针""黄花菜""忘忧草""宜男草""疗愁""鹿箭"等名。三四句意为：连片的萱草你是何等的植物，随随便便就穿过了深绿的莓苔，彰显一派葱绿。既是眼前景物的描写，又借忘忧草穿过绿莓苔表达了自己不屈不挠的坚定自信。暗藏不露，令人叹服。

注意开合照应，不直接抒写主题，用内在的义脉相连，将内在意蕴包含在内。

出山逢耿湋

云雪离披山万里，别来曾住最高峰。

暂到人间归不得，长安陌上又相逢

诗约作于大历六年（771年），此时卢纶在终南山营有别业。任阌乡尉离开终南山与耿湋相逢所作。离披：分散的样子。宋玉《九辩》："白露既下百草兮，奄离披此梧楸。"一二句意为：浓云聚集，雪花飘飞，山峰连绵万里，离别终南山我曾住在最高峰。三四句意为：暂时到人间停留却不能归去，与你在长安的原野上又一次相逢。表面抒发的是对终南山的依依不舍之情，内在含有对出世为官前途难测的隐忧。

卢纶善于打破同类题材的传统思维定式，出奇制胜，思出常格。

唐诗中有"赋得……送……"的诗题格式，这是两种主题的完美结合，卢纶敢于大胆创新，突出一个主题。

赋得彭祖楼送杨德宗归徐州幕

四户八窗明，玲珑逼上清。

外栏黄鹄下，中柱紫芝生。

每带云霞色，时闻箫管声。

望君兼有月，幢盖俨层城。

据《水经注》载，彭城（今江苏省徐州市）的东北角，建有层楼，号曰彭祖楼。《列仙传》载："彭祖者，殷大夫也，姓篯名铿，帝颛顼之孙、陆终氏之中子，历夏至殷末寿八百余岁。常食桂芝，善导引行气。历阳有彭祖仙室，前世祷请风雨，莫不辄应。常有两虎在祠左右，祠讫，地即有虎迹，云后升仙而去。"杨德宗：生平事迹不详。四户，鲍照《代陈思王京洛篇》："凤楼十二重，四户八绮窗。"上清：道家所称的三清境之一，《云笈七签》卷三："其三清境者，玉清、上清、太清是也。亦名三天，其三天者，清微天、禹余天、大赤天是也……灵宝君治在上清境，即禹余天也。"此指天空。首联意为：彭祖楼四户八窗十分壮观，精美绝伦高耸入云。颔联意为：彭祖楼的栏杆外黄鹄飞下，中庭的柱子边紫色的紫芝生长。颈联意为：楼上常常带着云霞的颜色，时时听到箫管的声音。尾联意为：望着彭祖楼高耸近月，屋顶好似九重层楼。全诗写彭祖楼而略去送别，独具一格。

卢纶一些诗歌，言在此，意在彼，语意双关，耐人回味。兴元元年（784年）春天，深陷叛贼占领的长安，卢纶心中充满坚定的信念，坚信朝廷的军队能够消灭叛军、收复长安。

贼中与严越卿曲江看花

红枝欲折紫枝殷，隔水连宫不用攀。

会待长风吹落尽，始能开眼向青山。

严越卿，唐代宗时曾任吏部侍郎的严武之子。一二句意为：红花的枝条花朵繁盛，花枝欲折，紫色的花儿也竞相开放，远隔御河的宫殿，连绵不断，鲜花不用攀折。三四句意为：等待猛烈的长风将衰败的花儿吹落，花儿也可以睁开双眼，理直气壮地对视青山。全诗移情于物，以乐写哀，写哀暗含希望。情调起伏变化，用青山不老象征唐王朝一定战胜叛军。

卢纶的一些诗歌委婉含蓄，不直接说透，而是将深隽的意蕴包含在典型的意象中，耐人深思。重铺叙、重结尾寓意。

华清宫

一

汉家天子好经过，白日青山宫殿多。

见说只今生草处，禁泉荒石已相和。

二

水气朦胧满画梁，一回开殿满山香。

宫娃几许经歌舞，白首翻令忆建章。

华清宫背山面渭，倚骊山山势而筑，规模宏大，建筑壮丽，楼台馆殿，遍布骊山上下。初名"汤泉宫"，后改名温泉宫。唐玄宗更名华清宫，因在骊山，又叫骊山宫，亦称骊宫、绣岭宫。华清宫始建于唐初，鼎盛于唐玄宗执政以后。汉家天子：以汉喻唐。此指唐玄宗。好经过，《旧唐书·玄宗本纪》

下："天宝六载（747年）冬十月戊申，幸温泉宫，改为华清宫。"唐玄宗悉心经营建起如此宏大的离宫，他几乎每年十月都要到此游幸。岁末始还长安。安史之乱后，政局突变，华清宫的游幸迅速衰落，唐朝以后各代皇帝已很少出游华清宫。宫殿多：据唐代史书记载，华清宫周围建有很多宫殿。第一首一二句意为：我朝的天子唐玄宗特别喜欢来此游历，秋高气爽的时刻秋阳宜人青山历历在目，层层叠叠的宫殿巍峨耸立。见说：唐代的口语，即听说。禁泉：安史之乱以后，唐代的大臣不断进谏，君王也在吸取教训，不再去华清宫。元稹《两省供奉官谏驾幸温汤状》："累圣以来，深惩覆辙。骊宫圮毁，永绝修营。官曹尽复于田莱，殿宇半埋于岩谷。"三四句意为：听说而今的华清宫埋没在杂草丛中，不再有帝王光顾的温泉，只有与荒草丛中的山石互相和应。全诗不直接写华清宫的兴盛、华清宫的衰亡、唐代皇帝与华清宫的关系、华清宫与唐王朝兴亡之关系，全在表面客观的描写之中，笔法冷峻，含而不露。

第二首，水气朦胧：华清宫中有温泉浴池，水汽蒸腾，所以有此言。《唐语林》卷五："殿东南，汤泉凡一十八所。第一即御汤，周环数丈，悉砌白石，莹彻如玉，石面皆隐起鱼龙花鸟之状。四面石座，阶级而下，中有双白石瓮，连腹异口。瓮中复植双白石莲，泉眼自莲中涌出，注白石之面。"第二首第一二句意为：当年的华清宫水汽蒸腾，充满雕梁画栋，只要殿门打开满山飘荡着香气。宫娃：宫女。王维《从岐王夜宴卫家山池应教》诗："座客香貂满，宫娃绮帐张。"翻令：反使。建章：汉武帝刘彻于太初元年（前104年）建造的宫苑。此代指华清宫。三四句意为：华清宫的宫女经历了多少次的歌舞盛宴，而今满头白发的她们，却在回忆华清宫的往昔。

这些白头的宫女见证了华清宫的兴盛、华清宫的衰亡，也见证了唐朝的兴盛与衰亡。而今他们是在回忆唐玄宗的开元盛世还是后期的昏庸导致的安史之乱。是在感叹唐玄宗给了她们荣宠，也耗尽了她们的青春，无限的意蕴尽在不言中。这直接启迪了元稹《行宫》：

寥落古行宫，宫花寂寞红。

白头宫女在，闲坐说玄宗。

　　宫女们年轻时曾个个都是花容月貌，娇姿艳质，这些美丽的宫女被禁闭在这冷落的古行宫之中，看着宫花，花开花落，年复一年，青春消逝，红颜憔悴，白发频添，如此被摧残，往事不堪重省。然而，她们被禁闭冷宫，与世隔绝，别无话题，却只能回顾天宝时代玄宗遗事，此景此情，令人凄绝。凄凉的身世，哀怨的情怀，盛衰的感慨，全在二十个字之内。她们有无限的说不完的唐玄宗。所以宋洪迈《容斋随笔》卷二说这首诗"语少意足，有无穷之味"。洪迈却没有注意到卢纶的首创之功。

江北忆崔汶

夜问江西客，还知在楚乡。

全身出部伍，尽室逐渔商。

晴日游瓜步，新年对汉阳。

月昏惊浪白，瘴起觉云黄。

望岭家何处，登山泪几行。

闽中传有雪，应且住南康。

　　江北：长江以北。崔汶为崔璟之子。江西：此指江南西道。古时均属南楚。一二句意为：夜晚问询在江西的客居之人，知道他仍然在楚乡。点出崔汶漂泊异乡。三四句意为：你自己是部伍出身，现在却在渔商聚集的地方漂泊。五六句意为：晴空万里的时候在瓜步山游历，新年的时候已经到了汉阳。月昏：月晕。王褒《关山月》："风多晕欲生。"李白《横江词》："月晕天风雾不开。"瘴：瘴气。热带山林中的湿热之气，古人认为能使人生病。七八句意为：月晕之时江浪滔天，瘴气升腾的时候天空的云也被染黄。望岭，宋玉《九辩》："憭慄兮若在远行，登山临水兮送将归。"九十句意为：望望眼前连绵的山岭，家在哪里？登山远眺仍然望不到，眼泪汪汪流了多少行。闽中：即今天的福建省。唐代史书记载其距离长安五千多里。南康：虔州南康郡有南康县，在今江西省赣州市西南。末尾二句意为：传说闽中已经寒冷飘雪，应当暂时住在南康为好。全诗以地名作为连接感情脉络的纽带。卢纶也随崔汶的游踪而激荡，随地名的推移，表达了对友人多侧面、多角度的关心与思念。

第八章　奇妙新颖的艺术想象

在大历诗人中，卢纶诗歌最富有奇思妙想，这不仅仅表现在具体的诗句中，更为突出的是在人们认为无法施展诗才的题材中，想落天外，妙喻无穷，令人叹服。

和赵给事白蝇拂歌

华堂多众珍，白拂称殊异。

柄裁沉节香袭人，上结为文下垂穗。

霜缕霏微莹且柔，虎须乍细龙髯稠。

皎然素色不因染，淅尔凉风非为秋。

群蝇清苍恣游息，广庑万品无颜色。

金屏成点玉成瑕，昼眠宛转空咨嗟。

此时满筵看一举，荻花忽旋杨花舞。

眘如寒隼惊暮禽，飒若繁埃得轻雨。

主人说是故人留，每诫如新比白头。

若将挥玩闲临水，愿接波中一白鸥。

这是一首唱和诗，本来就不好写，题材又歌咏一个小物件。赵给事，赵涓，《旧唐书·赵涓传》："赵涓，冀州人。幼有文学。天宝初，举进士，补偃城尉。累迁监察御史，右司员外郎。河南副元帅奏充判官。授检校兵部郎中，兼侍御史，迁给事中、太常少卿，出为衢州刺史。永泰初，涓为监察御史，时禁中失火，烧屋室数十间，火发处与东宫稍近，代宗深疑之。涓为巡使……乃上直中官遗火所致也。……既奏，代宗称赏之。德宗时在东宫，常感涓究理详细。"德宗时曾拜尚书左丞。兴元元年（784 年）卒。给事，给事中。属于门下省。正五品上。职责为分判本省日常事务，具体负责审议封驳诏敕章奏。一二句意为：华丽的厅堂里有许多珍宝，驱赶苍蝇的白拂最为奇异。三四句意为：巧裁沉香木节作为拂柄，拂柄上花纹美妙，下面垂下拂穗。五六句意为：像白霜一样闪亮又无比柔滑，细如虎须龙鬐又紧密。七八句意为：明亮的白色没有染成华丽的颜色，挥起白拂时便会有秋天一样的丝丝凉风。古人把蝇分为两类：一类是青蝇；一类是苍蝇。九十句意为：一群青蝇苍蝇恣意横行在房间里或飞或停，厨房中的万种食物都失去了原有的颜色。十一十二句意为：金色的屏风遍布污点，美玉染上瑕疵。白天午休时，在头上飞来飞去家人空叹无奈。十三十四句意为：在这个时候只要看到宴席上白拂一挥，像芦苇花在旋飞、柳絮在飘舞。十五十六句意为：呼的一声像寒冬中的飞鹰惊起了夜晚的鸟儿，横扫蝇群，好似忽然而至的微雨扫去了尘埃。"每诚"句，卓文君《白头吟》："皑如山上雪，皎若云间月。闻君有两意，故来相决绝。今日斗酒会，明日沟水头。躞蹀御沟上，沟水东西流。凄凄复凄凄，嫁娶不须啼。愿得一心人，白头不相离。"十七十八句意为：主人告诉我这是故人所留存的宝贝，时间虽然长久，但是看来很新，要陪伴自己直到白头。十九二十句意为：假若挥玩之时在水边，就好似水里飞来了一只白鸥。

一个小小的白蝇拂，生发出如此绝妙的奇思幻想，令人称奇。

善于在平淡且前人写熟的题材中翻出新意，是卢纶独出心裁的最生动体现。

河中府崇福寺看花

闻道山花如火红，平明登寺已经风。

老僧无见亦无说，应与看人心不同。

河中府，属河东道，在今山西省永济市。崇福寺，在蒲州南九十里。一二句意为：听说崇福寺周围的山花像火一样红，在清晨登寺已经感受到微寒的山风。三四句，形象地演绎《维摩诘所说经·观众生品》："尔时，文殊师利问维摩诘言：'菩萨云何观于众生？'维摩诘言：'譬如幻师，见所幻人。菩萨观众生为若此。如智者见水中月，如镜中见其面像；如热时焰，如呼声响，如空中云，如水聚沫，如水上泡；如芭蕉坚，如电久住，如第五大，如第六阴，如第七情，如十三入，如十九界，菩萨观众生为若此。如无色界色，如燋谷芽，如须陀洹身见，如阿那含入胎，如阿罗汉三毒，如得忍菩萨贪恚毁禁，如佛烦恼习，如盲者见色，如入灭尽定出入息，如空中鸟迹，如石女儿，如化人烦恼，如梦所见已寤，如灭度者受身，如无烟之火，菩萨观众生为若此。'"三四句意为：老僧早悟得色空之理，火红的山花也是虚幻的，见也不见，也无需言说，与普通看花人心境不同。虽然沈约有"山樱发欲燃"（《早发定山》），但是卢纶更加生动新颖，深入人心，我们现在的读者已经司空见惯的比喻，它最早的想象者是多么富有智慧，把鲜花争相盛开时的繁盛浓烈表现得十分充分。凭这一点此诗已经十分精彩了。但是卢纶反面着笔，不写春天的心旷神怡，不写春天的诗人遐想联翩，却就花开之地生发出富有哲理的思考，出人意料。

陈翊中丞东斋赋白玉簪

美矣新成太华峰，翠莲枝折叶重重。

松阴满涧闲飞鹤，潭影通云暗上龙。

漠漠水香风颇馥，涓涓乳溜味何浓。

因声远报浮丘子，不奏登封时不容。

陈翊中丞，陈翊早年为郭子仪幕僚，后入浑瑊幕，与卢纶有交情。此诗作于贞元年间。白玉簪：假山如玉簪。太华峰，指西岳华山。《陕西通志》卷八："（华山）高七千丈，周回二十里。山顶有池，生千叶莲花，因名华山。

以西有少华山，故曰太华。"翠莲：状假山之形。首联意为：多么美丽啊，新落成的园林假山名曰太华峰，峰上翠莲盛开枝叶重重叠叠。颔联意为：松树的影子洒满涧水，白鹤自由自在地飞翔，潭水上连云气仿佛有游龙飞动。漠漠：云烟密布的样子。颈联意为：云烟密布的潭水飘来香气，好似涓涓的乳汁甘甜宜人。浮丘子：古代仙人。此比陈翃。古时帝王常登山而封禅。尾联意为：就此立刻通报浮丘子，不奏请圣上来封禅恐怕时人不得容忍。题材写的是假山，卢纶展开想象的翅膀自由飞翔，驰骋在雄伟的华山与假山之间，不知假山是华山，还是华山浓缩成假山。在狭小的空间中形成咫尺应须论万里之势。又巧妙地用三对叠字回旋，自然流走。

善于自由地从主题生发无穷遐想，仿佛离题很远，匪夷所思；但凝神细想，又觉十分合理。变幻莫测，妙绪纷披。

萧常侍瘿柏亭歌

柏之异者山中灵，何人断绝为君亭。

云翻浪卷不可识，鸟兽成形花倒植。

莓苔旧点色尚青，霹雳残痕节犹黑。

金貂主人汉三老，构此穷年下朝早。

心规目制不暂疲，匠者受之无一词。

清晨拂匣菱生镜，落日凭阑星满池。

攒甍斗拱无斤迹，根瘿联愿同素壁。

数层乱泻云里峰，万片争呈雪中石。

重帘不动自飘香，似到瀛洲白玉堂。

水精如意刁金色，云母屏风透掩光。

四阶绵绵被纤草，草上依微众山道。

松间汲井烟翠寒，洞里围棋天景好。

愚儒敢欲贺成功，鸾凤栖翔固不同。

应念废材今接地，一枝思寄户庭中。

萧常侍，萧昕，河南人。常侍，散骑常侍，正三品下，职责为规谏过失，侍从顾问。萧昕累官司门郎中、中书舍人、秘书监。曾出使回纥，论辩得体。瘿，树木节疤。瘿柏亭，指用节疤的古柏雕琢之亭。第一句用《抱朴子》之典，书中说："千岁松柏，四边枝起，上杪不长，望而视之，有如偃盖。其中有物，或如青牛，或如青羊，或如青犬，或如青人，皆寿千岁。"一开笔就从古柏生发奇想，第二句点题，引发读者强烈的阅读欲望。一二句意为：奇异的古柏是山中的精灵，是何人断开，造成您的亭子？倒植，即反植。根在上而叶在下。三四句意为：亭子上云翻浪卷，令人难以相信，成形的鸟兽鲜花反植。霹雳，指雷电。五六句意为：亭上莓苔点点，颜色仍是青色，雷劈电击的残痕仍在疤节黝黑。金貂主人，此指萧昕。唐代散骑常侍皆金蝉，珥貂。汉三老，此代指萧昕。汉代称老年致仕的人。萧昕，贞元七年（791年）卒，此诗写于建中初，此时萧昕已七八十岁，故云。七八句意为：戴着貂饰的主人，就如同汉代的三老，为营构此亭经年累月费尽心力早早退朝。九十句意为：设计精心，施工时认真检查，不知疲倦，工匠对主人的高要求没有一丝一毫的违背。菱生镜，用庾信《镜赋》："临水则池中月出，照日则壁上菱生。"十一十二句意为：清晨仿佛刚刚打开明镜，水边的亭子倒映在菱花丛中。夜晚，落日之中凭栏远望，星星满池。甍，屋脊。攒甍，亭脊连成一气。斗拱，建筑物的弧形承重结构。无斤迹，用《庄子·徐无鬼》的典故，庄子送葬，经过惠子的墓地，回过头来对跟随的人说："郢地有个人让白垩泥涂抹了他自己的鼻尖，像蚊蝇的翅膀那样大小，让石匠用斧子砍削掉这一小白点。石匠挥动斧子呼呼作响，漫不经心地砍削白点，鼻尖上的白泥完全除去而鼻子却一点也没有受伤。郢地的人站在那里也若无其事不失常态。宋元君知道了这件事，召见石匠说：'你为我也这么试试。'石匠说：'我确实曾经能够砍削掉鼻尖上的小白点。虽然如此，我可以搭配的伙伴已经死去很久了。'自从惠子离开了人世，我没有可以匹敌的对手了！我没有可以与之论辩的人了！"十三十四句意为：瘿柏亭结构巧妙入神，看不到一点雕琢的痕迹。节疤的根须雕琢后犹如素面平整。十五十六句意为：柏亭上从云海中涌出层层叠叠的山峰，万片的雪中石呈现在眼前。瀛洲，《史记·秦始皇本纪》："海中有三神山，名曰蓬莱、方丈、瀛洲，仙人居之。"白玉堂，东方朔《十洲记》载瀛洲有玉石，高千丈。阴铿《赋咏得神仙》："罗浮银是殿，瀛洲玉作堂。"江总《杂曲三首》："殿内一处起金房，便胜余人白玉堂。"十七十八句意为：重重的帷幕未打开，从室内散发出香气，仿佛到了仙境瀛洲的白玉堂。十九二十句意为：堂中的水晶如意金光闪烁，云母雕饰的屏风透出诱人的光彩。二十一二十二句意为：四周的台阶被绵绵的绿草覆盖，草上依稀可以辨认出上山的道路。洞里围棋，《初学记》卷五引刘义庆《世说新语》："嵩高山北有大穴，晋时有人误堕穴中，见二人围棋，下有一杯白饮，与堕者饮，气力十倍。棋者曰：'从此西行有天井，其中有蛟龙，但投身入井，自当出，若饿，取井中物食之。'堕者如言，可半年，乃出蜀中，归洛下，问张华，华曰：'此仙馆，夫所饮者玉浆，所食者龙穴石髓。'"二十三二十四句意为：在松间从山井中汲水，四周翠色森森，洞里仙人在下围棋，一派景色幽美的神仙境界。最后四句既写自己对主人的赞誉，又点作诗意图，便是水到渠成，毫不突兀。结尾一箭三雕，既赞美其化臭腐为神奇，又赞美其为官为人。同时暗示萧常侍既能使废材变为珍奇，又有何惜汲引自己。一枝既是自己的诗歌，又指自己的一点小欲求。暗用《庄子·逍遥游》："鹪鹩巢于深林，不过一枝。"二十五二十六句意为：作为一介迂腐儒生的我，哪敢庆贺你为官事业有成，致仕后潇洒优雅，如鸾鸟凤凰所居之处与众不同，你的瘿柏亭的确是鹤立鸡群。末尾二句意为：柏树病瘿，本是废材命运，巧借你接了地气，我的诗歌仿佛也成为亭中的一枝绿色。述说了其由废材变宝物的原因，结尾点题，自己也希望像瘿柏一样得到萧常侍眷顾推荐。

全诗有咫尺千里之势，在小小的空间展现丰富的境界。想象十分丰富，语言挥洒自如。巧妙而不卑微的表达，令人叫绝。收放自由，又内在紧凑。

善于冲破时空的限制，在平淡无奇的题材中含蕴丰富的内容，抓住一点生发新奇的想象，创造广阔的时空境界。

新茶咏寄上西川相公二十三舅大夫二十四舅

三献蓬莱始一尝，日调金鼎阅芳香。

贮之玉合才半饼，寄与阿连题数行。

西川相公二十三舅，指韦皋，《旧唐书·韦皋传》："贞元十二年（796年）二月，就地加授中书门下平章事。"诗称相公，当作于此年或稍后。大夫二十四舅，似指韦肇。韦肇贞元十二年为御史大夫。蓬莱：蓬莱宫，皇帝所住之地，代指皇帝。《新唐书·地理志》："高宗以风痹，厌西内湫湿，龙朔二年始大兴葺，曰蓬莱宫。"三献，赵彦卫《云麓漫钞》卷四："故事，湖州紫茶以清明日到，先荐宗庙，后分赐近臣。"唐代蜀地茶很出名，《唐国史补》卷下："风俗贵茶，茶之名品益众。剑南有蒙顶石花，或小方，或散牙，号为第一。"日调，刘禹锡《西山兰若试茶歌》："山僧后檐茶数丛，春来映竹抽新茸。宛然为客振衣起，自傍芳丛摘鹰觜。斯须炒成满室香，便酌砌下金沙水。骤雨松声入鼎来，白云满碗花徘徊。悠扬喷鼻宿醒散，清峭彻骨烦襟开。阳崖阴岭各殊气，未若竹下莓苔地。炎帝虽尝未解煎，桐君有箓那知味。新芽连拳半未舒，自摘至煎俄顷余。木兰沾露香微似，瑶草临波色不如。僧言灵味宜幽寂，采采翘英为嘉客。不辞缄封寄郡斋，砖井铜炉损标格。何况蒙山顾渚春，白泥赤印走风尘。欲知花乳清泠味，须是眠云跂石人。"可以了解唐代饮茶状况，并是此诗很好的注释。金鼎：茶器的美称。一二句意为：多次献给皇帝新茶后自己才能尝一尝，每天在精美的茶具里精心冲泡尽情享受着它的清香。半饼：唐宋时常常将名茶制作成饼状。欧阳修《归田录》卷二："茶之品莫贵于龙凤，谓之团茶。凡八饼重一斤。"韦皋将蜀茶进献朝廷后，剩余一部分自己饮用，分半饼给卢纶。阿连，谢惠连的小名。谢灵运与谢惠连的父亲同辈，卢纶写给自己的舅舅故用谢惠连作比。三四句意为：放在精美的茶盒里才半饼，寄给你的外甥品尝题诗数行。

全诗不写茶的形状、茶的采摘等，只写茶的名贵，写舅舅寄茶，既然如此名贵之茶，可见情深意浓，最后点题。结构巧妙完整，从茶的名贵生发诗思，能出新意。

赠别李纷

头白乘驴悬布囊，一回言别泪千行。

儿孙满眼无归处，唯到尊前似故乡。

　　第一二句意为，头发全白仍悬挂一布囊，一回离别故乡后泪洒千行。三四句意为：儿孙满眼难以归乡，只有到了酒樽前才好像回到家乡。写尽李纷困顿的人生境遇，有故乡难归，一何其少，千行泪何其多！而有家难归只能把酒乡当故乡。写酒后的幻觉，似幻实真，思出常格。

　　卢纶善于用奇妙的艺术想象，把不同时空的历史典故和前人的诗歌语言与自己的表现对象融为一体，仿佛都是自己的思维结晶。

酬李叔度秋夜喜相遇因伤关东僚友丧逝见赠

寒月照秋城，秋风泉涧鸣。

过时见兰蕙，独夜感衰荣。

酒散同移疾，心悲似远行。

以愚求作友，何德敢称兄。

谷变波长急，松枯药未成。

恐看新鬓色，怯问故人名。

野泽云阴散，荒原日气生。

羁飞本难定，非是恶弦惊。

　　李叔度，司封郎中，曾为李晟行军司马。关东：函谷关以东。今河南山东等地。一二句意为：凄寒的月光照在秋日的城中，秋风中山涧中的泉水哗哗流淌。"过时"句，《古诗十九首》："伤彼蕙兰花，含英扬光辉。过时而不采，将随秋草萎。"感衰荣，宋玉《九辩》："离芳蔼之方壮兮，余萎约而悲愁。"三四句意为：过了盛开的季节见到了凋谢兰蕙，独自在秋夜感叹衰荣无定。移疾，《汉书·公孙弘传》："（弘）使匈奴，还报，不合意。……弘乃移病免归。"颜师古注："移病，谓移书言病也。""心悲"句，宋玉《九辩》："悲哉秋之为气也！……憭慄兮若在远行，登山临水送将归。"五六句意为：自从酒后离别，好友分散各处，都生了病，心情惆怅万分好似远行。七八句意为：因为我自身的愚钝，只求兄弟们作为朋友，我有何德何能敢让大家称我为兄？"谷变"句，《诗经·小雅·十月之交》："百川沸腾，山冢崒崩。高岸为谷，深谷为陵。哀今之人，胡憯莫惩！"九十句意为：人事沧桑，陵谷变迁，江河水日夜奔流。千年松树已经枯死，长生丹药仍然没有炼成。十一十二句意为：生怕天天见到鬓边白发新生，内心恐怯，怕问旧友现状，担心又有人故去。十三十四句意为：野泽中云聚云散，阴晴不定，荒凉的原野里，太阳光照耀得热气升腾。恶弦惊，《战国策·楚策四》："更羸与魏王处京台之下，仰见飞鸟。更羸谓魏王曰：'臣为王引弓虚发而下鸟。'魏王曰：'然则射可至此乎？'更羸曰：'可。'有间，雁从东方来，更羸以虚发而下之。魏王曰：'然则射可至此乎？'更羸曰：'此孽也。'王曰：'先生何以知之？'对曰：'其飞徐而鸣悲。飞徐者，故疮痛也；鸣悲者，久失群也，故疮未息，而惊心未至也。闻弦音，引而高飞，故疮陨也。'"末尾二句意为：像漂泊中的鸟儿行踪不定，并不是受弓响的惊吓！前人的比兴象征、妙喻佳构，全部融入了自己的整体艺术想象之中，如雪溶于水。

卢纶善于在前人直接表现的基础上进行拟人化想象，生发出新颖的艺术境界。

秋幕中夜独坐迟明因陪陈翊郎中
晨谒上公因书即事兼呈同院诸公

风凄露泫然，明月在山巅。

独倚古庭树，仰看深夜天。

叶翻萤不定，虫思草无边。

南舍机杼发，东方云景鲜。

簪裘肃已整，车骑俨将前。

百雉拱双戟，万夫尊一贤。

琳琅多谋蕴，律吕更相宣。

晓桂香浥露，新鸿晴满川。

熙熙造化功，穆穆唐尧年。

顾己草同贱，誓心金匮坚。

蹇辞惭自寡，渴病老难瘳。

书此更何问，边韶唯昼眠。

幕：指浑瑊幕。陈翃郎中：此时为浑瑊幕僚。迟明：黎明，天快亮的时候。上公：浑瑊。兴元元年（784 年）年秋天，浑瑊平朱泚之乱，加封咸宁郡王。"风凄"句，潘岳《秋兴赋》："月朣胧以含光兮，露凄清以凝冷。"泫然：流泪的样子。《礼记·檀弓上》："孔子泫然流涕，曰：'吾闻之：古不修墓。'"卢纶此处把人的流泪比作露下，想象新颖。"明月在"不用出、挂、照，也是一种拟人化的表达。一二句意为：风声凄清，露水如眼泪流下，明月在高高的山巅俯瞰着人间。三四句意为：我独自依偎在古庭的大树之下，仰望深秋辽阔的夜空。五六句意为：秋日的树叶逐渐飘落，萤飞不定，秋天的虫子在无边的草地上深思。虫子被赋予人的感情，多愁善感。七八句意为：天色逐渐转明，南舍中传来纺织的声音，东方的云彩渐渐清晰地在晨曦中发出光彩。簪裘：唐时朝服有冠帻缨簪等。卢纶与陈翃准备谒见浑瑊，所以已经将衣服穿戴得整齐。九十句意为：穿戴整齐朝服等待主人，车马整齐俨然地排列在大门前的路上。百雉：指城墙的长度达三百丈。是春秋时国君的特权。雉，古代计算城墙面积的单位。长三丈高一丈为一雉。此指河中府治地河东。双戟：指戟分列门之两旁。此赞扬浑瑊的非凡军功。十一十二句意为：百雉长的城墙里武士威严排列两边，千军万马尊崇功绩盖世的贤达上公您。琳琅：比喻优美珍贵的东西。多谋蕴，《晋书·杜预传》："预在内七年，损益万机，不可胜数，朝野称美，号曰'杜武库'，言其无所不有也。"律吕：古代用竹管制成的校正乐律的器具，以管的长短（各管的管径相等）来确定音的不同高度。从低音管算起，成奇数的六个管叫作"律"；成偶数的六个管叫作"吕"。后来用"律吕"作为音律的统称。此喻君臣相得。《史记·田敬仲完世家》："驺忌子曰：'夫大弦浊以春温者，君也；小弦廉折以清者，相也；攫之深而舍之愉者，政令也；钧谐以鸣，大小相益，回邪而不相害者，四时也。夫复而不乱者，所以治昌也；连而径者，所以存亡也：故曰琴音调而天下治。夫治国家而弭人民者，无若乎五音者。'"十三十四句意为：您满腹经纶多谋略，君臣相和更利于国家。十五十六句意为：早晨的桂树飘香，桂叶上挂着晶莹的露水，新来的鸿鸟在川原的晴空飞翔。熙熙：温和欢乐的样子。穆穆：端庄恭敬。十七十八句意为：温和欢乐，国泰年丰，感谢造化之功，社会和谐安宁好似唐尧盛世。誓心，《周易·系辞上传》："二人同心，其利断金。"十九二十句意为：回想自己像草一样贫贱，立誓辅佐上公建立新功。塞辞：指自己这首诗。渴病：指糖尿病。二十一二十二句意为：我惭愧自己的这首诗水平拙劣，糖尿病老来仍难以痊愈。边韶，《后汉书·文苑传》："边韶字孝先，陈留浚仪人也。以文章知名，教授数百人。韶口辩，曾昼日假卧，弟子私嘲之曰：'边孝先，腹便便。懒读书，但欲眠。'韶潜闻之，应时对曰：'边为姓、孝为字。腹便便，五经笥。但欲眠，思经事。寐与周公通梦，静与孔子同意。师而可嘲，出何典记？'嘲者大惭。韶之才捷皆此类也。"末尾二句意为：写这些更有何意，难能有边韶当年的才华。

题金吾郭将军石伏茅堂

云戟曙沉沉，轩墀清且深。
家传成栋美，尧宠结茅心。
玉佩多依石，油幢亦在林。
炉香诸洞暖，殿影众山阴。
草奏风生笔，筵开雪满琴。
客从龙阙至，僧自虎溪寻。
萧洒延清赏，风流会素襟。
终朝息尘步，一醉间华簪。

金吾：金吾卫。左右金吾卫大将军各一员，正三品。郭将军：郭子仪之子郭曙。《新唐书·郭子仪传》："德宗幸奉天，曙方领家兵猎苑北，闻跸至，伏谒道左，遂从乘舆入骆谷。霖雨涂潦，卫兵或异语。帝召谓曰：'朕不德而苦公等，宜执朕送朱泚，以谢天下。'诸将皆感泣曰：'愿死生从陛下。'时曙与功臣子李昇、韦清、令狐建、李彦辅被甲请见，言曰：'南行路险，且虞奸变。臣等世蒙恩，今相誓，愿更挟帝马。'许之。帝还，曙、清擢金吾大将军，余并为禁军将军。"云戟：按照唐代官制三品以上官门各十戟。墀：台阶。一二句意为：在清晨，直插云霄的戟，使大将军所在地庄重肃穆，长长的台阶通向清净而深邃的茅堂。家传句，《旧唐书·郭子仪传》："史臣曰：天宝之季，盗起幽陵，万乘播迁，两都覆没。天祚土德，实生汾阳。自河朔班师，关西殄寇，身扞豺虎，手披荆榛。七八年间，其勤至矣，再造王室，勋高一代。及国威复振，群小肆谗，位重恳辞，失宠无怨。不幸危而邀君父，不挟憾以报仇雠，晏然效忠，有死无二，诚大雅君子，社稷纯臣。自秦、汉已还，勋力之盛，无与伦比。而晞、暖于缧绁之中，拔身虎口，赴难奉天，可谓忠孝之门有嗣矣。"尧宠，《韩非子·五蠹》："尧之王天下也，茅茨不剪，采椽不斫。"三四句意为：家传忠烈，成一门国家栋梁之材，受浩荡皇恩，谦恭甚有古风。玉佩，《旧唐书·舆服志》："三品兼有纷、鞶囊，佩于革带之后，上加玉佩。"油幢，《开元天宝遗事》卷下"油幕"："长安贵家子弟，每至春时，游宴供帐于园圃中，随行载以油幕，或遇阴雨，以幕覆之，尽欢而归。"五六句意为：玉佩在游玩时多放在石上，夜宿野外可见一座座油幕。七八句意为：殿内火炉飘香，能使周围的山洞温暖，群殿的背影，使众山在其阴影之中。极尽想象夸张之能事。雪满琴：谓其能奏《白雪》之曲。宋玉《对楚王问》："其为《阳阿》《薤露》，国中属而和者数百人，其为《阳春》《白雪》，国中属而和者不过数十人而已。"嵇康《琴赋》："尔乃理正声，奏妙曲。扬白雪，发清角。"李善注引《淮南子》："师旷奏《白雪》而神禽下。"据《旧唐书·音乐志》记载：自宋玉以后的一千多年间，没有人能歌《白雪》之曲。永徽六年（655 年）太常丞吕才造琴歌《白雪》等曲，唐高宗制歌辞十六首，编入乐府。九十句意为：当你起草奏章的时候笔下生风，开筵的时候奏的是高雅的《白雪》之曲。对仗工整，旧典中生发出新的意蕴，一语双关。龙阙：此指宫禁。虎溪：在今江西九江庐山东林寺前。十一十二句意为：拜访的客人都是从宫廷中出来，交往的僧人只能去虎溪中找到。"风流"与"萧洒"、"素襟"与"清赏"都是互文。十三十四句意为：客人们潇洒出尘雅兴高超，风流聚会令人仰慕。末尾二句意为：下朝后停息了尘世奔波的脚步，一醉之间，忘却了官场的烦恼。

大隐隐于市，一个小小茅堂，生发出如此多的联想，令人叫绝。

第九章 细致入微的审美视觉

卢纶虽然在大历中是最具有盛唐风韵的诗人，他的诗歌不乏豪迈奔放之作，也有气象阔大的境界。然而，其最具特色的还是以描写细致观察入微著称的诗作。

盛唐诗人强烈的主体意识，以情取景，景因情生，突出的是情。意象成为抒发情感的对应物，或把意志情感通过典型的物象来象征。卢纶的许多诗歌，在细致的景物描写中创造情景交融的意境。虽然情感的冲击力没有盛唐诗强烈，但深入细致自有风味。如果说盛唐诗是长江黄河奔流入海，气势磅礴，卢纶的诗歌则如桂林山水，清新美艳，韵味隽永。春兰秋菊各有姿态，不能以一个审美标准来衡量。对于卢纶的诗歌，文本细读，走进其诗歌的世界，才能领略其独特的审美个性。

春日山中忆崔峒吉中孚

延步爱清晨，空山日照春。

蜜房那有主，石室自无邻。

泉急鱼依藻，花繁鸟近人。

谁言失徒侣，唯与老相亲。

此诗为卢纶在周至终南山别业思念自己的好友崔峒、吉中孚而作。延步，散步。首联意为：清晨的山中是诗人最倾心的时刻，自由地走在山中的小路上。静静的山中春日阳光温暖宜人。蜜房，即蜂房，此指隐士的居所。左思《蜀都赋》："蜜房郁毓被其阜。"石室，《水经注》卷十八："芒水出南山芒谷，北流径玉女房。水侧山际有石室，世谓之玉女房。芒水又北径盩厔县之竹圃中，分为二水。"颔联意为：山居哪有主人，石室也没有邻居。颈联意为：湍急的清泉中，鱼儿依倚在藻类植物里；山花盛开，一派争奇斗艳，山中的鸟儿在人身旁自由地飞来飞去，一派天籁。尾联意为：谁说我没有好友相伴，山中的一草一木，花儿、鱼儿、鸟儿，山中的一切，触目都是我的亲密伙伴。全诗结构特别奇特，采取倒置手法。本意是写思念，主要笔墨却写自己在终南山悠然自得的独特的山水之乐。不写思念，但是独享山中之乐，不是友人离去吗？意在言外，不写之写，才别有妙处。诗人在最后一联才淡淡地点出思念之意，巧妙新颖。

全诗的笔墨省净，但是写山中景色细微精准，生动传神。突出幽静空灵的意境。空山、那有主、自无邻、鸟近人等，多么悠然寂静，远离人事的浮华。无不体现了作者逼真的生命体验、细微的审美嗅觉。

同崔峒补阙慈恩寺避暑

寺凉高树合，卧石绿阴中。
伴鹤惭仙侣，依僧学老翁。
鱼沉荷叶露，鸟散竹林风。
始悟尘居者，应将火宅同。

崔峒，大历年间任补阙。慈恩寺，长安名胜。"寺凉"句，据历史记载，当时慈恩寺南邻黄渠，周围绿水荡漾，翠竹森森，是长安最清凉之地，为避暑的最佳选择。首联意为：慈恩寺隐藏在群林高树之下，在炎热的夏天，散发出诱人的清凉。诗人舒适地躺在绿荫覆盖的石条上，逍遥自在。颔联意为：周围有白鹤相伴，是多么悠闲，恐怕连神仙都自愧不如，自己跟随寺庙里的高僧学习佛法，犹如老翁，有了几分看破世事的清净。颈联更是以景色表达自己禅悦的超然心境。平静的水面遍布香远益清的荷花，荷叶上滚动着露珠，鱼儿在水里自由自在地游嬉。风轻轻地吹过竹林，传出悦耳的清音，原来是一群自由的鸟群飞来，又四散而去。一派自然、宁静、祥和的天地，如同诗人的禅心。火宅，多用以比喻苦难重重的尘世。《法华经·譬喻品》："三界无安，犹如火宅，众苦充满，甚可怖畏，常有生老病死忧患，如是等火，炽然不息。"尾联直接切入自己的思想，一是认同尘世间游走如处火宅，无处为安。表达了自己愿意出离的心情。另一方面也可以理解为应该将火宅般的尘居与现在的寺院清凉生活统一起来，而不分别执着。只要本心清净，处处都是净土。该诗表达了诗人体悟禅理的愉悦心境。

春日题杜叟山下别业

白鸟群飞山半晴，渚田相接有泉声。

园中晓露青丛合，桥上春风绿野明。

云影断来峰影出，林花落尽草花生。

今朝醉舞同君乐，始信幽人不爱荣。

杜叟，钱起《山斋读书寄时校书杜叟》："日爱蘅茅下，闲观山海图。幽人自守朴，穷谷也名愚。倒岭和溪雨，新泉到户枢。丛闲齐稚子，蟠木老潜夫。忆戴差过剡，游仙惯入壶。濠梁时一访，庄叟亦吾徒。"可知杜叟是好道的隐士。渚田：水边之田，因别业在山下，故近渚田。首联意为：山峰一半阴一半晴，山间成群的鸟儿自由地飞翔，水边的农田一块连一块，泉水叮咚。颔联意为：别业中青色的树叶草叶上的晨露晶莹圆润，走在桥上迎面的春风宜人，大地一片翠绿。颈联意为：云彩的影子断开后，山峰的影子出来了，树林中的花落了，草丛中百花盛开。尾联意为：今朝在你的别业中乘酒而舞，与君同乐，才深深地懂得隐居之士不爱人世的荣华。

全诗准确把握春天景物的变化，有一天之间的瞬间变化，有几天的变化。而之所以观察如此细腻，缘于卢纶对大自然的独特敏感。胡以敏《唐诗贯珠》卷三十七："初晴则鸟雀喧翔，露重则草欹，'合'字用得妙。春风在桥上吹人，另有一种澹荡，且可顾瞻四野。映水轻明，琢炼不浅。五、六承'绿野'，写得笔恣意满。结以'幽人'而收幽景。'始信'二字承上来。"

酬苗员外仲夏归郊居遇雨见寄

雷响风仍急，人归鸟亦还。

乱云方至水，骤雨已喧山。

田鼠依林上，池鱼戏草间。

因兹屏埃雾，一咏一开颜。

苗员外：苗发，唐代诗人。字、号、生卒年及生平均不详，唐玄宗天宝末前后在世，潞州壶关人，大历十才子之一，工诗。初为乐平令，授兵部员外郎，迁驾部员外郎，仕终都官郎中，发常与当时名士酬答，但诗篇传世颇少。"人归"句：《北史·王宪传》载王晞为官，每登临山水，以谈宴为事，诣晋祠，赋诗曰，"日落应归去，鱼鸟见留连。"首联意为：轰隆隆的雷声不断，风吹得急，在外的人匆匆归家鸟儿也归巢。颔联意为：纷乱的雨云刚刚聚集形成雨水，骤雨已经很快打在山中的树木草丛，雨声连绵喧闹。颈联意为：田鼠窜入树林之中，池中的鱼儿在水草间游戏。尾联意为：一场大雨扫去了尘埃，一边写诗一边开心观赏。源于细致的审美观察，全诗动字锤炼特别准确，富有表现力。至、喧、依特见功力。

孤松吟酬浑赞善

深山荒松枝，雪压半离披。

朱门青松树，万叶承清露。

露重色逾鲜，吟风似远泉。

天寒香自发，日丽影常圆。

阴郊一夜雪，榆柳皆枯折。

回首望君家，翠盖满琼花。

捧君青松曲，自顾同衰木。

曲罢不相亲，深山头白人。

　　浑赞善：浑瑊之子。赞善：赞善大夫，在唐为正五品上，东宫属官。离披：分散的样子。宋玉《九辩》："白露既下百草兮，掩离披此梧楸。"一二句意为：深山中的层层积雪压低荒松，枝条显得分散。一下笔咏物实是自比。朱门：古代王侯贵族的府第大门漆成红色，以示尊贵，后泛指富贵人家。此指浑瑊之子浑赞善家。万叶承清露：暗比浑赞善一家沐在浩荡皇恩中。三四句意为：朱门中枝繁叶茂的青松树，千枝万叶都沐浴在阳光雨露之中。五六句意为：松叶上凝重的露水使苍翠的色泽更加鲜亮，风中的吟唱好似远处的泉水之声。这两句动静结合，刻画传神逼真。这是特写镜头。七八句意为：寒冷的天气中自然散发着淡淡的松香，绚丽的阳光下可见圆圆的树影。这是移步换影在写。九十句意为：阴沉沉的郊野落了一整夜的大雪，寒冷的冰天雪地里，榆树柳树的细枝嫩叶都已枯死。这是松树与其他树木的对比。翠盖：指形如翠盖的植物茎叶。梁元帝《采莲赋》："紫茎兮文波，红莲兮芰荷，绿房兮翠盖，素实兮黄螺。"琼花：比喻雪花。雪压松枝，好似枝条上缀着琼花。十一十二句意为：回头望望君家的周围，遍地的翠盖上连缀着琼花。十三十四句意为：奉献给你一首歌吟青松的诗篇，回头自顾如衰朽的树木。末尾二句意为：曲调结束后不得相亲近，深山中的白头人不禁惆怅慨叹。全诗围绕松树着笔，细微之处见功力。有象征比兴，但不以象征比兴而冲淡细腻的描写。调动丰富的艺术表现手段，有直接描写，有间接描写。有远观，有特写。有开始的深山荒松与朱门青松的同科对比，有大雪中的青松与榆树柳树的对比。有十分生动的比喻。结构巧妙，从对比开始又回到对比。同时抬高对方，贬抑自己，含蓄委婉，不降低人格。

　　卢纶善于以小见大，抓住细节，突出主体的内心世界。不以排山倒海的气势取胜，而以感情表达的深细动人。继承杜甫描写日常生活的诗歌特色，又更平易通俗，直接影响白居易的诗风。对比卢纶与李白的诗歌，便可见二人风格之不同。

卢纶《白发叹》：

> 发白晓梳头，女惊妻泪流。
> 不知丝色后，堪得几回秋。

李白《秋浦歌》：

> 白发三千丈，缘愁似个长。
> 不知明镜里，何处得秋霜

卢纶诗一二句意为：早晨梳头感慨满头白发越来越少，女儿惊奇，妻子眼泪汪汪。三四句意为：不知这如丝的稀疏白发，还能经得起几回岁月的寒秋。前一句倒装，突出白发。第二句通过妻子女儿的反应，突出了诗人的年龄与实际之差异。没有写人生的艰难，却是不写之写。而后两句更是把情感推向高峰，以后的岁月如何？从"堪得几回"四字可知，多少无奈、多少茫然、多少心灰意冷！二十字有直接描写，有背面敷粉式的烘托。看似平淡无奇，其实匠心独运。前两句是现实的时空境界，后两句是未来的时空境界。前两句是实写，后两句是虚写。境界广阔。细致地表达了诗人光阴似箭、人生短暂的强烈的生命意识。

李白的《秋浦歌》具有排山倒海的气势，不言愁从何来，而是极力渲染愁之深重。运用历史上李白以前任何人都没有用过的空前大胆的极度夸张，显示了神奇的艺术震撼力。而最后一句，直接用秋霜指白发，不仅仅形象生动，而且让人联想白发生成之原因，愁之原因，含蕴深厚。

李白诗如长江大河，给人以强烈的感情震撼，卢纶诗则如涓涓细流，沁人心脾。卢纶诗歌从构思到语言都有独特韵味。李白诗是现实的一重境界，卢纶诗歌是现实与未来两重。李白全用直接抒情，卢纶直接与间接相互发挥。卢纶生李白后，写同样的题材，写出新意，贵在创新而不是简单模仿。

善于在常人难以发现的题材中，从微小琐屑中开掘出意趣。

苦雨闻包谏议欲见访戏赠

草气厨烟咽不开，绕床连壁尽生苔。

常时多病因多雨，那敢烦君车马来。

此诗作于大历十二年（777 年）以前，苦雨：为雨所苦。《左传·昭公四年》："秋无苦雨。"唐孔颖达疏曰："雨水一也，味无甘苦之异。养物为甘，害物为苦耳。"包谏议：包佶。谏议：谏议大夫。唐代属于五品官。一开篇的比喻十分形象，观察细微。一二句意为：雨下个不停，空气低沉，草气厨烟难以散去，就好像人的咽喉发炎一般，睡床四周的墙壁上都生满了绿苔。全诗写久雨独居，细致深刻。三四句意为：平日里我常多病是因为连绵不停地下雨，哪敢劳烦你车马劳顿来看我。

客舍苦雨即事寄钱起郎士元二员外

积雨暮凄凄，羁人状鸟栖。

响空宫树接，覆水野云低。

穴蚁多随草，巢蜂半坠泥。

绕池墙藓合，拥溜瓦松齐。

旧圃平如海，新沟曲似溪。

坏阑留众蝶，欹栋止群鸡。

莠盛终无实，槎枯返有荑。

绿萍藏废井，黄叶隐危堤。

闾里欢将绝，朝昏望亦迷。

不知霄汉侣，何路可相携。

钱起：早年数次赴试落第，唐天宝十载（751 年）进士。初为秘书省校书郎、蓝田县尉，后任司勋员外郎、考功郎中、翰林学士等。曾任考功郎中，故世称"钱考功"。代宗大历中为翰林学士。郎士元：字君胄，唐代诗人，中山（今河北定县）人。天宝十五载（756 年）登进士第。安史之乱中，避难江南。宝应元年（762 年）补渭南尉，历任拾遗、补阙、校书等职，官至郫州刺史。羁人：羁旅之人，卢纶自谓。卢纶为河中永济人，暂居长安。一二句意为：连绵积聚的雨下个不停，夜晚一派凄清，暂居在外的人，好似鸟儿栖息巢中。三四句意为：空中雷声阵阵连接其树木，大雨倾盆，雨云格外低垂。五六句意为：大雨之前草中的蚁穴已经有了预兆，大雨中的蜂巢一半掉入泥中。七八句意为：绕池的墙藓密密匝匝，屋檐边的瓦松长得很快。九十句意为：旧日的花圃水深如海，新出现的水沟曲曲弯弯如溪水。十一十二句意为：坏掉的围栏留住了成群的蝴蝶，倾倒的屋梁停着一群群野鸡。十三十四句意为：狗尾草茂盛，终究收不下粮食，枯树木上都发出了嫩芽。十五十六句意为：废弃的水井泛起绿色的浮萍，黄色的树叶遮盖了危险的堤坝。十七十八句意为：听不到乡间的欢声笑语，早晨也是昏暗蒙蒙，迷茫一片。末尾二句意为：不知道我的好友们，哪条路可以相伴出行。

善于对平淡无奇的题材做深入细致的描写，开掘出细腻精致的美感。

过终南柳处士

五老正相寻，围棋到煮金。

石摧丹井闭，月过洞门深。

猿鸟三时下，藤萝十里阴。

绿泉多草气，青壁少花林。

自愧非仙侣，何言见道心。

悠哉宿山口，雷雨夜沉沉。

司空曙也有同题之作，可能二人一起做客柳处士家，也可以证明柳处士与二人都有交情。司空曙诗如下：

过终南柳处士

云起山苍苍，林居萝薜荒。

幽人老深境，素发与青裳。

雨涤莓苔绿，风摇松桂香。

洞泉分溜浅，岩笋出丛长。

败屦安松砌，余棋在石床。

书名一为别，还路已堪伤。

柳处士与李端也有交往。李端有诗：

暮春寻终南柳处士

庞眉一居士，鹑服隐尧时。

种豆初成亩，还丹旧日师。

入溪花径远，向岭鸟行迟。

紫葛垂苔壁，青菰映柳丝。

偶来尘外事，暂与素心期。

终恨游春客，同为岁月悲

司空曙大历十一年（776年）四月已经贬到长林县，则此诗作于这年四月之前。柳处士：可能是柳郴。《唐诗纪事》卷二十九："彬与李端、卢纶友善，有《贼平后送客还乡》诗云：'他乡生白发，旧国见青山。'最有思致。尤长于短句。如《赠别》云：'江浦程千里，离樽泪数行。无论吴与楚，俱是客他乡。'又云：'何处最悲辛，长亭临古津。往来舟楫路，前后别离人。'"

卢纶《过终南柳处士》，五老，王嘉《拾遗记》卷三："老聃在周之末，居反景日室之山，与世人绝迹。惟有黄发老叟五人，或乘鸿鹤，或衣羽毛，耳出于顶，瞳子皆方，面色玉洁，手握青筎之杖，与聃共谈天地之数。及聃退迹为柱下史，求天下服道之术，四海名士，莫不争至。五老，即五方之精也。"煮金见《神仙传》："阴长生者，新野人也。汉阴皇后之属，少生富贵之门，而不好荣位，专务道术。闻有马鸣生得度世之道，乃寻求，遂与相见，执奴仆之役，亲运履之劳。鸣生不教其度世之道，但日夕与之高谈当世之事、治生佃农之业，如此二十余年，长生不懈怠。同时共事鸣生者十二人，皆悉归去，独有长生不去，敬礼弥肃。鸣生乃告之曰：'子真是能得道者。'乃将长生入青城山中，煮黄土而为金以示之，立坛四面，以太清神丹经受之，乃别去。长生归，合丹但服其半，即不升天，乃大作黄金数十万斤，布施天下穷乏，不问识与不识者。周行天下，与妻子相随，举门而皆不老。后于平都山白日升天。"一二句意为：五老正在寻找你，你却在下围棋或煮黄金。丹井：炼丹取水的井。南朝江淹《杂体诗·效谢灵运〈游山〉》："乳宝既滴沥，丹井复寥沉。"三四句意为：石块塌掉了，堵住了炼丹的水井，月光洒在了深深的修道洞门中。三时：指春、夏、秋三季农作之时。《左传·桓公六年》："洁粢丰盛，谓其三时不害而民和年丰也。"杜预注："三时，春、夏、秋。"五六句意为：在春夏秋三时，猿猴经常出没，鸟儿在空中飞来飞去。浓密的藤条萝蔓遮天蔽日，十里之内都是凉荫。七八句意为：碧绿的泉水中弥漫着青草的气味，青色的山壁上少见鲜花开放的花林。九十句意为：自己深感惭愧不是得道神仙的朋友，哪能说在此处见到道心。十一十二句意为：我悠然地夜宿在山口，此时的雷声阵阵夜色沉沉。全诗用富有表现力的语言，可见其十分准确的语言驾驭能力，但是根本的原因还是细致传神的审美观察力。"闭""深""下""阴""草气""夜沉沉"等都是习见的语言，但由于表达出特定环境中的景物特征，从而焕发出特有的表现力。

卢纶善于对景物独有的特色做细致的描摹，写出动态、色彩、照应、变化、互相之间的关系。

早秋望华清宫树因以成咏

可怜云木丛，满禁碧蒙蒙。

色润灵泉近，阴清辇路通。

玉坛标八桂，金井识双桐。

交映凝寒露，相和起夜风。

数枝盘石上，几叶落云中。

燕拂宜秋霁，蝉鸣觉昼空。

翠屏更隐见，珠缀共玲珑。

雷雨生成早，樵苏禁令雄。

野藤高助绿，仙果迥呈红。

惆怅缭垣暮，兹山闻暗蛩。

可怜：此为可爱之意。禁：宫禁。即此地非侍御之臣不得进入。碧蒙蒙：《唐语林》卷五："骊山华清宫，天宝中植松柏遍满岩谷，望之郁然。"一二句意为：可爱的高耸入云的树林，遥望华清宫一带苍翠连绵。一二句是远景。灵泉：指华清宫所在地的骊山温泉。《水经注》卷十九引《三秦记》："丽山西北有温泉，祭则得人，不祭则烂人肉。俗云：始皇与神女游而忤其旨，神女唾之，生疮。始皇谢之，神女为出温水。后人因以洗疮。"丽山，即骊山。三四句意为：草木越来越温润如玉，那是华清宫越来越近，阴云散去了，天气晴朗，皇帝的御路通畅。这是写草木变化、天气变化，然后皇帝来华清宫。这是中景。玉坛：华清宫内的长生殿。史载：天宝元年唐玄宗建长生殿、集灵台以祀神。玄宗朝特别崇奉道教，有朝元阁供奉老子。八桂，极言大树成林。五六句意为：雕饰精美的坛周围高树成林，井栏边两株梧桐树美妙无比。这是近景。全诗好比电影蒙太奇由远及近，由大到小，由大场面到特写。七八句意为：两株梧桐树互相辉映，凝结着寒露，树叶飒飒和应，夜晚风急。九十句意为：有几枝盘绕着山石一直向上，几片叶子从云中飘落。十一十二句意为：飞来飞去的燕子显得秋天更加明快，连绵不绝的蝉叫，显得秋天的白昼更多空旷。十三十四句意为：层层叠叠的树木似一道道翠绿的屏障，隐隐约约看到树木上玲珑如玉的果实。十五十六句意为：华清宫周围的雷雨来得快，不允许在此地伐木割草的禁令十分严格。十七十八句意为：山石上的藤条使周围的绿色更加浓重，树林中的仙果呈现出迥异别处的鲜红。十九二十句意为：令人感叹惆怅的是笼罩在周围的暮色，在骊山上听到了连绵不绝的蟋蟀的鸣叫。全诗结尾寓意，骊山是一个美丽的山，华清宫是一个美丽的行宫。往日的繁盛荡然无存，极力烘托山色之绿，无人欣赏的绿，在蟋蟀的叫声中的绿。直接写，间接反衬，都是突出其寂寥。耐人回味。寒、空、暗都在突出景的特色，又何尝不是感慨历史。末尾用缭绕在四周的蟋蟀声抒发自己的感慨，含不尽之意见于言外。

同耿湋司空曙二拾遗题韦员外东斋花树

绿砌红花树，狂风独未吹。

光中疑有焰，密处似无枝。

鸟动香轻发，人愁影屡移。

今朝数片落，为报汉郎知。

首联意为：层层叠叠的绿色堆砌成的红花盛开在高树，狂风唯独没有吹到。颔联意为：太阳照耀下的红花仿似燃烧的火焰，浓密的树叶层层叠叠，树木看似没有枝条。颈联意为：鸟儿的翅膀掠过花香悠悠，愁苦的人影徘徊不定。汉郎：唐代的员外，职责相当于汉之郎官。尾联意为：今天稀稀疏疏地落着数片叶子，是报告员外绚丽多彩的春天快要消逝。全诗对东斋的花树观察入微，写出它们独特的生长环境，独特的姿容，将花树人鸟融合成一幅独具风采的图画，描写准确传神。比较岑参《韦员外家花树歌》：

今年花似去年好，去年人到今年老。

始知人老不如花，可惜落花君莫扫。

君家兄弟不可当，列卿御史尚书郎。

朝回花底恒会客，花扑玉缸春酒香。

岑参抒发的是人生易老的慨叹，以强烈的生命意识感人，花只是引发物象，与人对比的对应物，花落了再开，明年还能再开再鲜艳，人生易老，青春一去不返。岑参对花根本没有做具体的描绘、细致的观察。因此岑参诗歌以气象胜，感情的冲击力胜。卢纶诗以细致入微描写真切胜，春兰秋菊，各有姿容。但是也可以看出大历诗歌的主流审美取向，与盛唐诗歌有明显的不同。

第十章　真彩内映的语言技巧

卢纶的语言有盛唐诗歌的风韵，不同的题材又各具特色，自然流畅，生动逼真，富有表现力。在大历诗人中是十分重视语言创造个性的一位。

卢纶的律诗继承杜甫而外，力求语言的灵活流利、节奏的明快、内涵表达的深隽。

宿石瓮寺

殿有寒灯草有萤，千林万壑寂无声。
烟凝积水龙蛇蛰，露湿空山星汉明。
昏霭雾中悲世界，曙霞光里见王城。
回瞻相好因垂泪，苦海波涛何日平。

石瓮寺，在骊山东绣岭，创建于唐开元年间。《两京道里记》："石瓮谷有悬泉激石成臼，似瓮形，因以谷名寺。"故址即今石瓮寺所在地。首联表面写得太平淡，但匠心独运，重复渲染石瓮寺的宁静。佛殿的灯光闪烁，外面草丛中萤火点点，千林万壑寂静无声。境界广阔，有杜甫七律之风韵，又轻快自如，有创新的面目。三四句内在凝练，七字之中两用动词，神采飞扬。颔联意为：浓重的烟雾笼罩着潭水，中有龙蛇潜伏，寒露浸湿了空山，星汉明亮。悲，佛教把怜悯他人之苦、欲救他人之心曰悲。世界，佛教《楞严经》:"世为迁流,界为方位,汝今当知东、西、南、北、东南、西南、东北、西北,上下为界,过去、未来、现在为世。"王城,此指长安。颈联意为:昏沉沉的雾霭中悲悯人世,早晨的霞光中长安历历在目。苦海,佛教指尘世间的烦恼和苦难。南朝梁武帝《净业赋》:"轮回火宅,沉溺苦海,长夜执固,终不能改。"尾联意为:回头看看亲密的好友咋不令人垂泪,苦海的波涛何日得以平静。全诗写自己宿寺庙,但是不用铺叙手法,而是用典型意象渲染环境,把自己对佛教的领悟、人生的感慨等自然融为一体,外在的语言极为平易,结尾妙喻点睛,又不见雕琢痕迹,自然而来。

有意在律诗中用虚字与重复字眼及叠字,形成律诗的流动美,在律诗的谨严凝练中求变化。

晚次新丰北野老家书事呈赠韩质明府

机鸣春响日暾暾,鸡犬相和汉古村。
数派清泉黄菊盛,一林寒露紫梨繁。
衰翁正席矜新社,稚子齐襟读古论。
共说年来但无事,不知何者是君恩。

新丰,属关内道京兆府,今陕西西安临潼区。韩质,京兆尹韩朝宗之子,韩翃之父。暾暾,日光明亮温暖的样子。第二句用汉高祖刘邦故事。汉高祖得天下后,刘邦的父亲思念故乡,汉高祖于是作新丰,把老家的故人迁来,街道房屋一样,士女老幼相携,放犬羊鸡鸭在路途。故云汉古村。首联意为:田野里收割的农具声连成一片,太阳暖洋洋,鸡叫犬吠那是汉代的古村。颔联意为:数条清澈的泉水畔黄菊盛开,树林已经挂满寒露,紫色的甜梨连成一片。颈联意为:年老的衰翁坐在正席在秋社中吟诗,孩童们整齐地排队读古论语。共说,传说尧治理天下时,无为而治,一派欣欣向荣,百姓和乐安康。有老人作《击壤歌》:"日出而作,日入而息。凿井而饮,耕田而食,帝力于我何有哉?"尾联意为:百姓们都说年来无事,幸福安乐,不知道何处说且令的恩德。全诗用叠字暾暾,重复古字,用来、者两个虚字,读来流畅自如，很好地配合了歌颂韩质作为地方官无为而治、丰收安康、政通人和的悠然而然的县域风貌。

卢纶善于用典，在大历诗人中属于十分突出的。但是他能巧妙地融化在自己的语体风格中，如雪溶于水，不露痕迹。既扩大了语言的表现内涵，又没有破坏语言的通畅。这方面卢纶的技法比较娴熟。

和裴延龄尚书寄题果州谢舍人仙居

飘然去谒八仙翁，自地从天香满空。

紫盖迥标双鹤上，语音犹在五云中。

青溪不接渔樵路，丹井唯传草木风。

歌此因思捧金液，露盘长庆汉皇宫。

裴延龄（728—796 年），字寿，河中河东（今山西永济市）人。唐朝中期奸臣。在位期间，滥行弊政，扰乱国家经济，事上极尽诌媚，屡出妄言，打击异己，权倾朝野。深为唐德宗所信任，一度打算让其担任宰相，因谏官阳城、顾少连等人的切谏未果。此诗系卢纶晚年之作。作于贞元十二年（796年）。果州，山南西道属州。治所在今四川省南充市北。谢舍人，谢姓之中书舍人或起居舍人致仕，故其隐居之所曰仙居。从卢纶生平看，与这位裴大人没有多少交往，可能是同乡的原因，应酬而已。八仙翁，《太平广记》卷八载，世传淮南王刘安好道，忽有八公，都是白眉毛白胡须，到家门求见，"八公笑曰：'我闻王尊礼贤士，吐握不倦，苟有一介之善，莫不毕至。古人贵九九之好，养鸣吠之技，诚欲市马骨以致骐骥，师郭生以招群英。吾年虽鄙陋，不合所求，故远致其身，且欲一见王，虽使无益，亦岂有损，何以年老而逆见嫌耶？王必若见年少则谓之有道，皓首则谓之庸叟，恐非发石采玉，探渊索珠之谓也。薄吾老，今则少矣。'言未竟，八公皆变为童子，年可十四五，角髻青丝，色如桃花。"八公与刘安一起登山，白日升天。香满空，《太平广记》卷十二引《神仙传》载，蓟子训有一次到陈公家说："我明天中午就走了。"陈公问他走多远，他说不再回来了。陈公送了一套葛布单衣给子训，到了第二天中午，蓟子训就死了，尸体僵硬，手脚都叠放在胸上不能伸直，好像一块弯曲的铁器，尸体散发出很浓的香气，香味很怪，弥漫到街巷中。于是把他装殓入棺。还没等出殡，棺木中突然发出雷霆般的轰鸣，闪电把屋子庭院都照得通亮。守灵的人吓得趴在地上好半天，再看棺材，盖子已经裂开飞到空中，棺木中没有尸体，只剩下子训的一只鞋子。过了不久就听见大道上有人喊、马嘶、箫鼓管弦的奏乐声，一直往东而去，不知去了哪里。蓟子训走后，几十里大道上仍然飘着香气，一百多天仍然不散。一二句说，谢舍人飘然去拜谒八仙翁，从地上飞升到天上，空中散发着香气。"紫盖"句，《太平御览·地部》卷四"盛弘之《荆州记》曰衡山有三峰：其一名紫盖，每见有双白鹤回翔其上；一峰名石菌，下有石室，寻山径，闻室中有讽诵声；一曰芙蓉，上有泉水飞流，如舒一幅白练。""语音"句，《太平广记》卷八引《神仙传》记载淮南王刘安："临去时，余药器置在中庭，鸡犬舐啄之，尽得升天，故鸡鸣天上，犬吠云中。"五云，神仙所居之处才能出现的五色云。三四句意为紫盖峰高出众峰之上，白鹤在上空飞翔，你的声音在五彩云中回响。五六句意为人间的青溪难以通向打鱼砍柴人才能偶遇的仙境。仙药难以得传授，丹井旁草木森森空不见人。金液，《太平广记》卷十引《神仙传》："药之上者，有九转还丹、太乙金液，服之皆立登天，不积日月矣。"露盘，指承露盘，汉武帝好神仙，作承露盘以承甘露，以为服食甘露可以延年。《史记·孝武本纪》："其后则又作柏梁、铜柱，承露仙人掌之属矣。"七八句意为写了这首诗歌，想到你手捧金液，承甘露的金盘出自汉代的皇宫。

全诗八句，多处用典，但是将典故转换成自然平易、流畅明快的语言，即使不知道典故的深广内涵，也不影响阅读。

卢纶的一些诗歌写得雅正深厚，虽然多用典故，但是不至于密不透风。仿佛妆饰得体的贵妇，华贵高雅而不至于过分，足见其对语言的把控能力。

和王员外冬夜寓直

高步长裾锦帐郎，居然自是汉贤良。

潘岳叙年因鬓发，扬雄托谏在文章。

九天韶乐飘寒月，万户香尘裛晓霜。

坐见重门俨朝骑，可怜云路独翱翔。

　　王员外，可能是王缙的儿子考功王员外。寓直，就是夜间官署值班。唐代规定尚书省每日有一人宿直。锦帐郎，汉代规定尚书郎，给青缣白绫，被以锦被帷帐。唐人常常在诗中以汉喻唐，汉代唐代都有贤良方正科，入第后常为郎官。首联意为：王员外高步长裾，居然就是汉代的贤良方正。潘岳叙年，潘岳《秋兴赋序》："晋十有四年，余春秋三十有二，始见二毛，以尉掾寓直于散骑之省。"扬雄，《汉书·扬雄传》赞："雄好古而乐道，其意欲求文章成名于后世。"颔联意为：潘岳陈述年龄是因为两鬓花白，扬雄用文章寄托讽谏。韶乐，舜时音乐，此指宫廷音乐。裛，沾润。颈联意为：皇宫的音乐飘在寒月当空的夜晚，早晨的露水沾润了千家万户的香尘。云路，尚书省为天子近臣，故云。可怜，此可羡的意思。尾联意为：第二天看到了重重宫门打开，上朝骑马的官员俨然成行，真的让人羡慕啊，你如大鹏在云路独自翱翔。

　　全诗语言华赡而结构精巧，第一句从气质写起，见风神飘逸。第二句借用汉时科目，称道其人品。第三句以潘岳寓直作赋比王员外文采出众，第四句深入一层，王员外文章不仅仅辞藻华丽，内在内容充实，常常讽喻时事，关心民生。最后四句回到寓直的独特环境，景中寓情，表现其才能必将大展宏图。全诗层次分明，自然不失精致。清代胡以梅《唐诗贯珠》对此诗的语言精妙甚为称道："通首从寓直而言。起句是正面赋之。'高步长裾'，写其风神飘逸。'锦帐'，指其夜值。第二，借汉时科目，赞其人品。第三，以潘岳寓直作赋，比其寓直吟诗。想是原句中有惜流光、怜鬓毛之慨，故举此以道王员外之心事。第四，赞其文章，不特辞藻之美，而内有经济，寓讽谏之忠，如古人；或者原唱中亦讽喻时事也。且潘、扬之赋，皆为郎时所作，比之更切。五、六，言寓直之夜，良月中闻宫禁之乐，而大内千门万户，皆肃静也。'飘'字写宫殿之高。'裛'，沾也。昼则'万户'之'香尘'垄起，也则沾霜而息。一'沾'字，阒静如昼。四句皆圆腻，各极其妙。结言至天曙，则'朝骑'从'重门'而出，'翱翔'于云天之上，岂不可喜哉！"

卢纶善于运用数字对比，形成反差，表现独特的语言魅力。

冬晓呈邻里

终夜寝衣冷，开门思曙光。

空阶一丛叶，华室四邻霜。

望阙觉天迥，忆山愁路荒。

途中一留滞，双鬓飒然苍。

长年为了仕途奔波，在寒冬可以想见旅途之艰难。首联意为：终夜被褥都是冷冰冰的，开门盼着早晨太阳光的温暖。颔联意为：空空的台阶上堆满层层的落叶，周围的房屋布满了寒霜。一与四对举，叶落后预示着寒冷的冬天来临，突出之间的联系，表达细腻入微。颈联用象征手法写人生之艰难，天，指宫廷。山，指隐居。遥望宫阙更感到天路遥远仕途艰难，向往山中隐居归路荒芜。二句写出了卢纶内心仕与隐的矛盾心情。仕途艰难，隐居难以维持家庭。结尾突出一与多的对比效果，路途一次滞留，双鬓倏然苍白。一何其少，白发何其多，变化如此之快。全诗四十字用了四个数字，具有非凡的艺术张力。

夜中得循州赵司马侍郎书因寄回使

瘴海寄双鱼，中宵达我居。

两行灯下泪，一纸岭南书。

地说炎蒸极，人称老病余。

殷勤报贾傅，莫共酒杯疏。

循州，唐代属岭南道，在今广东惠州市东北。赵司马侍郎，赵纵。赵纵在建中三年（782 年）正月贬循州司马。赵纵是卢纶好友，曾为工部和户部侍郎。瘴海，循州地处五岭之南，瘴气很重。双鱼，代指书信。汉乐府《饮马长城窟行》："客从远方来，遗我双鲤鱼。呼儿烹鲤鱼，中有尺素书。"首联意为：你从远处的瘴疠之地寄来书信，夜晚到达我的居所。颔联意为：灯下我掉下两行泪水，是因读你从岭南寄来的书信。颈联意为：你被贬的地方气候炙热如在蒸笼，我年老多病空度残年。贾傅，贾谊。贾谊曾谪为长沙王太傅。此代指赵纵。尾联意为：我回信反反复复地说，要多多饮酒可以驱去瘴气。范希文《对床夜语》卷二："诗在意远，固不以词语丰约为拘。然开元以后，五言未始不自古诗中流出，虽无穷之意，严有限之字，而视大篇长什，其实一也。如'旧里多青草，新知尽白头'，又'两行灯下泪，一纸岭南书'，则久别乍归之感，思远怀旧之悲，隐然无穷。"

善于在绝句律诗中重复字眼，巧用勾连回旋、顶真的手法，避免律诗绝句的语言固化，是卢纶形成自己风格的努力追求。

偶逢姚校书凭附书达河南郏推官因以戏赠

寄书常切到常迟，今日凭君君莫辞。

若问玉人殊易识，莲花府里最清羸。

姚校书，生平不详。河南，此指河南道。郏推官，生平不详。一二句意为：你寄书信时常迫切，我收到时已经很迟，今日我说君君莫推辞。玉人，此意为风度翩翩、才貌出众的男子，指郏推官。莲花府，南朝齐王俭的府第。俭在高帝时为卫将军，领朝政，用才名之士为幕僚，后世遂以莲花府为幕府的美称。三四句意为：若问那个出类拔萃才貌双全的君子，一定是莲花府里最清瘦的那一位。第一句重复常字，形成回环照应、流转如珠之感，第二句用顶真，与第一句呼应，写得新颖灵动。

卢纶用典而不为典累，巧妙化用在自己平淡通畅明快自然的语言中。配合叠字、虚字、重复字眼等，有意与杜甫的沉郁顿挫、凝练谨严区别，力求自具面目。

和崔侍郎游万固寺

闻说中方高树林，曙华先照啭春禽。

风云才子冶游思，蒲柳老人惆怅心。

石路青苔花漫漫，雪檐垂溜玉森森。

贺君此去君方至，河水东流西日沉

崔侍御，不详。万固寺，在蒲州（今永济市）。古代以东与西为上方，南与北为下方，中方即中央，此指中原。曙光，破晓之光。首联意为：听说在中原高耸入云的树林里，曙光最先照耀，春天鸟儿和鸣。风云才子，沈约称赏谢朓云："吏部信才杰，文锋振奇响。调与金石谐，思逐风云上。"（《伤谢朓》）此赞誉崔侍郎。蒲柳老人，老弱多病的老人，卢纶自比。晋朝时，尚书右丞顾悦与简文帝（司马昱）同岁，文帝头发全黑，而顾悦头发全白了。文帝问他为什么头发先白，顾悦回答道："皇帝您是松柏之姿，经霜犹茂；臣是蒲柳之质，望秋先零。"文帝听后十分高兴。颔联意为：风云才子游兴正酣，蒲柳老人春日惆怅郁闷。巧用自己反衬。第五句写崔侍御在春光无限布满青苔的石路上流连忘返，一路上到处都是百花争艳。第六句又是反衬，写自己孤独地望着淅淅沥沥的春雨从屋上流下。君方至，指崔侍御原作的诗歌。尾联意为：祝贺你去我的家乡，你的诗篇我刚刚看到，你就如东流之水一路向东，不去理会西边的落日。

不难看出，卢纶力求语言的平易流畅，把典故浓缩为看不见典故，不影响诗意的表达。"风云才子""蒲柳老人"均可按照字面理解。创造性地在律诗的颈联两句结尾用叠字对仗，第七句重复君字，第八句东西二字呼应。整首诗的语言完全看不到律诗对于语言的限制，一如脱口而出。

赠韩山人

见君何事不惭颜，白发生来未到山。

更叹无家又无药，往来唯在酒徒间。

山人，指隐士。韩山人，不详。一二句意为：见到你时，哪些事不令我惭愧羞颜，白发满头仍未到山。三四句意为：更可叹无家又无药，往来都在酒徒之间。全诗自然流转，重复来、无二字，来一虚用一实用，巧妙变化。

善用数字，外在平易，内在包含广阔。既造成循环照应，形成语言的内在节奏感，又有咫尺应需论万里之势。

酬李益端公夜宴见赠

戚戚一西东，十年今始同。

可怜歌酒夜，相对两衰翁。

卢纶是李益的妻哥。二人都是大历诗坛的佼佼者。李益虽然在科举考试上比卢纶幸运，他大历四年（769年）齐映榜进士，但是长期在底层为官。二人同样是人生坎坷，多年沉沦不得志。戚戚，相亲貌。一西东，写尽十年人生飘荡，东西南北难以相见。一二句意为：亲戚本应常相见却总是在东在西，十年间到了今日才能相会。三四句意为：可叹可悲啊，对酒听歌之夜，你我相对已是老翁。全诗二十字，用了一、十、两三个数字，连绵起伏，写尽人生沧桑变幻的况味。

善于运用一与多的对照，形成内在的艺术张力，使十分平淡无奇的数字焕发出无穷的艺术魅力。

王评事驸马花烛诗

一人女婿万人怜，一夜稠疏抵百年。

为报司徒好将息，明珠解转又能圆。

王评事，为王士平之误。《旧唐书·王武俊传》："（王士平）以父勋补原王府咨议，贞元二年（786年）选尚义阳公主，加秘书少监同正、驸马都尉。"王士平之父王武俊当时官位是司徒，也与第三句诗意相合。有的版本无王评事三字，也是佐证。驸马官为从五品。一人，指天子。《尚书·商书太甲下》:"一人原良,万邦以贞。"怜,此指羡慕。稠疏,绸缪的意思,指男女缠绵欢爱之意。百年,古人以人的寿命百年为期限,此指一生。一二句用一与万、一与百对照,突出了驸马的荣耀。在唐代千人万人去参加进士考试,每年录取二三十人,进士及第后只能做个县尉或去节度使幕府做幕僚,县尉在唐代也只是个从九品的官。所以即使中了进士的读书人,大多数终其一生也做不了五品官。一二句意为:做皇帝一人的女婿千万人艳羡,一夜的恩爱抵上一生的荣耀。这两句的表达一点也不夸张,而是事实的提炼。司徒,指王五俊,时官检校司徒。将息,休息。明珠,喻公主之美。三四句意为:告诉司徒,你就好好休息吧,公主既美丽又和顺,足让你放心。卢纶的诗歌只能这样写,但是历史果真如此吗?唐代的公主多骄傲跋扈,义阳公主也不例外。《新唐书·诸帝公主传》:"(义阳公主)恣横不法,帝幽之禁中,锢(驸马)士平于第。"怕自己的女儿出去滋事,连女婿都只能在府第不能出门。看来千万人羡慕的驸马爷也不是那么容易做的。

山中一绝

饥食松花渴饮泉,偶从山后到山前。

阳坡软草厚如织,因与鹿麝相伴眠。

一二句意为:饥饿的时候食松花,口渴时饮山泉,偶尔从山后到山前。麝,小鹿。三四句意为:阳坡上软绵绵的青草如织出的绿锦,于是就和大小相随的鹿群相伴而眠。全诗如山中的清泉沁人心脾。全用口语,重复山字,比喻贴切自然。情调油然而来,悠然而至。令人想起陶渊明的诗歌《饮酒》其五:

结庐在人境,而无车马喧。

问君何能尔?心远地自偏。

采菊东篱下,悠然见南山。

山气日夕佳,飞鸟相与还。

此中有真意，欲辨已忘言。

跨越数百年的时空，卢纶真得到了陶渊明诗歌的神髓。

注重在一首诗中语言的变化，调动丰富多彩的语言表现技巧，重视律诗八句之间的自然流转，相互呼应。力避律诗的雅正与程式化，从而形成自己的语言风格。

酬金部王郎中省中春日见寄

南宫树色晓森森，虽有春光未有阴。

鹤侣正疑芳景引，玉人那为簿书沉。

山含瑞气偏当日，莺逐轻风不在林。

更有阮郎迷路处，万株红树一溪深。

金部郎中，属尚书省户部，从五品官职。王郎中，当时任永州刺史的王邑。南宫，尚书省的别称。谓尚书省像列宿之南宫，故称。《后汉书·郑弘传》："建初，为尚书令……弘前后所陈有补益王政者，皆著之南宫，以为故事。"森森，树木茂盛的样子。杜甫《蜀相》："丞相祠堂何处寻，锦官城外柏森森。"首联意为：尚书省高大的树木沐浴在宜人的晨光中，春光无限没有看到树荫遮蔽。鹤侣，指王郎中及尚书省同僚。唐时称尚书省为仙署。杜甫《秋兴八首》："仙侣同舟晚更移。"簿书，此指尚书省的公文。玉人，对亲人或所爱者的爱称。此指王郎中与同僚。颔联意为：同僚正应该欣赏这迷人的春天美景，一组青年才俊的光阴哪能只消沉在烦琐的公文之中。颈联意为：周围的群山在明媚的春光中瑞气升腾，春莺离开了树林在春风中互相追逐，自由地飞来飞去。"更有"二句，刘义庆《幽明录》："汉明帝永平五年，剡县刘晨、阮肇共入天台山取谷皮，迷不得返，经十三日，粮食乏尽，饥馁殆死。遥望山上有一桃树，大有子实，而绝岩邃涧，永无登路。攀援藤葛，乃得至上。各啖数枚，而饥止体充。复下山，持杯取水，欲盥漱，见芜菁叶从山腹流出，甚鲜新，复一杯流出，有胡麻饭糁，相谓曰：'此知去人径不远。'便共没水，逆流二三里，得度山出一大溪，溪边有二女子，姿质妙绝，见二人持杯出，便笑曰：'刘阮二郎，捉向所失流杯来。'晨肇既不识之，缘二女便呼其姓，如似有旧，乃相见忻喜。问：'来何晚邪？'因邀还家。其家铜瓦屋，南壁及东壁下各有一大床，皆施绛罗帐，帐角悬铃，金银交错床头各有十侍婢敕云：'刘阮二郎，经涉山岨，向虽得琼实，犹尚虚弊，可速作食。'食胡麻饭、山羊脯、牛肉，甚甘美。食毕行酒，有一群女来，各持五三桃子，笑而言：'贺汝婿来。'酒酣作乐，刘阮忻怖交并。至暮，令各就一帐宿，女往就之，言声清婉，令人忘忧。十日后欲求还去，女云：'君已来是，宿福所牵，何复欲还邪？'遂停半年。气候草木是春时，百鸟啼鸣，更怀悲思，求归甚苦。女曰：'罪牵君当可如何？'遂呼前来女子有三四十人，集会奏乐，共送刘阮，指示还路。既出，亲旧零落，邑屋改异，无复相识。问讯得七世孙，传闻上世入山，迷不得归。至晋太元八年，忽复去，不知何所。"阮郎，阮肇，此借指王郎中。桃树，王维《桃源行》："坐看红树不知远，行尽青溪不见人。"尾联意为：更有阮肇、刘晨迷路的地方，一潭溪水倒映着万木丛里春花盛开的美景。

全诗的语言优美华丽，但毫无雕琢之感，自然天成。巧妙运用叠字森森、重复有字三次，万字一字当句的一与多的对照，又如雪入泥中般化用阮肇、刘晨入天台山的典故，达到至炼无炼、大巧无痕的艺术效果。写春天的景色力避前人的套路，意境清新，酬答诗歌不仅仅着眼技巧，而用力在意境的创造。

善于在前人的语言基础上推陈出新。

九日奉陪浑侍中登白楼

碧霄孤鹤发清音，上宰因添望阙心。

睥睨三层连步障，茱萸一朵映华簪。

红霞似绮河如带，白露团珠菊散金。

此日所从何所问，俨然冠剑拥成林。

九日：指九月九日重阳节。浑侍中：浑瑊。白楼：在河中府北城。碧霄：青天。孤鹤发清音，《诗经·小雅·鹤鸣》："鹤鸣于九皋，声闻于天。"鲍照《舞鹤赋》："唳清响于丹墀，舞飞荣于金阁。"上宰：指浑瑊。唐代官职因袭隋朝的体制不少，以三省的长官中书令、侍中、尚书令共议国政，执行宰相权力。首联意为：碧空中的孤鹤飞翔，发出了清亮高洁的叫声，作为上宰的您时时在挂念着朝廷。睥睨：同埤堄，城墙上的小墙。步障：用于间隔内外或阻挡风尘的屏幕。刘义庆《世说新语·汰侈》："君夫作紫丝布步障碧绫裹四十里，石崇作锦步障五十里以敌之。"茱萸：灌木或小乔木。果实供药用。另有吴茱萸，灌木，花蕾供药用。唐人重阳节有插茱萸的习俗。王维《九月九日忆山东兄弟》："遥知兄弟登高处，遍插茱萸少一人。"颔联意为：城墙上的小墙连着步障，头上的一朵茱萸映衬着花簪。红霞，谢朓《晚登三山还望京邑》："余霞散成绮，澄江静如练。"河如带，《史记·高祖功臣侯者年表》："太史公曰：古者人臣功有五品，以德立宗庙定社稷曰勋，以言曰劳，用力曰功，明其等曰伐，积日曰阅。封爵之誓曰：'使河如带，泰山若厉。国以永宁，爰及苗裔。'始未尝不欲固其根本，而枝叶稍陵夷衰微也。"阮籍《咏怀》："泰山成砥砺，黄河为裳带。"白露团珠，庾信《奉和赐曹美人》："秋露似珠圆。"菊散金，张翰《杂诗》："黄华如散金，嘉卉亮有观。"颈联意为：草木上的白露像晶莹透亮的珍珠，盛开的菊花好似散落地上的金子。冠剑：代指侍奉浑瑊的文武官僚。唐代五品以上的官员都佩戴有金饰剑。王维《送高適弟耽归临淮作》："群公朝谒罢，冠剑下丹墀。"尾联意为：今日随你登楼的是哪些人呢？整整齐齐地排列着的都是佩戴剑的公卿。

全诗自由地驱使《诗经》、鲍照赋、王维诗、谢朓诗、《史记》、阮籍、庾信诗、张翰诗，化古为新，更自然流畅地为自己的诗歌服务。

善于自如地使用口语、俗语，也是卢纶诗歌语言的审美追求。

与张擢对酌

张翁对卢叟，一榼山村酒。

倾酒请予歌，忽蒙张翁呵。

呵予官非屈，曲有怨词多。

歌罢谢张翁，所思殊不同。

予悲方为老，君责一何空。

曾看乐官录，向是悲翁曲。

张老闻此词，汪汪泪盈目。

卢叟醉言粗，一杯凡数呼。

回头顾张老，敢欲戏为儒。

张擢：曾做洪州兵曹参军。卢叟：卢纶自称。一二句意为：张翁面对着卢老头饮酒，喝的是山村酿制的美酒。三四句意为：开怀畅饮请听我歌，忽然间受到张翁关心的指责。五六句意为：指责我所任职务不算委屈，酒后所歌内容哀怨的词语太多。七八句意为：唱歌结束后致谢张翁，我们所想的很是不同。九十句意为：我悲慨的是光阴如箭我已衰老，你的指责过于空泛。十一十二句意为：你曾经看过官场快乐的实录吗，向来都是老翁的悲叹之曲。十三十四句意为：张老听到我的倾诉衷肠，汪汪的泪水充满眼眶。十五十六句意为：姓卢的老头子醉后的话粗俗，饮一杯酒多次呼喊。十七十八句意为：回头看看张老先生，我这样子还敢开玩笑说我是儒生吗？全诗不避三次用一字，学习杜甫《石壕吏》，又自有特色。打破文人特有的矜持、温文尔雅，直接倾泻心灵的悲愤。自然口语化的语言很好地表达了感情。明高棅《唐诗品汇》慧眼独具，选了卢纶诗。明徐学夷《诗源辨体》卷二十一云："五言古诗如杜子美《石壕吏》等正是古拙。若卢纶《与张擢对酌》诗，读之诚欲呕吐。此本不足致辩，但初学者不能无感耳。卢诗，《品汇》入录，大是可笑。"作家风格的多样化，正是作家寻求自我突破的自觉追求。用杜甫的标准判定卢纶，显然是不公允的。卢纶对于语言的锤炼，能够做到大巧无痕，自然高妙。

对仗是律诗的体裁要求，这是难以逾越的限制，但是对于对仗使用的艺术追求，却是律诗个体风格的重要体现。杜甫追求律诗的对仗工整谨严，内涵深隽，追求语言的创新与表达内涵的丰富。但是杜甫已经达到登峰造极的地步。如何在杜甫之后出新，体现自我的特色，卢纶采取的是以俗为雅的路径，不追求语言的精密，而追求语言的通俗流畅。不追求意象的紧密，而追求照应联系，流走自然。因此对于流水对的刻意追求，成为其语言的独特风景。这绝不是偶一为之的尝试，而是一生的追求，成为其五七言律的特殊标志。

就对仗的出句与对句的一般情况而言，两句分别有独立的意象群，表达相对独立的意蕴。但是流水对却有意打破这种相对独立的内在结构，把出句与对句紧紧融为一体，你不能离开我，我也不能离开你。也就是说在外在的语言表面结构符合对仗情况下，内在的结构是难以将对句与出句分开的。

在一般情况下出句与对句是相对独立的，五律如"明月松间照，清泉石上流"，七律如"无边落木萧萧下，不尽长江滚滚来"。这种对仗内涵表达丰富，凝练概括。但两句之间是难以打破的并列关系，很容易落入呆滞、程式化的泥淖，甚至陈陈相因，很容易重复前人，给人似曾相识的感觉。卢纶诗歌也有不少这样的对仗，五律如"华月先灯至，清风与簟清"（《奉和户曹叔夏夜寓直寄呈同曹诸公并见示》），七律如"侵阶暗草秋霜重，遍郭寒山夜月明"（《冬夜赠别友人》）。但是卢纶用力追求的是流水对，把出句的功能部分分给下一句。"谁知白首窗下人，不接朱门坐中客。"（《冬日登城楼有怀因赠程腾》）"白首窗下人"后面全是"知"的宾语。对句是补充说明。"宁知樵子径，得到葛洪家。"（《过楼观李尊师》）"知"是谓语，而"樵子径"是对句的主语。"独倚古庭树，仰看深夜天。"（《秋暮中夜独坐迟明因陪陈翃郎中晨谒上公因书即事兼呈同院诸公》）如果从字面看，出句对句表达的是独立的意思，然而，出句仅仅是为了修饰看的。还有就是出句与对句是连续的行为。"喜逢邻居伴，遥语问乡园。"意为：偶尔遇到邻居家的旧时玩伴，迫不及待地问问家乡的情况。"到阙不沾新雨露，还家空带旧风尘。"（《与从弟瑾同下第后出关言别》）上句应举，下句落第。"暑退兼葭雨，秋生鼓角天。"（《送朝长史赴荆南旧幕》）暑去秋来，时间承接。"中有重臣承恩泽，外无轻虏犯旌旗。"（《送史兵曹判官赴楼烦》）因为朝中有像浑瑊一样智勇双全的大臣，外族的势力才不敢轻易进犯。这是因果承接，有的用关联词照应。上句与下句是层层递进的承接关系。"离心自惆怅，车马亦徘徊。"(《将赴阌乡灞上留别钱起员外》) 用"自""亦"承接，离别的心情惆怅万分，不忍离去，车马也通人意徘徊不前。有的是用关联词表达内在的上句下句转折关系。"风萤方喜夜，露槿已伤秋。"(《秋夜同畅当宿藏公院》) 前句是与友人相逢，共同沉浸在宁静迷人的夜色中，下句移情于物，用伤秋的秋露中的槿树，象征自己岁月消逝，韶华不再，功业无成。由乐转悲，富于变化。

第十一章　多姿多彩的风格追求

对于一个作家，单一的艺术风格，只能证明其创作才能的匮乏，而杰出的作家总是能超越前人、超越自己，力求风格的突破，从而呈现出丰富多彩的面貌。古今中外，概莫能外。

卢纶是大历十才子，那么大历诗歌风格如何呢？他是共性多还是自己的个性多？唐代李肇《唐国史补》卷下说："大历之风尚浮。"清末沈曾植《海日楼札丛》卷七："大历之浮，则十才子当之矣。"浮，可以理解为不深不厚不重。也有在与盛唐诗歌的比较中凸显大历诗歌的风格的，明代王世懋《艺圃撷余》："至于大历十才子，其间岂无盛唐之句？盖声气犹未相隔也。"

卢纶在大历诗人中是独具面目的。这首先表现在其独创性的风格。他的风格是多姿多彩的。"当然，这并不是说，当我们倾听某人讲话或阅读某个著作时，我们必须忘掉所有关于内容的前见解和所有我们自己的见解。我们只是要求对他人的和文本的见解保持开放的态度。但是这种开放性总是包含着我们要把他人的见解放入我们自己整个见解的关系中，或者把我们自己的见解放入他人整个见解的关系中。"[1]

对一个作家风格的描述，既不能用简单概括的方法，也不能专注一点不及其余，要力求全面。

---

[1]　伽达默尔：《真理与方法》上，第 366 页，商务印书馆 2007 年。

首先应该高度关注的，是他的具有盛唐风韵的诗歌。或豪迈奔放，或苍凉雄壮，或沉郁顿挫，或高妙悠远……

卢纶的不少诗歌，具有盛唐气象，明显在气格上向盛唐致敬，穿越岁月的限制，做盛唐的知音。潘德衡《唐诗评选》说："纶诗五绝时作劲健；七律则情致深婉，有一唱三叹之音。"确为有识之见。

送畅当

四望无极路，千里流大河。

秋风满离袂，唯老事唯多。

一二句意为：四处张望无边无际的道路，大江大河千里东流。三四句意为：强劲的秋风吹着离别的衣衫，唯有老来万事感慨无限。全诗大处落笔，摆脱具体的程式化的送别意象，同时不仅仅抒发送畅当的感情，而是抒发人生易老、人生艰难的感慨，但是结尾千回百转，欲说还休，令人回味无穷。既有盛唐的气象阔大，又有大历诗歌的细致入微，别有一番风味。

卢纶的不少七言歌行，继承盛唐诗人李白、杜甫、岑参等人，情调高亢，感情表达豪迈磊落，在大历十才子中独树一帜。清代潘德舆《养一斋诗话》卷七："卢诗清高，可以与刘文房匹，不愧称首。"

送张郎中还蜀歌

秦家御史汉家郎，亲专两印征殊方。

功成走马朝天子，伏槛论边若流水。

晓离仙署趋紫微，夜接高儒读青史。

泸南五将望君还，愿以天书示百蛮。

曲栈重江初过雨，前旌后骑不同山。

迎车拜舞多耆老，旧卒新营遍青草。

塞口云生火候迟，烟中鹤唳军行早。

黄花川下水交横，远映孤霞蜀国晴。

邛竹笋长椒瘴起，荔枝花发杜鹃鸣。

回首岷峨半天黑，传筹接膝何由得。

空令豪士仰威名，无复贫交恃颜色。

垂杨不动雨纷纷，锦帐胡瓶争送君。

须臾醉起箫笳发，空见红旌入白云。

　　张郎中，当是张芬。张芬才兼文武，与大历十才子有诗歌往还。同时张芬也是卢纶的舅舅韦皋的得力部属。贞元九年（793年），韦皋派张芬破吐蕃峨和城、通鹤军。据《资治通鉴》载，此年五月，南诏王异牟寻上表请离开吐蕃归顺唐朝。唐朝皇帝赐异牟寻诏书，命令韦皋派使节慰问。开篇用秦汉的官职称张芬，御史为秦首次设立，郎中为汉代首设。"亲专二印"，朝廷让张芬掌握两路军，故有二印之说。一二句意为：你现在官是秦朝的御史汉朝的郎中，亲自指挥两路军出征吐蕃。伏槛，靠在栏杆上，用屈原《招魂》中"坐堂伏槛，临曲池些"。论边，东汉伏波将军马援善论兵，刘秀云："伏波论兵，与我意合。"三四句意为：你平定西南，快马进京与皇帝论兵，对答如流。仙署，指尚书省。紫微，皇帝住的地方。青史，指史书。古代历史记载在竹简上，竹简需要杀青方可使用。张芬为儒将，博通古今，广交大儒文士。五六句意为：你早晨离开尚书省去面见皇帝，夜晚迎接鸿儒一同研读历史。泸南，泸水之南，五将，指张芬部属。汉武帝时唐蒙杀巴蜀首领，武帝派遣司马相如前去抚慰巴蜀百姓。此指韦皋抚慰南诏。七八句意为：你的部属希望你早日归来，愿以皇帝诏书抚慰安定少数民族，归顺朝廷。前八句是实写，接下来展开想象，用生花妙笔铺陈张芬返蜀途中的情景。九十句意为：曲曲折折的栈道一重重江水，雨中前行。随从连绵前后，逶迤不在一山间行走。极尽夸张之能事。迎车，用《后汉书·岑彭传》之典，岑彭带兵入蜀，命令军中士兵不得抢掠，所过之处当地百姓举牛酒迎接慰劳。岑彭对诸耆老说，大汉哀怜巴蜀之民长久受奴役之苦，所以兴师远伐，不接受慰劳的牛酒，秋毫无犯。百姓十分喜悦，争相开门受降。十一十二句意为：迎接你的车马、夹道舞蹈的都是乡间的有名望的老者，旧的营区新的营地到处是连绵的青草。此赞扬张芬军纪严明深得当地民众爱戴。十三十四句意为：关塞的云雾深重，早炊的点火迟缓，炊烟缭绕，鹤鸣声声部队早早行军。黄花川在从长安到蜀地的路上，十五十六句意为：清澈的黄花川纵横交错，江水映照着蜀国的晴天。蜀地多阴雨天，此暗喻张芬感动天地。十七十八句意为：筇竹闻名，竹笋又长又嫩，此时正是花椒开花瘴气起时，荔枝花盛开杜鹃鸟啼叫。十九二十句意为：回首走过的岷山峨眉山，浓雾重重，夜色笼罩。与你开怀畅饮促膝交谈，哪有机会？此又回到送别主旨上来，收放自如。二十一二十二句意为：空令豪杰之士仰望你的威名，你我相交不论贫贱富贵，你走以后我无所依靠。末尾四句学习岑参送别诗的笔法，用环境烘托别情，情景合二为一。胡瓶，珍贵的酒器。二十三二十四句意为：垂柳依依静穆不动，纷纷细雨使别情格外浓重，锦帐内一杯接一杯争相与你话别。二十五二十六句意为：一会儿工夫乘醉而起，胡笳声声催出发，空见你红色的旌旗队伍消失在白云之中。全诗虚实相间，开合自如，自由驱使典故，铺陈而下，娴熟地使用夸张、比喻，富有盛唐余韵。

卢纶的不少诗歌，自然流畅，外在平易，匠心独运，诚如南宋著名词人姜夔《白石道人诗说》所言："非奇非怪，剥落文采，知其妙而不知其所以妙，曰自然高妙。"

中书舍人李座上送颍阳徐少府

颍阳春色似河阳，一望繁华一县香。

今日送官君最恨，可怜才子白须长。

李纾少年有文采，为人喜交友，性格幽默达观，曾为司封员外郎，知制诰，又改为中书舍人。颍阳人徐某，名未详，出任河阳少府，唐称县令为明府，县尉为少府。一二句意为：颍阳的春色似河阳，一眼望去春花遍地，全县沉浸在花香之中。三四句意为：今日送你为官你最感慨愤恨，可惜出众的才子白胡须越来越长。一开始便打破送别诗歌的固有模式，以新颖的时空连接出奇制胜，徐少府是河南颍阳人，而颍阳的春色如河阳县一样，同时暗用晋代著名诗人潘岳的典故，潘岳为河阳县令，在县内到处种植桃树李树，人称"花县"。而其才华出众，沉沦十年才做了个县令，所以三句写出了李纾对徐少府怀才不遇的慨叹。"可怜才子白须长"，一箭三雕。历史惊人地相似，昔日的潘岳，今日的徐少府，还有多年不得志的诗人自己，一句外在平淡的感慨含义深邃，耐人寻味。周珽《唐诗选脉会通评林》引唐汝询的话说，"卢诗尚朴，别是一番风味"。

卢纶也有一些诗歌浓密深细，典雅精致，为韩愈险怪一派的先声。

和常舍人晚秋集贤院即事十二韵寄赠徐薛二侍郎

纶阁九华前，森沉彩丈连。

洞门开旭日，清禁肃秋天。

霜满朝容备，钟余漏唱传。

摇珰陪羽扇，端弁入炉烟。

麟笔删金篆，龙绡荐玉编。

汲书荀勖定，汉史蔡邕专。

御行潜通笋，宫池暗泻泉。

乱丛萦弱蕙，坠叶洒枯莲。

列署齐游日，重江并谪年。

登封思议草，侍讲忆同筵。

沧海风涛广，黔山瘴雨偏。

唯应缄上宝，赠远一呈妍。

开篇用浓墨重彩渲染中书舍人的任职场所。纶阁，指中书省，《礼记》有"王言如丝，其出如纶；王言如纶，其出如綍"，后世称皇帝诏书为纶音，代替皇帝拟写诏书的中书省称为纶阁。九华，指皇宫的装设华丽。朝会时各种彩丈如黄旗丈、赤旗丈、白旗丈、黑旗丈、青旗丈等。一二句意为：中书省在皇宫的前面，周围连着五彩的彩仗。洞门指内宫之门。清禁：意为皇宫门禁之严格，难以随便进入。三四句意为：旭日东升的时候内宫门打开了，在秋高气爽之时更显得威严无比。五六句意为：秋霜满地，等到上朝时辰到了，穿好朝服准备上朝，此时听到宫内打更的声音。前六句虽然渲染得很好，但是也仅仅交代了中书省当差在禁宫内的特殊位置。从第七句开始写中书舍人的职责。七八句意为：官帽前金珰摇动手握羽扇，武士们尽心护卫，侍奉的女官燃起熏香。汉代开始尚书郎配女侍史二人，焚香在明光殿。唐代的中书舍人的职责与汉代的尚书郎相类似，唐人善于以汉喻唐，所以这是常用的词语习惯。麟笔用孔子的典故，孔子作《春秋》，绝笔于获麟。删金篆，指为皇帝修改诏书。龙绡，供皇帝御用的生丝。九十句意为：作为中书舍人为皇帝校勘经籍，在御用的绢上编撰文章。《晋书·荀勖传》载汲郡坟墓中的古文竹书发现后，诏荀勖编辑。用这个典故，指中书省编刊重要典籍。汉代蔡邕精通汉史。十一十二句意为：你有荀勖编辑《汲冢书》的才干，更如蔡邕一般精通历史。此二句赞扬常衮的才华。御竹：太液池有竹子数十丛，当时唐明皇称之为"竹义"。十三十四句意为：竹笋冒出地面时密密麻麻，泉水在竹丛中涓涓暗涌。十五十六句意为：竹丛中萦绕着兰花蕙草。秋日时分，飘落的树叶，撒在了枯萎的荷叶上。列署：徐浩曾拜中书舍人、集贤殿学士，徐浩、薛邕常常与常衮一起行走，而今远隔万水千山，被贬数年。十七十八句意为：三人一起为朝官，常常一同出行，重重江水远隔异地，贬谪已有数年。登封：登山封禅，此代指朝廷大典。侍讲：中书省集贤院有侍讲学士。十九二十句意为：回忆朝廷大典时起草诏书，侍讲时在同一筵席饮食。"沧海"句：徐浩被贬明州别驾，明州（今浙江宁波）临近大海，风涛常伴；薛邕被贬歙州（今安徽黄山），气候潮湿，是瘴疠之地，有北黟山。二十一二十二句意为：沧海的风涛无边无际，北黟山一带地势偏僻，瘴雨连绵。上宝之典出自《述异记》，指珍珠，此指诗歌。末尾二句意为：你应该把写的诗歌封好，寄给远方的二人，显示不凡的才华。

这首唱和诗本来就难写，重心在常衮，次及徐浩、薛邕，全诗结构安排巧妙，突出中心，过渡自然。用了不少典故，显示自己的才华，但是明显有深文周纳，语言技巧高妙而感情平淡。

卢纶也有用典繁复，外在显得有点过于雅正，有卖弄自己学问倾向的诗歌，但是读起来内涵并不隐晦。

送崔邠拾遗

皎洁无瑕清玉壶，晓乘华幰向天衢。

石建每闻宗谨孝，刘歆不敢衒师儒。

谏修郊庙开宸虑，议按休征浅瑞图。

今日攀车复何者，辕门垂白一愚夫。

崔邠是清河武城人。进士及第后，又中制科的贤良方正科。贞元中做过渭南县尉、拾遗、补阙。暗用鲍照《代白头吟》，华幰，华丽的车幔，天衢，京城的大街。暗指其官职。首联意为：崔邠的人品，如皎洁无瑕的清丽的玉壶，早晨乘着华丽的车子走向官署。"石建"句：崔邠是孝子，又是长子，这里用《汉书·万石君传》的典故，万石君石奋是西汉前期的政治人物，他与四个儿子都官至两千石，受到皇帝的尊崇，汉景帝更号以万石君，家以孝谨闻名于世。石建是万石君万奋的长子，石建更是诸子的典范。这里称道崔邠的孝道。刘歆是经学家刘向的儿子，是西汉著名经学家，也是古文经学的开创者。在天文历法方面也卓有成就。这里赞扬崔邠的学问。颔联意为：在诸子中常常听说你特别孝顺，学问深厚堪比刘歆，谦恭不炫耀。谏修郊庙：郊庙原指古代天子祭祀天地与祖先，也指国家政权。拾遗的职责在于进谏朝廷，完善国家法制，开宸虑，宸，北辰星，为众星所拱，这里宸指皇帝。开宸虑，意为拾遗可以使皇帝全面了解民情与政治。浅瑞图，浅为意动用法，以瑞为浅，以民不饥寒、国有贤良为上瑞。据《资治通鉴》载大历十四年（779 年）五月丙戌，"德宗诏曰：'泽州刺史李鷃上庆云图，朕以时和年丰为嘉祥，以进贤显忠为良瑞。如卿云、灵芝、珍禽、奇兽、怪草、异木、何益于人！布告天下，自今有此，无得上献"。可能这件事崔邠有奏议之功，卢纶才在这首诗里提及，但是历史上没有记载。历史不可能是完整的历史，记载帝王将相为主，崔邠官为拾遗，但只是个从八品的官，不见史籍也属于正常。颈联意为：进谏皇帝完善国家制度，开阔君王的视野，分析事情得失，

191

制止不良风气与事件，敢于直言。攀车，典出《后汉书·第五伦传》载，永平五年（62年）第五伦因触犯法律被召回朝廷，郡中老人小孩牵拉着车子，哭着相随，一天才能走几里路，不能前行。后来用攀车指官吏富有政绩。辕门：此指官署。最后以愚夫自称表明作诗之意。愚夫：谦称，指自己。尾联意为：今日你的政声远扬，攀车相送的人是谁？那就是官府门外的一个白发老愚夫。从这首诗看，感情并不深厚，应酬意味明确。

卢纶的一些诗歌，色彩缤纷，语言绚丽，在大历诗坛如繁花照眼，令人眼前一亮。胡震亨《唐音癸签》卷七说："卢郎中纶辞清捷丽，所作尤工。"又说："卢诗开朗，不作举止；陡发惊彩，焕尔触目。"可以视为李贺诗歌的前奏。

难绾刀子歌

黄金鞘里青芦叶，丽若剪成铦且捷。
轻冰薄玉状不分，一尺寒光堪决云。
吹毛可试不可触，似有虫镂阙裂文。
淬之几堕前池水，焉知不是蛟龙子。
割鸡刺虎皆若空，愿应君心逐君指。
并州难绾竟何人，每成此物如有神。

显然这是一首咏物诗。难绾，人名，并州（今太原）工匠，生平事迹不详。开篇先写刀鞘，烘云托月。一二句意为：黄金雕饰刀鞘，鞘里的刀似青色的芦苇叶剪成，锋利快捷。《庄子·说剑》："天子之剑，上决浮云。"三四句意为：好像轻轻的冰又似薄薄的玉难以区分，一尺长的寒光熠熠可切开浮云。据古籍记载在刀剑刃上吹毛试其是否锋利，毛断则宝刀利剑，这样的测试叫作吹毛。古代铸造刀剑多用高碳钢，质地坚硬但是常会有裂纹。五六句意为：宝刀吹毛立刻可试其锋利，但千万别用手触摸，刀上隐隐约约可以看到像昆虫似的裂纹。"淬之"二句，《晋书》卷三十六《张华列传》："初，吴之未灭也，斗牛之间常有紫气，道术者皆以吴方强盛，未可图也，惟华以为不然。及吴平之后，紫气愈明。华闻豫章人雷焕妙达纬象，乃要焕宿，屏人曰：'可共寻天文，知将来吉凶。'因登楼仰观。焕曰：'仆察之久矣，惟斗牛之间颇有异气。'华曰：'是何祥也？'焕曰：'宝剑之精，上彻于天耳。'华曰：'君言得之。吾少时有相者言，吾年出六十，位登三事，当得宝剑佩之。斯言岂效与！'因问曰：'在何郡？'焕曰：'在豫章丰城。'华曰：'欲屈君为宰，密共寻之，可乎？'焕许之。华大喜，即补焕为丰城令。焕到县，掘狱屋基，入地四丈余，得一石函，光气非常，中有双剑，并刻题，一曰龙泉，一曰太阿。其夕，斗牛间气不复见焉。焕以南昌西山北岩下土以拭剑，光芒艳发。大盆盛水，置剑其上，视之者精芒炫目。遣使送一剑并土与华，留一自佩。或谓焕曰：'得两送一，张公岂可欺乎？'焕曰：'本朝将乱，张公当受其祸。此剑当系徐君墓树耳。灵异之物，终当化去，不永为人服也。'华得剑，宝爱之，常置坐侧。华以南昌土不如华阴赤土，报焕书曰：'详观剑文，乃干将也，莫邪何复不至？虽然，天生神物，终当合耳。'因以华阴土一斤致焕。焕更以拭剑，倍益精明。华诛，失剑所在。焕卒，子华为州从事，持剑行经延平津，剑忽于腰间跃出堕水。使人没水取之，不见剑，但见两龙各长数丈，蟠萦有文章，没者惧而反。须臾光彩照水，波浪惊沸，于是失剑。华叹曰：'先君化去之言，张公终合之论，此其验乎！'华之博物多此类，不可详载焉。"七八句意为：淬火时几乎掉到前面池子里，谁知道它是不是蛟龙之子。割鸡，《论语·阳货》："夫子莞尔而笑曰：'割鸡焉用牛刀？'"刺虎，《拾遗记》卷五："上皇曰：'余此物名为匕首。其利难俦：水断虬龙，陆斩虎兕。'"皆若空：《越绝书》载宫人四驾白鹿而过，车奔鹿惊，越王引剑而指之，四驾上飞扬，不知其绝也。九十句意为：二刀割鸡刺虎都如虚空，愿二刀能随君所欲、通君心意。并州：太原府，属河东道。在今山西阳曲县以南，文水县以北的汾河中游地区。古以生产快刀闻名。十一十二句意为：并州的南绾究竟是多么精巧的人，每每锻造快刀如有神灵相助。全诗妙想纷披，比喻繁复，语言新奇。

卢纶的一些诗，清空高妙，超然物外，有王维晚年五言山水诗的风韵。

同吉中孚梦桃源

一

春雨夜不散，梦中山亦阴。

云中碧潭水，路暗红花林。

花水自深浅，无人知古今。

二

夜静春梦长，梦逐仙山客。

园林满芝术，鸡犬傍篱栅。

几处花下人，看予笑头白。

吉中孚，卢纶的好友，大历十才子之一。桃源，陶渊明作《桃花源诗并记》以后，后人把桃花源作为人间仙境吟咏。明钟惺、谭元春合编《唐诗归》卷二十六评此诗说："只六句，境、趣、理俱在内，而皆指不出，妙至于此。"

第一首开篇直写仙境，一二句意为：淅淅沥沥的春雨白天下到夜晚，梦中的山林也是雨雾重重。红花林，即桃花林。陶渊明《桃花源记》记渔人"忽逢桃花林，夹岸数百步，中无杂树，芳草鲜美，落英缤纷"。三四句意为：云雾中隐隐可见碧潭深水，浓密树荫，路上走进桃花林。最后一句凝缩《桃花源记》："先世避秦时乱，率妻子邑人，来此绝境，不复出焉。遂与外人间隔。问今是何世，乃不知有汉，无论魏晋。"五六句意为：桃花源中的树木上繁花深深浅浅，自开自妖娆，桃花源中的人没有古今的概念。

第二首从做梦开始。一二句意为：宁静的春夜，格外寂静，春梦悠长，梦中追随仙山的高人。芝，芝草。王充《论衡·验符篇》："芝草延年，仙者所食。"术，名山蓟。典籍载其久服不饥，轻身延年。三四句意为：桃花源中长满了芝草山蓟，鸡犬在篱笆栅栏边停息。五六句意为：桃花园中几处花下之人，看着我笑我头已白。

全诗用朦胧的笔调写来，似梦非梦，很好地表达了主题。比较王维《桃源行》："坐看红树不知远，行尽青溪不见人。"更显得真切可感。

卢纶的不少诗歌外在平易，内在含蓄深隽，意在言外，耐人回味。

长门怨

空空古廊殿，寒月落斜晖。

卧听未央曲，满箱歌舞衣。

司马相如《长门赋》序云："孝武皇帝陈皇后，时得幸，颇妒。别在长门宫，愁闷悲思。闻蜀郡成都司马相如天下工为文，奉黄金百斤，为相如、文君取酒，因于解悲愁之辞。而相如为文以悟主上，陈皇后复得亲幸。"《乐府诗集》卷四十二："《乐府解题》曰：'长门怨者，为陈皇后作也。后退居长门宫，愁闷悲思，闻司马相如工文章，奉黄金百斤，令为解愁之辞。相如为作《长门赋》，帝见而伤之，复得亲幸。后人因其赋而为《长门怨》也。'"乐府写作，有古题古意，有古题新意，有新题新意。此为前一类。前人已有不少佳作，作者另辟蹊径，写出新意。一二句意为：空空无人的古廊殿，寒冷的月光洒在其上。二句写景，但是句句含情，空空是主人公的心境，寒是主人公的感受。孤独寂寞、心灰意冷的心灵世界描绘得入木三分。未央：未央宫，西汉帝国的王朝正宫，汉朝的政治中心和国家象征。建于汉高祖七年（前200年），由刘邦重臣萧何监造，在秦章台的基础上修建而成，位于汉长安城地势最高的西南角龙首原上，因在长安城安门大街之西，又称西宫。自未央宫建成之后，西汉皇帝都居住在这里，成为汉帝国二百余年间的政令中心。未央曲：从未阳宫传出的乐曲。三四句意为：一个人无聊地躺在床上，听着从未阳宫传来的乐曲，情不自禁地起身翻开箱子，端详着自己昔日歌舞时的满箱旧衣。全诗突出主人公环境的空寂，采取直接描写，叠字强调，又用侧面烘托，以动写静的手法。写自己被抛弃，处处写今，处处有昔日的影子。今日未央宫是自己昔日歌舞地，今日满箱旧衣是昔日自己光鲜亮丽的新衣。今昔天壤之别。新人乐，旧人悲。新人得宠，旧人被抛弃。花开两朵，不见痕迹。巧妙绝伦。

比较王昌龄《长信秋词五首》其一：

金井梧桐秋叶黄，珠帘不卷夜来霜。

熏笼玉枕无颜色，卧听南宫清漏长。

王昌龄全诗突出宫女的寂寞孤独绝望的内心世界，用典型的环境反衬，细腻入微，入木三分。

比较王昌龄，卢纶则今昔时空融为一体，让今的时空在台前。然而未央宫新人的今天，不就是自己的昨天吗？而自己的今天，不就是新人的明天吗？内涵深刻，不逊王昌龄。然而如此高妙的好诗，埋没在历史的长河中，许多唐诗选本不加注意，实属遗憾。

卢纶也有轻松自然之作，显示了对各种体裁的驾轻就熟。

秋中过独孤郊居

（即公主子）

开园过水到郊居，共引家童拾野蔬。

高树夕阳连古巷，菊花梨叶满荒渠。

秋山近处行过寺，夜雨寒时起读书。

帝里诸亲别来久，岂知王粲爱樵渔

唐玄宗的女儿信成公主嫁给独孤明，此为独孤明与信成公主之子。首联意为：开凿园子，疏通水渠，到了独孤家的郊居，带着家里的家童，采集野生的蔬菜。颔联意为：高耸入云的树林，笼罩在夕阳的余晖中，与古老的巷子相连，盛开的菊花，飘落的梨叶，铺满荒草掩盖的水渠。颈联意为：秋天的山中不远处就是寺庙，宿在寺中秋雨绵绵早起读书。帝里：京城。帝里诸亲，指京中的皇亲国戚。王粲：建安七子之一。尾联意为：离开京城的亲戚已经很久，他们哪里知道您喜欢远离都市、与樵夫渔民为伴的生活。全诗的语言好似秋水清澈，顺流而下，不用典故，给人如秋风般清新的艺术美感。

196

第十二章　中晚唐诗的开路先锋

大历时期是一个特殊时期，盛唐时代诞生了李白杜甫两个世界级的诗歌巨星，令后人高山仰止。除此以外，高适、岑参、王昌龄、王维、孟浩然等多有开拓，卓尔名家，都给大历诗坛提供了丰富多彩的诗歌风格。然而前人的遗产愈丰硕，可供学习的材料也愈多。这无疑是值得庆幸的。可超越前人也就愈困难，艺术的辩证法就是如此。到了大历时代，仿佛所有的艺术尝试都被前人实践过，卢纶超越前人树立自己风格的努力是最大的，成果也是最明显的，对后代的影响也是最大的。

从上世纪八十年代以来，我自己一直坚持历史上的盛唐与诗歌的盛唐并不是同步的。作为盛唐的概念大多数观点认为安史之乱爆发，大气恢宏令世界瞩目的大国气象已经一去不复返了。然而文学的盛唐还在，李白在756年后创作了许多脍炙人口的诗篇，幻想缥缈的色彩减少了，写实的精神增强了，然而豪迈中寓悲凉，理想走进了现实，为国立功、消灭叛军的人生价值取向代替了"长风破浪会有时，直挂云帆济沧海"的豪情抒发。变化中有延续，李白的精神气质与风格的基本元素还在发挥作用，盛唐的气韵犹存。安史之乱折磨了杜甫，使他的身心经受了难以想象的磨难，他的灵魂飞跃了，成为诗圣了；他的诗歌升华了，成为诗史了。国家不幸诗家幸。沉郁顿挫的杜甫成熟在大唐一场巨大的灾难里。高适、岑参、王维虽然诗歌创作没有超越安史之乱以前，但是仍有不少佳作。到了大历五年（770年），这些人离开了人间，诗歌的盛唐才落下了帷幕。

卢纶诗歌的血液中流淌着盛唐昂扬向上的精神，洋溢着不屈的英雄意识，在大历诗人中独树一帜。

尽管难有李白的气魄，但是在具体的艺术选择上，卢纶一直在向盛唐诗歌靠拢。喜欢选择百千万的大数字，力求格局大，境界广阔。大历五年前写的《送吉中孚校书归楚州旧山》有"沿溜入阊门，千灯夜市喧""寥寥行异境，过尽千峰影"，然而在继承中变化的痕迹明显，十分重视诗歌画面内涵的对照，诗情画意相融，内在运思巧妙。

卢纶的不少诗歌通俗自然、明白如话，内在深隽，明显启迪元白一派。

酬灵澈上人

军人奉役本无期，落叶花开总不知。

走马城中头雪白，若为将面见汤师。

汤师，因灵澈出家前是姓汤，故称汤师。刘禹锡《澈上人文集序》："上人生于会稽，本汤氏子。聪察嗜学，不肯为凡夫。因辞父兄出家，号灵澈，字源澄。虽受经论，一心好篇章。从越客严维学为诗，遂籍籍有闻。维卒，乃抵吴兴，与长老诗僧皎然游，讲艺益至。皎然以书荐于词人包侍郎佶，包得之大喜。又以书致于李侍郎纾。是时以文章风韵主盟于世者曰包、李。以是上人之名由三公而扬，如云得风，柯叶张王。以文章接才子，以禅理说高人，风仪甚雅，谈笑多味。贞元中，西游京师，名振辇下。缁流疾之，造飞语激动中贵人，因侵诬得罪，徙汀州，会赦归东越。时吴楚间诸侯多宾礼招延之。元和十一年，终于宣州开元寺，年七十有一。门人迁之，建塔于越之山阴天柱峰之陲，从本教也。"全诗不用解释，越过一千多年的岁月，没有任何语言阅读的障碍。在轻松自如的表达中写出了自己在浑瑊幕中的生活。作为军人奉命从军本来没有期限，时光匆匆忙忙度过，花开花落都无感知。岁月催人老，满头雪白的头发，实在不好意思面对老朋友汤师父。

宴席赋得姚美人拍筝歌

（美人曾在禁中）

出帘仍有钿筝随，见罢翻令恨识迟。

微收皓腕缠红袖，深遏朱弦低翠眉。

忽然高张应繁节，玉指回旋若飞雪。

凤箫韶管寂不喧，绣幕纱窗俨秋月。

有时轻弄和郎歌，慢处声迟情更多。

已愁红脸能佯醉，又恐朱门难再过。

昭阳伴里最聪明，出到人间才长成。

遥知禁曲难翻处，犹自君王说小名。

开篇未闻其声，先见其人。钿筝：镶嵌有珠宝的筝。一二句意为：从帘幕后走出来，随身带着珠宝装饰的乐器筝，见到她觉得相见恨晚。三四句意为：稍微抬起红色的衣袖，露出洁白的手腕、深按红色的筝弦，低垂着翠色的眉毛。这是序曲过渡。五六句意为：忽然挥舞手指，自如地弹出繁复高昂的节拍，纤纤玉指回旋似飞雪飘飘。逐步走向高潮。接下来用反衬烘托，极力渲染筝声的高昂。七八句意为：凤箫韶管的声音被筝声淹没，听不到，纱窗下弹出的沉静的境界如同秋月下的夜空。接下来再写筝声的变换，由高昂到低回清新。九十句意为：忽而弹出轻悠的和郎歌，弹到曼声之处情意更丰富。已愁，萧纲《美女篇》："密态随羞脸，娇歌逐软声。朱颜已半醉，微笑隐香屏。"十一十二句意为：多少年来红红的脸庞能应酬装醉，年老色衰豪门还能再去吗？昭阳：汉宫名，此指唐代宫殿。十三十四句意为：当年在宫里的伙伴中是最聪明的，流落到人间才长成楚楚动人的美女。禁曲：此指宫中的乐曲。末尾二句意为：你超群的才艺演奏的宫中乐曲难以被翻奏，仿佛君王仍在呼唤你的小名。结尾正面赞叹技艺之高，无人能敌。比较白居易以下这首诗，就可以看出卢纶的影响。

白居易《琵琶行》

元和十年，予左迁九江郡司马。明年秋，送客湓浦口，闻舟中夜弹琵琶者，听其音，铮铮然有京都声。问其人，本长安倡女，尝学琵琶于穆、曹二善才，年长色衰，委身为贾人妇。遂命酒，使快弹数曲。曲罢悯然，自叙少小时欢乐事，今漂沦憔悴，转徙于江湖间。予出官二年，恬然自安，感斯人言，是夕始觉有迁谪意。因为长句，歌以赠之，凡六百一十六言，命曰《琵琶行》。

浔阳江头夜送客，枫叶荻花秋瑟瑟。

主人下马客在船，举酒欲饮无管弦。

醉不成欢惨将别，别时茫茫江浸月。

忽闻水上琵琶声，主人忘归客不发。

寻声暗问弹者谁？琵琶声停欲语迟。

移船相近邀相见，添酒回灯重开宴。

千呼万唤始出来，犹抱琵琶半遮面。

转轴拨弦三两声，未成曲调先有情。

弦弦掩抑声声思，似诉平生不得志。

低眉信手续续弹，说尽心中无限事。

轻拢慢捻抹复挑，初为《霓裳》后《六幺》。

大弦嘈嘈如急雨，小弦切切如私语。

嘈嘈切切错杂弹，大珠小珠落玉盘。

间关莺语花底滑，幽咽泉流冰下难。

冰泉冷涩弦凝绝，凝绝不通声暂歇。

别有幽愁暗恨生，此时无声胜有声。

银瓶乍破水浆迸，铁骑突出刀枪鸣。

曲终收拨当心画，四弦一声如裂帛。

东船西舫悄无言，唯见江心秋月白。

沉吟放拨插弦中，整顿衣裳起敛容。

自言本是京城女，家在虾蟆陵下住。

十三学得琵琶成，名属教坊第一部。

曲罢曾教善才服，妆成每被秋娘妒。

五陵年少争缠头，一曲红绡不知数。

钿头银篦击节碎，血色罗裙翻酒污。

今年欢笑复明年，秋月春风等闲度。

弟走从军阿姨死，暮去朝来颜色故。

门前冷落鞍马稀，老大嫁作商人妇。

商人重利轻别离，前月浮梁买茶去。

去来江口守空船，绕船月明江水寒。

夜深忽梦少年事，梦啼妆泪红阑干。

我闻琵琶已叹息，又闻此语重唧唧。

同是天涯沦落人，相逢何必曾相识！

我从去年辞帝京，谪居卧病浔阳城。

浔阳地僻无音乐，终岁不闻丝竹声。

住近湓江地低湿，黄芦苦竹绕宅生。

其间旦暮闻何物？杜鹃啼血猿哀鸣。

春江花朝秋月夜，往往取酒还独倾。

岂无山歌与村笛？呕哑嘲哳难为听。

今夜闻君琵琶语，如听仙乐耳暂明。

莫辞更坐弹一曲，为君翻作《琵琶行》。

感我此言良久立，却坐促弦弦转急。

凄凄不似向前声，满座重闻皆掩泣。

座中泣下谁最多？江州司马青衫湿。

　　开篇铺叙送别环境及发现琵琶女的过程。一二句意为：秋夜我到浔阳江头送一位归客，冷风吹着枫叶与芦花秋声瑟瑟。点明时间、地点、事件、环境。三四句意为：我和客人下马在船上饯别设宴，举起酒杯要饮却没有助兴的音乐。五六句意为：酒喝得不痛快更伤心将要分别，临别时夜茫茫，江水倒映着明月。七八句意为：忽听得江面上传来琵琶声，我忘却了回归，客人也不想动身。未见其人，已经被其美妙的琵琶声感染，侧面铺垫。自然引发读者对弹者的期待。九十句意为：寻着声源探问弹琵琶的究竟何人？琵琶停了许久，却迟迟没有动静。十一十二句意为：我们移船靠近，邀请她出来相见；叫下人添酒回灯重新摆起酒宴。十三十四句意为：千呼万唤她才缓缓地走出来，怀里还抱着琵琶半遮着脸儿。这是第一部分，通过对比写出了听者与弹者的不同的情感，一个急迫一个从容。急迫的很想目睹其人，从容的心情漠然，人生惨淡。

　　十五十六句意为：转紧琴轴拨动琴弦试弹了三两声，尚未成曲调那形态就非常有情韵。十七十八句意为：弦弦凄楚悲切声音隐含着沉思，似乎在诉说着她平生的不得志。十九二十句意为：她低着头随手连续地弹个不停，用琴声把心中无限的往事说尽。这几句说明她是琵琶高手，白居易则为顾曲知音，为后来白居易抒发自己的人生感慨做了很好的蓄势。二十一二十二句意为：轻轻地拢，慢慢地捻，一会儿抹，一会儿挑。初弹《霓裳羽衣曲》接着再弹《六幺》。二十三二十四句意为：大弦浑宏悠长，嘈嘈如暴风骤雨；小弦和缓幽细，切切如有人私语。二十五二十六句意为：嘈嘈声切切声相互交错地弹奏，就像一串又一串大珠小珠掉落玉盘。二十七二十八句意为：琵琶声一会儿像花底下婉转流畅的鸟鸣声，一会儿又像水在冰下流动受阻艰涩低沉、呜咽断续的声音。二十九三十句意为：好像冰泉冷涩，琵琶声开始凝结，凝结而不通畅，声音渐渐地中断。三十一三十二句意为：像另有一种愁思幽恨暗暗滋生，此时闷闷无声却比有声更能打动人。三十三三十四句意为：突然间好像银瓶撞破水浆四溅，又好像铁甲骑兵厮杀刀枪齐鸣。把琵琶的声音推向高潮。三十五三十六句意为：一曲终了她对准琴弦中心划拨，四弦一声轰鸣好像撕裂了布帛。三十七三十八句意为：东船西舫人们都静悄悄地聆听，只见江心之中映着洁白的秋月的影子。这是第二部分，用视觉、声觉与新颖的比喻把琵琶的声音写得惟妙惟肖。内在的潜台词则是写尽琵琶女复杂的心路历程。

三十九四十句意为：她沉吟着收起拨片插在琴弦中，整顿衣裳依然显出庄重不凡的颜容。四十一四十二句意为：她说我原是京城负有盛名的歌女，老家住在长安城东南的虾蟆陵。四十三四十四句意为：弹奏琵琶技艺十三岁就已学成，教坊乐团第一流的行列中有我的姓名。四十五四十六句意为：每曲弹罢都令琵琶艺术大师们叹服，每次妆成都被同行歌妓女伶们嫉妒。四十七四十八句意为：京都豪富子弟争先恐后来献彩，弹完一曲收来的红色彩绸不知其数。四十九五十句意为：钿头银篦打节拍常常断裂粉碎，红色罗裙被酒渍染污也不后悔。五十一五十二句意为：年复一年都在欢笑打闹中度过，秋去春来美好的时光白白消磨。这一节写往日繁华，是追忆。以乐写哀。五十三五十四句意为：兄弟从军姊妹死，家道已经破败；暮去朝来，我也渐渐地年老色衰。五十五五十六句意为：门前车马减少光顾者越来越少，青春已逝我无可奈何只得嫁给商人为妻。五十七五十八句意为：商人只重利不重情，常常轻易别离不当一回事；上个月他去浮梁做茶叶的生意。五十九六十句意为：他去了留下我在江口孤守空船，秋月与我做伴，绕舱的秋水凄寒。六十一六十二句意为：更深夜阑常梦少年时作乐狂欢；梦中哭醒，涕泪纵横，污损了粉颜。这是第三部分，用自述写出其跌宕的人生经历，是一曲悲歌，荡人心魄。

六十三六十四句意为：我听琵琶的悲泣早已摇头叹息，又听到她这番诉说更叫我悲凄。六十五六十六句意为：我们俩同是天涯沦落的可悲人，今日相逢何必问是否曾经相识！六十七六十八句意为：自从去年我离开京城长安，被贬居住在浔阳江畔常常卧病。六十九七十句意为：浔阳这地方荒凉偏僻没有音乐，一年到头听不到管弦的乐器声。七十一七十二句意为：住在溢江这个低洼潮湿的地方，宅第周围黄芦和苦竹缭绕丛生。七十三七十四句意为：在这里早晚能听到的是什么呢？尽是杜鹃猿猴那些悲凄的哀鸣。七十五七十六句意为：春江花朝秋江月夜那样好光景，也无可奈何常常取酒独酌独饮。七十七七十八句意为：难道这里就没有山歌和村笛吗？只是那音调嘶哑粗涩实在难以倾听。七十九八十句意为：今晚我听你弹奏琵琶诉说衷情，就像听到仙乐眼亮耳明。八十一八十二句意为：请你不要推辞坐下来再弹一曲，我要专门为你创作一首新诗《琵琶行》。八十三八十四句意为：被我的话所感动她站立了好久，回身坐下再转紧琴弦拨出急声。八十五八十六句意为：凄凄切切不再像刚才那种声音，在座的人重听都掩面哭泣不停。八十七八十八句意为：要问在座的谁的眼泪最多，我江州司马泪水湿透青衫衣襟！这是第四部分，浮想联翩，由琵琶女的不幸引发自己的人生感叹。

认真比对白居易《琵琶行》，构思、艺术手法继承痕迹明显。《琵琶行》恰似加长版的《宴席赋得姚美人拍筝歌》。白居易增加了前面六句交代时间地点。实际上去掉这六句不妨碍主题表达。又增加了闻声寻人的四句，显得不突兀，比卢纶更加自然完整。卢纶写弹筝女的面貌情态、弹筝的过程、动作，美妙的声音，用了一连串的比喻。最后写宫中流落人间的身世，详加铺叙，更加具体。又加了自己的身世感慨。

慈恩寺石磬歌

灵山石磬生海西，海涛平处与山齐。

长眉老僧同佛力，咒使鲛人往求得。

珠穴沉成绿浪痕，天衣拂尽苍苔色。

星汉徘徊山有风，禅翁静扣月明中。

群仙下云龙出水，鸾鹤交飞半空里。

山精木魅不可听，落叶秋砧一时起。

花宫杳杳响泠泠，无数沙门昏梦醒。

古廊灯下见行道，疏林池边闻诵经。

徒壮洪钟秘高阁，万金费尽工雕凿。

岂如全质挂青松，数叶残云一片峰。

吾师宝之寿中国，愿同劫石无终极。

慈恩寺是唐高宗为文德皇后所建。一个石磬能写得如此动人心魄，出手不凡。一开始就写石磬出生非常。灵山，指灵鹫山，佛祖曾住之地。一二句意为：它是从很远的海边到了灵山的。沧海桑田变幻，当时海水与山峰一样深。三四句意为：长眉的老僧人与佛的无形力量，让传说中的人鱼去寻找。五六句意为：石磬在珠穴中历经千万年带着绿浪，天衣拂去苍苔的颜色。接下来写磬的声音，用一连串的比喻直接描写。七八句意为：星汉分明的夜空里山中微风吹拂，老僧在明月之夜的叩门声清晰地打破了夜的寂静。九十句意为：众多的仙人从云雾中徐徐飘至，人间又忽然蛟龙出水，又如鸾鸟仙鹤飞舞在半空中。清幽的声音中不乏高潮。十一十二句意为：山中的精灵木魅也听不到如此变化多姿的音声，一会儿又如秋末的落叶纷纷，千家万户捣衣声声。以后是声音的效果，转入间接描写。花宫，指佛寺，语出《妙法莲华经》。沙门，僧徒。佛家认为辞别亲人出家，回归本心，悟万事皆空，名之曰沙门。十三十四句意为：高妙的磬声在佛寺里飘扬，无数的僧徒在昏昏沉沉的梦中惊醒。十五十六句意为：寺庙的廊灯点燃，行道清晰可见，僧徒们聚集在一起诵读经书。再用对比反衬手法，烘托石磬之珍贵。中国，此指中原。劫，佛家说时间之长，此形容石磬声音永远。十七十八句意为：能发出壮美响亮声音的洪钟被束之高阁，那可是费尽万金精雕细琢的精品。十九二十句意为：哪能比得上取自大自然的石磬天然不见斧凿痕，挂在青松上。映照在树叶下的残云孤峰，真是一幅绝美的图画。末尾二句意为：我们的大师珍爱它成为中原的吉祥之物，愿悠远的磬声万古飘扬。

比较韩愈的《听颖师弹琴》：

昵昵儿女语，恩怨相尔汝。

划然变轩昂，勇士赴敌场。

浮云柳絮无根蒂，天地阔远随飞扬。

喧啾百鸟群，忽见孤凤凰。

跻攀分寸不可上，失势一落千丈强。

嗟余有两耳，未省听丝篁。

自闻颖师弹，起坐在一旁。

推手遽止之，湿衣泪滂滂。

颖乎尔诚能，无以冰炭置我肠！

一二句意为：琴声犹如一对亲昵的小儿女在耳鬓厮磨，互诉衷肠，又夹杂着嗔怪之声。三四句意为：忽的一下琴声变得高亢雄壮，好似勇士骑马奔赴战场杀敌擒王。五六句意为：一会儿又由刚转柔，好似浮云、柳絮飘浮不定，在这广阔天地之间悠悠扬扬。七八句意为：蓦地，又像百鸟齐鸣，啁啾不已，一只凤凰翩然高举，引吭长鸣。九十句意为：登攀时一寸一分也不能再上升，失势后一落千丈还有余。这是第一部分，用生花妙笔，形象比喻，写出了美妙的琴声。十一十二句意为：惭愧呀我空有耳朵一双，还是无法理解琴声真正的意境。十三十四句意为：自从颍师开始弹琴，就被其琴声所深深感动，起坐不安。十五十六句意为：眼泪扑扑簌簌滴个不止，浸湿了衣襟，只能伸手制止，不愿再听。十七十八句意为：颍师确实是有才能的人，可是别再把冰与火填入我肝肠。

这首诗描写声音，空灵高雅。正面描写细腻准确，生动逼真。侧面传神简练，含义深邃。

卢纶的这种铺叙手法，也在影响韩愈的以文为诗。

韩愈《山石》

山石荦确行径微，黄昏到寺蝙蝠飞。

升堂坐阶新雨足，芭蕉叶大栀子肥。

僧言古壁佛画好，以火来照所见稀。

铺床拂席置羹饭，疏粝亦足饱我饥。

夜深静卧百虫绝，清月出岭光入扉。

天明独去无道路，出入高下穷烟霏。

山红涧碧纷烂漫，时见松枥皆十围。

当流赤足踏涧石，水声激激风吹衣。

人生如此自可乐，岂必局束为人靰。

嗟哉吾党二三子，安得至老不更归。

山石：取诗的首句开头二字为题，它与诗的内容无关。实际是有题目的无题诗。荦确：指山石险峻不平的样子。行径：行进的路径。微：狭窄。蝙蝠：哺乳动物，夜间在空中飞翔，捕食蚊、蛾等。一二句意为：山石峥嵘险峭，山路狭窄难以行进，蝙蝠穿飞的黄昏，来到这座庙堂。这是写山寺黄昏的景象并点明到寺的时间。升堂：进入寺中厅堂。阶：厅堂前的台阶。新雨：刚下过的雨。栀子：常绿灌木，夏季开白花，香气浓郁。三四句意为：进入厅堂后坐在台阶上，这刚下过的一场雨水该有多么充足；那吸饱了雨水的芭蕉叶子更加硕大，而挺立枝头的栀子花苞也显得特别肥壮。诗人热情地赞美了这山野生机勃勃的动人景象。五六句意为：僧人告诉我说，古壁佛画真堂皇，用火把照看，模模糊糊看不清爽。疏粝：糙米饭。这里是指简单的饭食。七八句意为：为我铺好床席，又准备米饭菜汤，饭菜虽粗糙，却够填饱我的饥肠。九十句意为：夜深清静好睡觉，百虫停止吵嚷，明月爬上了山头，清辉泻入门窗。十一十二句意为：天明我独自离去，无法辨清路向，出入雾霭之中，我上下摸索踉跄。十三十四句意为：山花鲜红涧水碧绿，光泽又艳繁，时见松栎粗大十围，郁郁又苍苍。十五十六句意为：遇到涧流当道，光着脚板踏石蹚，水声激激风飘飘，掀起我的衣裳。十七十八句意为：人生在世能如此，也应自得其乐，何必受到约束，宛若被套上马缰？十九二十句意为：我那几个情投意合的伙伴，怎么能到年老，还不再返回故乡？

不难看出，韩愈此诗风格独特，富有新颖的审美视角。以文为诗，有意打破传统诗歌的意象组合方法，以时间顺序，移步换景，同时重视周围环境的动态变化。语言尤其散文化，给人面目一新的艺术感受。仿佛食橄榄，开始苦涩，反复体味则妙意无穷。

卢纶的一些诗歌，风趣幽默，轻快戏谑，是明显影响韩愈的诙谐一类诗歌。

卢纶《酬赵少尹戏示诸侄元阳等因以见赠》

八龙三虎俨成行，琼树花开鹤翼张。

且请同观舞鹥鹆，何须竟哂食槟榔。

归时每爱怀朱橘，戏处常闻配紫囊。

谬入阮家逢庆乐，竹林因得奉壶觞。

　　这是一首唱酬诗，题材比较难写，卢纶因难见巧，反而写得轻松自如而又十分贴切。赵少尹，赵密，曾为河南少尹。诸侄元阳等，赵密之弟赵复，生元阳、真长。元阳，曾为滁州刺史；真长，监察御史。八龙三虎，《后汉书·荀淑传》载，荀淑有八个儿子，都有名气，时人谓之八龙。三虎，据《后汉书·党锢传》载，贾彪兄弟三人，并有高名，天下称之为贾氏三虎。琼树，《世说新语·言语》："谢太傅（安）问诸子侄：'子弟亦何预人事，而正欲使其佳？'诸人莫有言者，车骑（谢玄）答曰：'譬如芝兰玉树，欲使其生于阶庭耳。'"琼树花开，指赵密诸侄已经展露才华。鹤翼张，《周易》有云："鸣鹤在阴，其子和之。我有好爵，吾与尔靡之。"鹤鸣则翼张，喻诸侄仕途得意。首联说你的诸侄如八龙三虎俨然成行，光辉灿烂，又好似玉树花开，仙禽自如地张开了翅膀。舞鸜鹆，据《晋书·谢尚传》载，王导在座中对谢尚说，听说你能跳鸜鹆舞，一座倾慕，有这事吗？谢尚说好。立刻穿衣而舞，王导让座中的人抚掌击节。谢尚俯仰在中间，旁若无人，率真如此。食槟榔，《南史·刘穆之传》载刘穆之少年时家贫，不拘小节，吃饭饮酒量大而毫不拘谨，喜欢到其妻子的兄长家乞食。穆之饭后要槟榔吃，他的妻兄江氏兄弟嘲弄他说，槟榔消食，你常常觉得肚子饿，何须马上吃？后来穆之做了丹阳尹，让厨师用金盘装了一斛槟榔给妻兄。用此典自谦比自己。颔联意为：请我观赏诸侄的鸜鹆舞，不必都去戏笑我这食槟榔的人。怀朱橘，三国时期陆绩幼年为客，装了橘子回家给母亲吃。用此赞美元阳等人的孝心。配紫囊，《晋书·谢安传》载谢玄少年时喜欢佩戴紫罗香囊，谢安担心这一习惯不好，又不想伤害他，在与他游戏时赌取，立刻烧掉它，从此谢玄改掉了这一习惯。颈联意为：诸侄从各地回到家中时如陆绩怀橘，孝心可表，又如谢家子弟风流倜傥。晋时阮籍、阮咸都是竹林七贤之一，此喻赵家叔侄。庆乐，唐代儿子在身边，每逢生日，有家庭聚餐，与亲人别后回家也有。尾联意为：我误打误撞参加了您家的家庭聚餐，仿佛到了竹林七贤的酒宴，只能频频举杯。

如果直接称颂赵密的诸侄，既落入诗歌的旧套路，也显得低俗。全诗自由驱使历史典故，正用反用纵横交错，诙谐幽默的格调，很好地表达了主题。

再看韩愈的《醉留东野》：

> 昔年因读李白杜甫诗，长恨二人不相从。
> 吾与东野生并世，如何复蹑二子踪。
> 东野不得官，白首夸龙钟。
> 韩子稍奸黠，自惭青蒿倚长松。
> 低头拜东野，原得终始如驱蛩。
> 东野不回头，有如寸筳撞巨钟。
> 我愿身为云，东野变为龙。
> 四方上下逐东野，虽有离别无由逢。

韩愈当时地位高，诗名大，孟郊穷困，但是韩愈却用诙谐的艺术手法，打破了这种世俗的价值观念。用诗歌中的李白杜甫一下子拉近了二人的关系。而且有意抬高孟郊，云龙比喻本用于君臣，韩愈大胆移植，妙不可言。全诗自由挥洒，充满幽默意味，在唐代诗坛别开生面。

韩愈《调张籍》
> 李杜文章在，光焰万丈长。
> 不知群儿愚，那用故谤伤。
> 蚍蜉撼大树，可笑不自量。
> 伊我生其后，举颈遥相望。
> 夜梦多见之，昼思反微茫。
> 徒观斧凿痕，不瞩治水航。
> 想当施手时，巨刃磨天扬。

垠崖划崩豁，乾坤摆雷硠。

惟此两夫子，家居率荒凉。

帝欲长吟哦，故遣起且僵。

剪翎送笼中，使看百鸟翔。

平生千万篇，金薤垂琳琅。

仙官敕六丁，雷电下取将。

流落人间者，太山一毫芒。

我愿生两翅，捕逐出八荒。

精诚忽交通，百怪入我肠。

刺手拔鲸牙，举瓢酌天浆。

腾身跨汗漫，不著织女襄。

顾语地上友，经营无太忙。

乞君飞霞佩，与我高颉颃。

    轻薄李白杜甫这样的诗歌巨星，对于文坛领袖韩愈来说，这是多么需要拨乱反正的严肃主题，韩愈却另辟蹊径，用十分新颖奇崛的比喻开篇，令人眼前一亮。全诗用了连绵不断的新奇比喻，思出常格，创新出一种新的意境，表现了一种新的审美风范。

    卢纶以前的诗歌虽然风格各异，但是都在传统的审美范畴内取材。卢纶有意拓展，突破樊篱，不避粗俗、追求一些琐屑怪异不被诗人吟咏的对象。比杜甫的通俗化、俚俗化走得更远，写瘿柏雕刻、写白蝇拂、马脑盏、蒲团、白竹杖、白玉簪、古木、玉壶冰等，不一而足。一些诗歌有用险字，想象奇诡的倾向。直接开启韩愈、李贺、孟郊等奇险一派的创作倾向。刘熙载《艺概·诗概》："昌黎往往以丑为美。"又说："昌黎、东野两家诗，虽雄豪清苦不同，而同一好难争险。"韩愈写疟鬼、蛟螭、鬼魅、猿猴、两头蛇、白舌鸟，写人的躯体中的齿落、肛门、粪便，写寒蝇、青蛙、蚯蚓等。想象诡异奇崛，用险字、押险韵。

    卢纶的一些咏物诗，想象奇特，语言艰险，铺陈夸张，节奏奇崛，以文为诗，明显表现出主观刻意追求险怪的审美趋向。

割飞二刀子歌

我家有剪刀，人云鬼国铁。

裁罗裁绮无钝时，用来三年一股折。

南中匠人淳用钢，再令盘屈随手伤。

改锻割飞二刀子，色迎霁雪锋含霜。

两条神物秋冰薄，刃淬初蟾鞘金错。

越戟吴钩不足夸，斩犀切玉应怀怍。

日试曾磨汉水边，掌中恬栗声冷然。

神惊魄悸却收得，刃头已吐微微烟。

刀乎刀乎何烨烨，魑魅须藏怪须慑。

若非良工变尔形，只向裁缝委箱箧。

割飞二刀子：可能是一名"割"一名"飞"的两把刀，配成一对。鬼国：汉族神话传说中的古北方国名。《山海经·海内北经》："鬼国在贰负之尸北，为物人面而一目。"一二句意为：我家有剪刀，人们说是用鬼国生产的铁打制的。三四句意为：裁剪绫罗，剪断图案精美的丝织品，从来都是十分锋利，使用三年以后一半折断。南中：岭南一带。唐代贵州也属于岭南道。淳：厚也，指多。五六句意为：南中的匠人锻造剪刀用钢太多，又一次让盘曲的剪刀在手中折断。"色迎"句，曹丕《大墙上蒿行》："今我难得久来履。何不恣意遨游，从君所喜？带我宝剑。今尔何为自低昂？悲丽乎壮观，白如积雪，利如秋霜。驳犀标首，玉琢中央。帝王所服，辟除凶殃。御左右，奈何致福祥？"七八句意为：折断的剪刀重新锻造成割、飞二刀，色彩如太阳照耀下的洁白的雪花锋刃如霜。初蟾：初月。古人认为月中有桂树、蟾蜍。此状刀形如弯月。九十句意为：两把刀如秋天的冰一样薄，刀身如弯月，刀鞘镂金错彩。越戟吴钩：古籍记载这两种兵器锋利异常威力无比，是春秋时期冷兵器的典范。斩犀，王粲《刀铭》："陆剸犀兕，水截鲛鲸。"裴渊《文身剑铭》："陆断玄犀"语出于此。"切玉"句，《山海经》载昆吾之山上多赤铜，用之做刀刃，切玉如同切泥。怍，惭愧。十一十二句意为：越国产的戟，吴国产的钩，都不值得称道，断犀切玉如同切泥般锋利已觉得惭愧。汉水，其发源地在陕西省西南部秦岭与米仓山之间的宁强县（隶属陕西省汉中市，旧称宁羌）冢山，而后向东南穿越秦巴山地的陕南汉中、安康等市，进入鄂西后北过十堰流入丹江水库，出水库后继续向东南流，过襄樊、荆门等市，在武汉市汇入长江。怊：恐惧害怕。栗：因恐惧而发抖。冷然：形容声音清越。十三十四句意为：当时试刀之日曾在汉水边的石上开刃，握刀的人掌中害怕发抖，割飞二刀寒光阵阵声音清越。神惊魄悸，化用李白《梦游天姥吟留别》："忽魂悸以魄动，恍惊起而长嗟。"十五十六句意为：惊魂失魄万分恐惧立即收起入鞘，刀刃上已经微微泛起寒烟。十七十八句意为：割飞二刀多么锋利明亮，魑魅鬼怪都要害怕遁形远逃。十九二十句意为：假若不是能工巧匠使你变形发光，恐怕如今仍然在裁缝匠的衣箱底被埋没。

卢纶这首诗歌风格追求奇诡，在细小的题材中极尽想象之能事，极力夸饰割飞二刀之锋利无比。铺陈排比，反复渲染。

卢纶《栖岩寺隋文帝马脑盏歌》

天宫宝器隋朝物，锁在金函比金骨。
开函捧之光乃发，阿修罗王掌中月。
五云如拳轻复浓，昔曾噀酒今藏龙。
规形环影相透彻，乱雪繁花千万重。
可怜贞质无今古，可叹隋陵一抔土。
宫中艳女满宫春，得亲此宝能几人。
一留寒殿殿将坏，唯有幽光通隙尘。
山中老僧眉似雪，忍死相传保扃镝。

栖岩寺，在卢纶家乡永济城东二十五里，中条山北。周建德中建，初名灵居。周末县延遁隐山中，弟子慧海随从他隐居。隋文帝崇信佛教，曾经以外国供奉的玛瑙盏施舍给栖岩寺，唐代名士多游此处。马脑，即玛瑙。开篇下笔便用十分惊人的笔触写出马脑盏的不同凡响。金骨，即舍利，因色如赤金，所以称金骨。一二句意为：它是天宫的宝器，隋朝传下来的珍宝，马脑盏锁在金函中珍贵如舍利子。阿修罗王，佛教中的护法神，力大无畏。月，是明月珠的简称。三四句意为：小心翼翼地打开宝函看到它神奇的光彩，它是阿修罗王掌中的明月珠。五云，借喻马脑盏。噀，用嘴巴向某对象喷水。《晋书·艺术传》载高僧澄曾与石虎一起登上中台，澄取酒喷向幽州，说可以救幽州之火。后来幽州上报朝廷，果真如此。五六句意为：如拳大的马脑盏十分轻巧又色彩浓艳，过去曾经喷酒而今藏龙。七八句意为：规形环影，盏内外半透明清澈明亮，白底彩色，似飞雪中花开万重。可怜，此为可爱的意思。九句十句意为：如此美妙的器物冠绝古今，无与伦比，可叹隋王朝都埋葬在一抔黄土之中了。十一十二句意为：隋朝皇宫中美丽的宫女如百花争艳，满宫春色，能亲见这个宝物的有几人？十三十四句意为：自从隋朝灭亡后，宫殿荒芜，马脑盏留存的宫殿也将要倒塌，唯有马脑盏的幽光穿越尘土。末尾二句意为：被山中双眉似雪的老僧意外发现并珍藏，视如生命般代代相传珍藏在宝函中。全诗看似咏物，实质在怀古，马脑盏是联系今古的一条纽带，通过同一空间事物的变化，发历史沧桑变幻莫测的兴亡感慨。

　　全诗极尽想象夸张之能事，色彩绚丽，比喻新奇，直接影响李贺的许多诗歌。研究者过多注意李贺诗歌与楚辞及南朝民歌之传承，对于直接影响其诗歌创作的前辈诗人卢纶，关注甚少，所以做一些较为详细的比较，很有说服力。

李贺《金铜仙人辞汉歌》

　　魏明帝青龙元年八月，诏宫官牵车西取汉孝武捧露盘仙人，欲立置前殿。宫官既拆盘，仙人临载，乃潸然泪下。唐诸王孙李长吉遂作《金铜仙人辞汉歌》。

　　茂陵刘郎秋风客，夜闻马嘶晓无迹。

画栏桂树悬秋香，三十六宫土花碧。
魏官牵车指千里，东关酸风射眸子。
空将汉月出宫门，忆君清泪如铅水。
衰兰送客咸阳道，天若有情天亦老。
携盘独出月荒凉，渭城已远波声小。

李贺才华非凡，是难得的天才。如果以二十七岁以前的诗歌来衡量的话，李贺绝对是中国文学史上第一，没有人比得上。可惜心比天高，命运却超常地悲惨。独特的人生轨迹形成了被扭曲的畸形天才。这首诗歌，在题材的选择上就令人望而止步，李贺却能奇外出奇，写出非凡的深意，创造了光怪陆离的意境。首先便是令人匪夷所思的幻想，不但以物喻人，而且衍生喻体，使其具有人的复杂情感。而为了将感情推向高峰，创造了惊天地泣鬼神的千古名句——"天若有情天亦老"，它已经穿越了李贺创作的具体语境，焕发出跨越时空的表现人类悲苦情感的最典型最生动最有表现力的美学光华。

李贺此诗也是通过一物，金铜仙人，空间的变化，写汉朝灭亡的悲凉，抒发苍凉冷峻的历史感慨。卢纶影响的痕迹明显。

卢纶写书生无用、皇帝重武轻文的不少诗歌，直接影响李贺的《南园十三首》及其《致酒行》。

卢纶《冬日登城楼有怀因赠程腾》

生涯何事多羁束，赖此登临畅心目。
郭南郭北无数山，万井逶迤流水间。
弹琴对酒不知暮，岸帻题诗身自闲。
风声肃肃雁飞绝，云色茫茫欲成雪。
遥思海客天外归，坐想征人两头别。
世情多以风尘隔，泣尽无因画筹策。
谁知白首窗下人，不接朱门坐中客。

贱亦不足叹，贵亦不足陈。

长卿未遇杨朱泣，蔡泽无媒原宪贫。

如今万乘方用武，国命天威借貔虎。

穷达皆为身外名，公侯可废刀头取。

君不见汉家边将在边庭，白羽三千出井陉。

当风看猎拥珠翠，岂在终年穷一经。

程腾：生平事迹不详。一二句意为：我的人生为何如此多坎坷，登上此楼畅快我的心胸多自由。万井，《周礼·地官·司徒》："九夫为井，四井为邑。"此处形容人烟密集。三四句意为：城郭南北的无数山峰连绵不断，人烟密集的城镇分布在河水两岸。岸帻：推起头巾，露出前额。五六句意为：弹琴饮酒不知白日已到日暮，脱去头巾露出额头，下笔题诗身心多么悠然闲适。七八句意为：凛冽的寒风萧萧大雁已经飞走，寒云凝结，茫茫无际，将要落雪。此为登楼所见。接下来由登楼而思故人。海客：此指漂泊在外的人。九十句意为：遥思远游的朋友天外归来，因此想到征人与妻子分别两地。风尘：此指旅途。十一十二句意为：人世间的离别多因离家外出，眼泪流尽也难以找到好的办法。十三十四句意为：谁知你皓首穷经的儒生，不与权贵之人为伍。十五十六句意为：贫贱不需要悲叹，富贵不值得炫耀。长卿未遇：司马相如字长卿，当他未遇汉武帝时，家徒四壁，穷困潦倒。杨朱临歧路而泣，后指不得志。蔡泽，据《史记·范雎蔡泽列传》载：蔡泽战国燕国纲成（今河北万全）人，善辩多智，深谙道家月满则亏的思想。因点破范雎狡兔死走狗烹而使其功成身退后，被范雎推荐任秦昭襄王相，几个月后，辞掉相位，定居秦国做小吏，经秦孝文王、秦庄襄王、秦始皇四朝任职，乱世中保全自身。惠文王之后，献计秦昭襄王离间魏安厘王与信陵君的关系、灭东周，封纲成君。居留秦国十多年，秦始皇时，曾出使燕国。在哲学上，倾向于道家，着重发挥道家功成身退的思想。"太史公曰：韩子称'长袖善舞，多钱善贾'，信哉是言也！范雎、蔡泽世所谓一世辩士，然游说诸侯至白首无所遇者，非计策之拙，所为说力少也。及二人羁旅入秦，继踵取卿相，垂功于天下者，固强弱之势异也。然士亦有偶合，贤者多如此二子，不得尽意，岂可胜道哉！然二子不困厄，恶能激乎？"原宪：先秦时代隐居贤人，因贫困出名。十七十八句意为：司马相如未遇汉武帝时，也曾贫困；杨朱临歧路曾经落泪；蔡泽没有人引荐之时，无人理会。贤达如原宪仍然贫穷。貔虎：武将。十九二十句意为：君王当今正是用兵的时候，国家的命运、天子的威严都依仗勇猛的武将。"公侯"句：指旧时公侯多已经沦丧，新贵多是武将。二十一二十二句意为：穷困与显达都是身外浮名，公侯可以废弃，战刀上可以获取。汉家：此指唐朝。二十三二十四句意为：君不见当朝的军队正在边关作战，装满白羽箭的士兵从井陉出发。末尾二句意为：迎风观看打猎，拥有珍宝无数，哪里还用读书深究儒家的经书。

全诗结构属于倒置型的，重笔写武将，从皇帝重视、当时形势需要，再写其显贵与荣耀，反衬文人无用、沉沦穷困的命运。

李贺《致酒行》

零落栖迟一杯酒，主人奉觞客长寿。
主父西游困不归，家人折断门前柳。
吾闻马周昔作新丰客，天荒地老无人识。
空将笺上两行书，直犯龙颜请恩泽。
我有迷魂招不得，雄鸡一声天下白。
少年心事当挐云，谁念幽寒坐呜呃。

这首诗自由地驰骋在现实与历史的时空之中，唤起一种超越时空的悲剧意识。主父偃、马周、作者李贺之间的界限消失了，消融古今，在悲慨中抒发自信的豪情。情调跌宕起伏，富于变化。语言奇妙绝伦，特别富有创造性，如"零落栖迟""天荒地老""幽寒坐呜呃"，尤其是"雄鸡一声"句等等，给人一种贯穿古今时空的艺术张力。成为影响后世的经典语汇。对比卢纶的《冬日登城楼有怀因赠程腾》，李贺的这首诗歌，继承关系明显。

李贺《南园十三首》其五

男儿何不带吴钩，收取关山五十州。

请君暂上凌烟阁，若个书生万户侯?

这首诗感情表达直率强烈，唤醒人们对书生命运贯穿古今的深邃思考，具有苍凉的历史意识和现实的悲剧意识相融的非凡的艺术震撼力。此诗分明是卢纶《冬日登城楼有怀因赠程腾》意蕴的压缩版。

卢纶诗歌构思的新颖奇巧影响中晚唐诗人则更加明显：

卢纶《裴给事宅白牡丹》

长安豪贵惜春残，争玩街西紫牡丹。

别有玉盘承露冷，无人起就月中看。

全诗突出新颖脱俗的审美感受，在世俗的风气外，表达了自己独特的意趣。同时也抒发了人生的无限感慨：司空见惯的美好事物常常不被珍惜。

在唐代，观赏牡丹成为富贵人家的一种习俗。牡丹中又以大红大紫为贵，白色牡丹不受重视。这首《裴给事宅白牡丹》便是唐代这种风习的生动记录。卢纶却能在风俗之外，独树一帜，构思打破思维定式，新颖神奇。

刘禹锡《秋词二首》其一

自古逢秋悲寂寥，我言秋日胜春朝。

晴空一鹤排云上，便引诗情到碧霄。

从宋玉开始，四季中的秋就染上悲凉的色调。刘禹锡以豪迈达观的人生自信，宏大壮美的审美观察，抓住秋日天高气爽的格调，表达了自己独特的审美取向，给人柳暗花明的艺术感受，以高昂的人生价值观感染读者。在独特的造境中抒发积极向上的感情，又给人一种独特的哲理美感。

卢纶《山店》

登登山路行时尽，决决溪泉到处闻。

风动叶声山犬吠，一家松火隔秋云。

全诗移步换景，生动逼真。语言巧用叠字，极富表现力。眼前景色是实写，是现实的时空，而人家烟火是自己渴望找到的休息之处。相互映衬，仿佛简洁清丽的水墨画，格高意远。

杜牧《山行》

远上寒山石径斜，白云生处有人家。

停车坐爱枫林晚，霜叶红于二月花。

生：另有版本作"深"（"生"可理解为在形成白云的地方；"深"可理解为在云雾缭绕的深处）。一二句意为：沿着弯弯曲曲的小路上山，在那生出白云的地方居然还有几户人家。坐：因为。霜叶：枫树的叶子经深秋寒霜之后变成了红色。枫林晚：傍晚时的枫树林。三四句意为：停下马车是因为喜爱深秋枫林的晚景，枫叶秋霜染过，艳比二月春花。

这是一首描写和赞美深秋山林景色的七言绝句。第一句写一条石头小路蜿蜒曲折地伸向充满秋意的山峦。"寒"字点明深秋时节；"远"字写出山路的绵长；"斜"字照应句首的"远"字，写出了高而缓的山势。由于坡度不大，故可乘车游山。第二句写云，写人家。诗人的目光顺着这条山路一直向上望去，在白云飘浮的地方，有几处山石砌成的石屋石墙。这里的"人家"照应了上句的"石径"，"石径"就是那几户人家上上下下的通道。这样就把两种景物有机地联系在一起了。白云仿佛从山岭中生出，飘浮缭绕，既可见山之高，又表现云之淡白与山之苍翠相映衬，点染出明快色调。那山路、白云、人家都没有使诗人动心，这枫林晚景却使得他惊喜之情难以抑制。为了要停下来领略这山林风光，竟然顾不得驱车赶路。前两句所写的景物已经很美，诗人最爱却是枫林。通过前后映衬，已经为描写枫林铺平垫稳，蓄势已足，于是水到渠成，引出了第四句，点明喜爱枫林的原因。第四句是全诗的中心。前三句的描写都是在为这句铺垫和烘托。诗人为什么用"红于"而不用"红如"？因为"红如"不过和春花一样，无非是装点自然美景而已；而"红于"则是春花所不能比拟的，不仅仅是色彩更鲜艳，而且更能耐寒，经得起风霜考验。

虽然是写景诗，但是也体现了诗人内在精神世界与不同凡响的审美情趣。卢纶对杜牧的启迪意义明显。

卢纶的《华清宫》二首七绝，元稹受其启发，创作了《行宫》五绝。在前面已经论述。

不难看出，无论是题材的开拓、艺术的创新，还是风格的丰富，卢纶对于中晚唐诗歌都有重要影响。后代从他的诗歌中汲取的营养是丰富的，这一点学术界几乎没有重视。

第十三章　大历第一的历史地位

　　关于大历十才子，历史记载不一。最早记载的文献，目前能确定的是《旧唐书》。《旧唐书》卷一百六十三《李虞仲传》曰："父端，登进士第，工诗，大历中，与韩翃、钱起、卢纶等文咏唱和，驰名都下，号'大历十才子'。"《旧唐书·卢简辞传》云："大历中，诗人李端、钱起、韩翃辈能为五言诗，而辞情捷丽，纶作尤工。"《旧唐书·钱徽传》曰："大历中，（钱起）与韩翃、李端辈十人，俱以能诗，出入贵游之门，时号'十才子'，形于图画。"大历十才子十人具体是谁，《旧唐书》只能明确提及的有卢纶、钱起、韩翃、李端。《新唐书·卢纶传》开出了十人的名单："纶与吉中孚、韩翃、钱起、司空曙、苗发、崔峒、耿湋、夏侯审、李端皆能诗齐名，号'大历十才子'。"然而对于十才子的具体成员，与《新唐书》作者欧阳修、宋祁同时的江休复在其笔记《江邻几杂志》中却开出了十一人的名单，而且同一条中十一人的名单就有两个版本，"大历十才子：卢纶、钱起、郎士元、司空曙、李端、李益、李嘉祐、耿湋、苗发、皇甫曾、吉中孚，共十一人。或无吉中孚，有夏侯审"。南宋计有功编《唐诗纪事》，自己就开出了三种名单。此书卷三十李益条下解释"大历十才子"云："大历十才子，《唐书》不见人数。卢纶、钱起、郎士元、司空曙、李端、李益、苗发、皇甫曾、耿湋、李嘉祐。又云：吉顼、夏侯审亦是。或云：钱起、卢纶、司空曙、皇甫曾、李嘉祐、吉中孚、苗发、郎士元、李益、耿湋、李端。"清代的管士铭《读雪山房唐诗选》卷四十则另立炉灶："今就诗而论，且用五七言律定之，当以刘长卿、钱起、郎士元、皇甫冉、李嘉祐、司空曙、韩翃、卢纶、李端、李益前后十人为定。而皇甫曾、耿湋、崔峒辈为附庸，苗发、吉中孚、夏侯审略之可也。"这里的刘长卿、皇甫冉不见两唐书，可见是管士铭自己列出的名单。现在更有学者根据卢纶的《纶与吉侍郎中孚司空郎中曙苗员外发崔补阙峒耿拾遗湋李校书端风尘追游向三十载数公皆负当时盛称荣耀未几俱沉下泉畅博士当感怀前踪有五十韵见寄辄有所酬以申悲旧兼寄夏侯侍御审侯仓曹钊》，从而推断原始版本的大历十才子应该就是卢纶、吉中孚、司空曙、苗发、崔峒、耿湋、李端、畅当、夏侯审、侯钊。可是畅当与侯钊不见其他记载，难以令人信服。

尽管有不同的版本，现在的研究者也没有最终确定大家公认的大历十才子的名单。而且十才子不一定就是十人。有两点是可以确定的，多种版本中都有卢纶。可见卢纶在大历诗人中的地位。虽然现行的文学史仿佛李益的地位高过卢纶，但是还原历史，笔者突出了卢纶大历第一才子的地位。西方一位评论家说过这样的话，在文学这座殿堂里，住着一些伟大的死者，他们活着时在这里毫无地位；还住着一些活人，但是随着死神的降临，他们便立刻被赶出了这座圣殿。卢纶在生前身后都是一个有地位的诗人。

大历诗人在盛唐后期登上诗坛，经历过安史之乱的时代巨变，在他们还年轻的时候就真切感知到大唐帝国由盛而衰、由治而乱，他们没有赶上开元盛世广纳贤才、不拘一格选人才、让人才脱颖而出的比较开明的时代。他们所处的时代已经不是产生英雄意识、诞生理想主义的时代。他们的身心经过巨大的震荡，很难高扬理想的风帆，以大济苍生为己任，人生的困顿，一次次的自我努力失败，使他们不得不迁就现实。从崇高走向平凡，从理想变为现实，大多必须走得到权贵认可才能一展才华的道路。许多学者对大历诗人的这一点采取指责的态度，有的甚至予以否定，这不是历史唯物主义的态度。具体而言，认为他们关心苍生难以比肩杜甫，更多关注个人命运，缺乏杜甫的崇高品格与精神境界。其实，大历诗人典型地反映了那个特殊时代的士人的典型心态，用一种独特的眼光关注社会现实，反映民生疾苦，艺术境界由高远壮阔走向细致幽美，感情表达由雄壮豪迈、沉郁深厚转向淡雅细腻，自有不同于盛唐时代的价值。虽然没有盛唐诗歌那样高大的地位，但是却是文学史独具特色的一页，不可忽视。既承接盛唐又开启中唐，承先启后的地位不容忽视。恩格斯说："每一个时代的理论思维，包括我们这个时代的理论思维，都是一种历史的产物，它在不同的时代具有完全不同的形式，同时具有完全不同的内容。"①

　　同时，对于大历诗人不能仅仅用盛唐诗作为标准而衡量，也不能抓住一点不及其余。对于大历诗歌缺乏文本细读的深入研究，当代学者受各个历史时期唐诗选本的评价影响巨大，受各种文学史的根深蒂固既有的结论左右，在分析大历诗歌时，常常在已有的思维定式中立论，不敢不愿甚至不屑开掘大历诗歌的独特风采，使许多大历诗人有创新意义与独特个性的诗歌排除在学者的视野之外，以客观的眼光细读大历诗歌，一定能开掘出前人没有开掘的宝藏。没有李杜的耀眼，但是自有其独特风采。

　　大历诗歌也不能用一个时代风格去概括，每个人的题材、风格、想象、构思、意象、语言、情景关系等都有很大不同。概括很宏观，但是事实很具体多样。同一性是最大限度舍弃了个性基础上得来的。不能用一个大历诗歌的时代风格来论述全部大历诗人。卢纶有一定的大历诗歌的共性，但是个性突出，其诗歌的价值发现与开掘远远不够。

　　卢纶存诗 339 首，在大历十才子中是存诗最多的人之一，在大历诗人中也是如此。他的诗歌是盛唐到中唐时期社会动乱时代诗人的典型代表。

　　刘克庄《后村先生大全集》："卢纶、李益善为五言绝句，意在言外。"

　　明吴师道《吴礼部诗话》称其为大历十才子的翘楚。

　　明胡震亨《唐音癸签》卷七："大历十才子，并工五言诗。卢郎中纶辞情捷丽，所作尤工。"

　　明唐汝询《唐诗直解》卷首引李攀龙论曰："诗有宗派者，李太白、杜子美、陶（潜）、韦（应物）、韩（愈）、柳（宗元）、储（光羲）、孟（浩然）、

---

① 马克思、恩格斯:《马克思恩格斯选集》，第 4 卷，第 284 页，人民出版社 1995 年。

元（稹）、白（居易）、高（达夫）、郎（士元）、卢（纶）、李（商隐），皆正派也。"

明王士禛《分甘余话》："卢纶，大历十才子之冠冕。"

清潘德舆《养一斋诗话》卷七："大历十才子，卢纶第一，吾乡吉侍郎中孚第二。卢诗清高，可与刘文房匹，不愧为首。"

卢纶作为大历十才子之冠的评价是能经得起时间检验的。有的人生前名噪一时，死后声名越来越小，甚至淹没在历史的长河中。这正如叔本华所言，这只证明这种名声乃是虚假的名声；换言之，他不配享有这种名声。这种名声的获得乃是由于对他的作品作了过高估价。

任何个体与宇宙万物中的一个物一样，都是宇宙间无穷的相互关联网络中的一个交叉点。人与物的区别在于人是有境界的。一个人的过去，包括他个人的经历、思想、感情、欲望以及出生的家庭、成长环境，以及他对未来的向往、谋划、追求都积淀在他的人生境界中。每个人的境界都放射着他的过去与未来。一个诗人的人生境界，大多数情况下决定着他的诗歌境界。有什么样的人生境界，就有什么样的风格。

大历时期的士人心态打上了时代深深的烙印，然而社会历史就是一个五光十色的大舞台，让具有各种境界的人在意识不到自己境界的情况下充分展示。卢纶无疑是大历时期最具有独特境界的诗人。他的骨子里流淌着盛唐的血液，高扬人生的风帆，积极向上，肯定人生。不屈不挠，开朗豁达，关心社会民生，不斤斤计较个人得失。一生都在诗歌创作上努力，没有像某些诗人晚年创作明显出现衰退现象。恩格斯曾在《费尔巴哈和德国古典哲学的终结》中指出："一个伟大的基本思想，即认为世界不是既成事物的集合体，而是过程的集合体。"并且告诫人们："口头上承认这个思想是一回事，实际上把这个思想分别运用于每一个研究领域，又是一回事。"[1] 大历前有李白、杜甫、王维、王昌龄、高适、岑参、孟浩然等，后有白居易、元稹、韩愈、孟郊、李贺、刘禹锡、柳宗元、李商隐、杜牧等，耀眼的明星太多，卢纶本

_____

① 马克思、恩格斯:《马克思恩格斯选集》，第 4 卷，第 244 页，人民出版社 1995 年。

来成就不凡，但是唐以来的历史定论，对大历十才子固有的历史定格，再加上研究者固化的思维，对于唐诗的座次囿于历史的结论，不敢重新审视；有些研究者对整个唐诗缺乏全部的细读，故而对卢纶的研究局限多，比较的参照不全不广更不具体。即使论大历诗歌也仅仅走马观花概括而论，卢纶的真正价值发掘不够。"由于我们是从历史的观点去观看传承物，也就是把我们自己置入历史的处境中并且试图重建历史视域，因而我们认为自己理解了，然而事实上我们已经从根本上抛弃了那种要在传承物中发现对于我们自身有效的和可理解的真理这一要求。"①

卢纶的许多诗歌气魄宏伟，善于用概括的意象，颇有盛唐诗歌的风韵。可惜生不逢时，这些诗歌由于在大历时出现，对大历诗歌评价的固化的思维方式代替了精心细致的阅读，简单的定论代替了实事求是的精准的客观评价，并没有引起研究者与读者的重视。

送李校书赴东川幕

泥坂望青城，浮云与栈平。

字形知国号，眉势识山名。

编简尘封阁，戈铤雪照营。

男儿须聘用，莫信笔堪耕。

李校书，指大历诗人李端。东川：属于剑南道。至德二载（757年）分剑南为东西川节度使，东川领梓、遂等十二州，治所在梓州（今四川省三台县）。泥坂：指青泥岭。由秦入蜀的必由之路。李白《蜀道难》："青泥何盘盘，百步九折萦岩峦。"青城：青城山，位于四川省成都市都江堰市西南，群峰环绕起伏、林木葱茏幽翠，享有"青城天下幽"的美誉。为道教全真龙门派圣地，中国道教名山之一。"浮云"句，鲍照《拟古八首》："蜀汉多奇山，仰望与云平。"首联意为：青泥岭遥望青城山，山间的栈道蜿蜒环绕高与云平。

---

① 伽达默尔：《真理与方法》上，第 413 页，商务印书馆 2007 年。

"字形"句：据《元和郡县图志》载，阆、巴二水，东南流，曲折如巴字，故谓之巴。《水经注》卷三十六：《益州记》曰：平乡江东径峨眉山，在南安县界，去成都南千里。然秋日清澄，望见两山相峙，如蛾眉焉。"颔联意为：巴字形的地势可以辨识，这就是古代巴国，山形像美女的蛾眉，那就是峨眉山。"编简"句：编简指书籍。中国古人写书于竹木简，写好前或写好后，竹木简要编连起来，以便收藏。戈铤：戈与铤。此泛指兵器。《文选·班固〈东都赋〉》："元戎竟野，戈铤彗云。"颈联意为：乱世重武，写好的书只能束之高阁，撒满灰尘，李校书弃文从军，兵器的寒光与雪光辉映军营。笔耕，旧指依靠抄写或写文章等手段谋生。《后汉书·班超传》："（班）超与母随至洛阳。家贫，常为官佣书以供养。久劳苦，尝辍业投笔叹曰：'大丈夫无它志略，犹当效傅介子、张骞立功异域，以取封侯，安能久事笔砚间乎？'左右皆笑之。超曰：'小子安知壮士志哉！'"李贤注曰："华峤（后汉）书作'久事笔耕'。"尾联意为：男子汉需要被军队聘用立功边塞，千万不能相信笔可以耕耘。

全诗用了概括性的泛称意象。气魄雄伟，大处落笔。开始铺垫，逐步推进，既有环境烘托，更有路途行程的典型展现。最后的议论不但不是画蛇添足，而是从具体的送别，上升为对历史与现实男儿建功立业的人生途径的理性思索。既升华了主题，也使诗歌表达的内涵得到进一步拓展。

送朝邑张明府

（此公善琴）

千室暮山西，浮云与树齐。

剖辞云落纸，拥吏雪成泥。

野火芦千顷，河田水万畦。

不知琴月夜，谁得听乌啼。

全诗的气象雄浑，不从具体的细节入手，而在广阔的空间中抒情，不逊盛唐同类题材的诗歌。朝邑一名始于西魏文帝大统六年（540 年），是因西靠朝坂而得名。朝邑古称临晋、五泉、河西，西塬，左冯翊。在今陕西省大荔县内。张明府：不详何人。明府：县令。首联意为：千家万户都在山的西面，浮云缭绕在茂密的树林上。剖辞：判词。指县令断案。《北史·宋隐传》："（宋）世景明刑理，著律令，裁决疑狱，剖判如流。"《酉阳杂俎续集》卷三："尝自谓所书陟字，如五朵云。当时人多仿效，谓之郇公五云体。"此句合两个典故，意为张明府不仅法度严明、文采斐然，书法也很有造诣。"拥吏"句：县令虽然官职不高，但是《新唐书·百官志》载，属吏有县丞、主簿、县尉、司功佐、司仓佐、司兵佐、司法佐、典狱、门事等。雪成泥：形容众多。颔联意为：书写判词挥洒仿佛彩云落纸，部属众多恰似雪落成泥。"野火"句：希望张明府清理芦苇开垦良田。河田：指通灵陂，在唐关内道同州朝邑（今陕西大荔东）北四里。开元七年（719 年），刺史姜师度就古陂重开，引洛水溉朝邑、河西二县地，又堵黄河水注入通灵陂，溉田二千余顷，置十余屯。畦：田中分成的小块地。颈联意为：用火烧掉丛生的芦苇可开出数千顷的良田，通灵陂充足的水源可以灌溉无边无际的水田。尾联意为：不知道在月光如昼的时刻，你尽情地弹起琴弦，谁能听出那《乌夜啼》的声音。

这首诗立意高远，不局限于个人别情的抒发，而是大处落笔。希望张明府在任一心为民，大展宏图，为百姓开创出一片幸福的天地。全诗具有盛唐气魄而外，又独具面目。想象高妙，语言酣畅淋漓，比喻新颖神奇。

风格是心灵的观相术，并且它比相貌更可靠地反映了心灵的特征。模仿别人的风格，就像戴了一副假面具，不可能与别人完全一样，并且很快便令人嫌恶、招人唾弃，因为它缺乏生命的活力。所以，即使一副丑陋的面孔，只要它生气勃勃，也要胜于那假冒的面孔。卢纶虽然难以达到李白杜甫那样的创造性的独特风格，但是不仅在大历时代，在整个唐代也是有自己独特面目的。他的诗歌显示了他真实的人生心路历程。

平心而论，卢纶在文学史上的传承意义是巨大的，在诗歌开拓方面的成效是明显的。在唐诗的长河中的价值应该远在孟郊、贾岛这些作家之上，至少是毫不弱的。由于对大历诗歌整体评价不高，大历第一的地位与意义被弱化也好像在情理之中。"但是，对一个文本或一部艺术品的真正意义的汲舀是永无止境的，它实际上是一种无限的过程，这不仅是指新的错误源泉不断被消除，以致真正的意义从一切混杂的东西被过滤出来，而且也指新的理解源泉不断产生，使得意想不到的意义关系展现出来。促成这种过滤过程的时间距离，本身并没有一种封闭的界限，而是在一种不断运动和扩展的过程中被把握。但是，伴随着时间距离造成的过滤过程的这种消极方面，同时也出现它对理解所具有的积极方面。它不仅使那些具有特殊性的前见消失，而且也使那些促成真实理解的前见浮现出来。"① 清代黄生已经看到卢纶继承杜甫善于变化的文学史意义。洪亮吉《北江诗话》卷六，认为开元天宝间诗人七律只是门初开，尚未极其变化，卢纶等人对偶参以活句，极变化之妙。卢纶五言、七言律诗比杜甫节奏明快轻松，语言更流利自然，是杜甫与白居易之间的桥梁。

同薛存诚登栖岩寺

衰蹇步难前，上山如上天。

尘泥来自晚，猿鹤到何先。

万壑应孤磬，百花通一泉。

苍苍此明月，下界正沉眠。

薛存诚，字资明，河东人。父胜，能文，尝作《拔河赋》，词致浏亮，为时所称。存诚进士擢第，累辟使府，入朝为监察御史，知馆驿。转殿中侍御史，迁度支员外郎。裴垍作相，用为起居郎，转司勋员外、刑部郎中、兼侍御史、知杂事，改兵部郎中、给事中。擢拜御史中丞。栖岩寺：位于山西永济市，周建德年间建寺，初名灵居寺，隋仁寿元年（601 年）改今名。同年，隋文帝奉送佛舍利于三十州，诏令十月十五日同时起塔，此寺即其中之一。此诗大约作于在浑瑊幕中。衰蹇：老迈迟钝，行走缓慢。"上山"句，化

---

① 伽达默尔：《真理与方法》上，第 406 页，商务印书馆 2007 年。

用李白《蜀道难》："蜀道之难难于上青天。"首联意为：年老体衰步履艰难，上山对我来说好比上天一样难。"尘泥"二句，《太平御览》卷七四引《抱朴子》："周穆王南征，一军尽化。君子为猿为鹤，小人为虫为沙。"尘泥比自己微贱的地位，猿鹤比薛存诚。颔联意为：尘泥一样低微的我来得太晚了，您却早早到了。颈联意为：仅仅一只石磬的声音在千山万壑间回响，茂密的百花争艳，通向一泓清泉。尾联意为：如此高妙出尘的庄严境界，此时的人世间芸芸众生正在沉睡。

全诗巧用重复"上"字，"来"与"到"呼应，二次用当句一与多的对比，万与孤、百与一，形成强烈的反差，内在用以动写静的手法，含而不露。结尾用叠字回旋，点明彻悟人生的佛理。整首诗力求冲破五律严谨凝练的传统，内涵不弱盛唐，外在自然流走，仿佛清泉出涧。

只要我们往后看看白居易的诗歌，就可以看到卢纶的桥梁作用。

白居易《钱塘湖春行》

孤山寺北贾亭西，水面初平云脚低。
几处早莺争暖树，谁家新燕啄春泥。
乱花渐欲迷人眼，浅草才能没马蹄。
最爱湖东行不足，绿杨阴里白沙堤。

这首诗用山野清风般的语言，写出西湖的早春景色。审美的视角随诗人的脚步而张开，观察细致，生动逼真。诚如姜夔所言知其妙而不知其所以妙，也就是自然高妙，用来概括此诗，十分贴切。

这首诗语言平易浅近，清新自然，用白描手法把精心选择的镜头写入诗中，形象活现，即景寓情，从生意盎然的早春湖光中，体现出作者游湖时的喜悦心情。结构上得到卢纶的启发颇多。而语言的回旋自然，力避严谨，也似卢纶。动静结合的写法，也学习卢纶。

"我们根本不用担心我们现在所处的认识阶段和先前的一切阶段一样都不是最后的。这一阶段已经包括大量的认识材料，并且要求每一个想在任何专业内成为内行的人进行极深刻的专门研究。但是认识就其本性而言，或者对漫长的世代系列来说是相对的而且必然是逐步趋于完善的。"① 在我看来，首先要读懂卢纶的诗歌，同时有必要读懂全部盛唐的诗歌，在这基础上实事求是地还原卢纶的历史意义，才能做到比较客观公正，也才能避免只见树木不见森林的就卢纶说卢纶。

---

① 马克思、恩格斯:《马克思恩格斯选集》，第 3 卷，第 431 页，人民出版社 1995 年。

图书在版编目（CIP）数据

大历诗冠 / 张瑞君著 . -- 北京：作家出版社，2022. 9
（2023.4重印）

（典藏古河东丛书）

ISBN 978-7-5212-1950-0

Ⅰ . ①大… Ⅱ . ①张… Ⅲ . ①散文集—中国—当代
Ⅳ . ① I267

中国版本图书馆 CIP 数据核字（2022）第 121126 号

大历诗冠

作　　者：张瑞君
责任编辑：丁文梅　朱莲莲
装帧设计：鲁麟锋
出版发行：作家出版社有限公司
社　　址：北京农展馆南里 10 号　　　　邮　　编：100125
电话传真：86-10-65067186（发行中心及邮购部）
　　　　　86-10-65004079（总编室）
E-mail:zuojia @ zuojia.net.cn
http://www.zuojiachubanshe.com
印　　刷：唐山嘉德印刷有限公司
成品尺寸：170×240
字　　数：229 千
印　　张：15.75
版　　次：2022 年 9 月第 1 版
印　　次：2023 年 4 月第 2 次印刷
ISBN 978-7-5212-1950-0
定　　价：52.00 元

作家版图书，版权所有，侵权必究。
作家版图书，印装错误可随时退换。